纸上万物
浮现如初

著

百花洲文艺出版社
BAIHUAZHOU LITERATURE AND ART PRESS

图书在版编目（CIP）数据

纸上万物浮现如初 / 王芸著. —— 南昌：百花洲文艺出版社, 2023.2
ISBN 978-7-5500-4766-2

Ⅰ. ①纸… Ⅱ. ①王… Ⅲ. ①散文集 – 中国 – 当代Ⅳ. ①I267

中国版本图书馆CIP数据核字（2022）第152078号

纸上万物浮现如初

王芸　著

出 版 人	陈　波	
责任编辑	胡青松　杨　洁	
书籍装帧	黄敏俊	
制　　作	何　丹	
出版发行	百花洲文艺出版社	
社　　址	南昌市红谷滩区世贸路898号博能中心一期A座20楼	
邮　　编	330038	
经　　销	全国新华书店	
印　　刷	湖北金港彩印有限公司	
开　　本	889mm×1194mm　1/32　印张 9.875	
版　　次	2023年2月第1版	
印　　次	2023年2月第1次印刷	
字　　数	160千字	
书　　号	ISBN 978-7-5500-4766-2	
定　　价	48.00元	

赣版权登字：05-2022-150

邮购联系　0791-86895108
网　址　http://www.bhzwy.com
图书若有印装错误，影响阅读，可向承印厂联系调换。

目录

辑一

辑二

辑三

辑一

纸上万物浮现如初
看这台上春色如许
台下一微风起幕山

纸上万物浮现如初

　　庚子暮秋，万物未及萧瑟，坐火车去瑞昌。窗外，黄绿间杂的赣北田野在阳光下，显得弹性十足。那时我还不知，在疾驰中难以洞察的万物的细节，将经由一柄剪刀、一张薄纸显现。

　　剪刀像微张的鸟喙，含住一线薄纸，小心翼翼地挺进，咬合游走间，一再地剔除，剔除……最终，重建经由摧毁确立。

　　万物在纸面浮凸而出。那些曲致的花草仿佛还带着被风吹拂的姿态、个个鲜明的气味，贪心的蜂蝶在花蕊间流连，粉翅、触须微颤，光脚丫的孩童稚拙地挥动着一根树枝或者莲蓬，不安分的手指伸向瓜果藤蔓，一片叶子蜷曲自身，与舒张的花朵呼应，咧嘴石榴袒露出腹中的隐秘，满树晃动的猴影，小狐狸衔一朵丰腴的花，兔子支棱着耳朵匍匐在地，倒悬展翅的蝙蝠，仰颈的鹿，长喙鹭鸶叼着欲逃奔而去的虾，爪间还牵引着活泼甩尾的鱼，狮子追逐的绣球滚出缭乱的轨迹，老虎变异为单首双身的模样，翔舞云端的龙和凤降落在花阴碎枝间，小小的仙人手执弯刀采摘花果……它们，亦虚亦实的万物，还有历朝历代古书描摹或虚构的人物幻象，经由如喙的剪刀，赋予一张薄纸空镂、残缺、疏密勾连，从而获得参差活泼又踏实的生命形态。

　　它们，任性地组合在一张薄纸有限的空间内，有时候根本无视生活的常识与逻辑，却纵容了一颗心奔腾的自由与自在。

　　其实是踏险之旅——剪刀接受手指的指挥，手指接受心的指引，坚硬的剪刀与手指在遇合的瞬间，获得与心感应的机巧灵动。那一刻，执剪者静心沉浸，观者屏息讷言。一递一收，一紧一缓，一转一还，都决定了生命的确立还是毁败。那一刻，执剪者是创生万物的王。

坐在我眼前的执剪者，年轻女子雷丽娟，是瑞昌剪纸的省级非遗传承人。她的师傅构成一个队列，刘诗英、王木莲、陈仙花……"一刀剪"的技艺更多来自她的姑奶奶王木莲，一个执剪大半生、技艺娴熟到可以随走随剪的老人，传奇般的存在，却在晚年放下了剪刀，不再轻易伤害一片薄纸。拿起时容易，放下时艰难。这一转念中，不知积淀了多少悲喜交集的遭际。

据说在最艰难年月，乡间缺衣少食，王木莲却靠一柄剪刀，养活了家中一群儿女，将日子过得一点儿不局促。在瑞昌乡下，与日常时序紧密缠绕的乡俗礼仪，人间避不开的生死大事，都需要剪纸的装点与助兴。四野八乡来求取剪纸花样的人，川流于她家的厅堂，窗花、门帘花、喜字花、灯彩花、背褡花、帽子花、涎兜花、围裙花、同鞋花、手绢花，戏服的官帽花、前襟花、绣鞋花……祈福，祝寿，贺喜，安魂，辟邪，喜的、悲的、不喜不悲的，都可呼应……喜鹊登梅、福寿无双、鲤跳龙门、麒麟送宝、仙人采桂、蝶戏金瓜、并蒂同心……那是衣食匮乏时代可以寻到的朴素花边，是再沉重的生活也按压不住的女人渴美的一点念想，顶着山石也要绽出新芽来。也是贫瘠生活中不可缺少的隐喻，美妙的点缀。

在赣北瑞昌，这个群体一度庞大，百分之九十九是女人。"姐儿乖，姐儿能，会剪刘海戏金蟾。蜂采菊，人采花，剪个蝴蝶戏金瓜。"巧手擅剪纸的姑娘，是乡间公认的聪明人儿，男人心仪的对象。约定俗成的观念，成就了瑞昌女人与一纸一剪的情感链接。

在执剪的那一刻，她们成为王者，但只拥有方寸薄纸的领地。薄纸之外更广阔的生活空间，她们是女儿、妻子、母亲，是日常生活的操持者、耕耘者、背负者。与男性相比，她们的声音是微渺的。与男性拥有的阔大人世相比，她们局促转圜在屋宅和厨灶间，唯有阔大的自然、如常的日月，耐心接纳她们，倾听她们内心隐秘的声响。她们与俯仰可见的花草树木、鸟兽鱼虫结为秘密的同盟，又在她们的领地，以她们的方式，将之一一铭记。她们中的佼佼者，又因为它们，从万千女人中站立出来，获得了崭新命名。

彩笔勾勒的翘尾喜鹊，累瓣盛放的梅花；尾羽舒展的喜鹊，树下吹箫的良人；尖而旋转的兰花瓣，沾草披花的兔子……很难想象它们出自一位从未上过学、从未学过画的八十四岁老人之手。朴拙，天真，又有机趣。大枝大叶，大花大果，招展的羽翼，翔飞的意念，那是属于一个从乡野走出来的女人内心的辽阔。

在县城见到刘诗英老人，雷丽娟称她为奶奶。老人背梳的一头银发一丝不乱，舒眉慈目，面容清朗。装订在一起的八层剪纸，摊放在她手上，两尾鲤鱼在荷叶间游弋。另一手执剪，须得手腕用力才能穿透纸层，剪刀的把控驱动靠七十多载岁月的细磨慢炼。

她，是瑞昌剪纸唯一的国家级非遗传承人。迈入老境体力有限，可求作品的人多，她只能采用这种方式。但每一画，每一剪，都是她亲为。

三岁那年，家有八兄妹的刘诗英被过继给了雷姓表嫂，表嫂无子，待她不薄。名义上，她是表嫂侄儿的童养媳。穷人家的孩子不可能娇宠，七岁刘诗英独自山下放牛，山上砍柴，所有的知心话都说给了山野。美的觉醒大概在十一岁那年，她忽然渴望像村里的姑娘、妇人一样脚踩一双花鞋，步步似有香气飘浮。她去村里最会剪花样的细姑家，细姑忙着手里的活儿，没拿正眼瞧她，面对她的请求，细姑许诺明天。明天复明天，刘诗英脚步迟疑，再不肯踏进细姑的家门。

她的目光在野地的草丛间摩挲，流连。久之，拾起一根木棍，在泥地上涂画。这尖草叶，这圆草叶，这纺锤形叶。这梅花瓣，这兰草花瓣，这栀子花瓣，这茶籽花瓣，这杜鹃花瓣。这喜鹊，这翠鸟，这牛，这羊，这兔。她不信自己画不出来。

大自然慷慨，早为人的眼睛准备了缤纷的美物，让人看都看不过来。没有剪刀和纸，她取一片桐子叶，一片芭蕉叶，用手指一点一点抠出图样……她央邻家哥哥为她打了一把铁剪刀，这把剪刀伴随了她大半生。在一张旧草纸上，她剪出了自己王国里的第一朵梅花，五瓣梅花静静地开放在草纸上，又静静地开放在她的鞋面上，那是她自造王国里最初的生命迹象，羞怯、娇弱，却有着自野地里蕴积的生命的力，自然蓬勃，裹挟着阳光、雨水、霜露、冰凌的气息。

她悄悄地搭建着属于自己的领地。等到有一天村人注意到这一片被忽视的园地里，竟然盛放着葳蕤的花草，洋溢着活泼泼的生趣，却原来这个细妹子有这么一双巧手，一颗灵慧的心。旁人的赞美像一面镜子，让她看到了自身的存在，原本在童养媳的身份迫压下蜷缩的生命，得以舒展开来。

十四岁的她担任公社的妇女主任，她喜欢唱歌，亮开嗓子唱"东方红，太阳升……""雄赳赳气昂昂，跨过鸭绿江……"。可是每逢到乡里开会，身边的女干部们在本子上记着，写着，唯有她，拿着笔写不出一个字来。

只有退回到剪纸的世界，她才像浸泡水中的茶叶，重新舒展开来。那是一柄剪刀、一张纸为她建构的避难所，她的花园，她的世界。

乐山乡的前身，是愁山乡。愁一字，写尽了日子的艰难。四野缺水，满山乱石只长荆棘灌木。村人见缝插针开出一小片田，还得看老天的脸色。

上世纪 70 年代末出生的雷丽娟，记得小时候家中三年无收成，一年干旱旱死了庄稼，一年洪涝淹死了庄稼，再一年闹虫害，稻飞虱吃光了庄稼。红薯是小时最常见的吃食，一日三餐作伴果腹，以至于成年后她再不愿沾与之有关的食物。

改名乐山，是当地人的反抗，是祈祷，是心心念念的渴盼。这渴盼也寄放了剪纸的筋络里。那些在纸上盛放、葳蕤的草木枝叶，康健活态的家畜野兽，何尝不是对贫瘠土地、艰难求生的反转与抗诉。

在乐山，红事、白事离不开剪纸。前者是清一色的红彤彤，浓浓烈烈地表达；后者由绿、黄、黑分担，曲曲折折地诉说，对生的留恋也好，对死后的规划也罢，都是向生背死，仿佛死是生的延续，或另一种生。那是植根中国乡土社会的生死观，生前太紧密的牵绊，自然不能在生死的边界上慨然放手，微妙而丰沛的情感都交由剪纸来表述。

雷丽娟的王国，最初的生命迹象，也是一朵梅花。那与美谐音的花朵，仿佛是乡间美育的天然启蒙者。

她的第一朵梅花，自白纸中浮生而出。那是她唯一可以自由支配的纸。白梅不适合开在大门上，也不适合招摇在窗上，只好屈身于光线暗淡处的墙面，与灰底浑然一体，不具张扬的形态。没想到，这朵白梅得到了妈妈毫不吝啬的赞美。那一时段，雷丽娟内心的渴念正像春天大雨后的新笋，见风即可生长。她将作业本的黄色封底撕下来，依着家中木床上的油漆花样，剪出各种图样。稚拙是难免的，却也有生动的青涩气息。她在白手绢上绣花，在衣领上绣花，花样是自己用纸剪出来的。蹒跚学步的针脚，仿佛糟蹋了衣物和手绢，免不了被妈妈责骂。责骂也不能制止，那一种拔节生长。

父亲香烟盒上的衬纸，炫目的金色，是她发现的珍宝。它们在剪刀下蜕变成金色的梅花、喜字、雀鸟，终于可以在门上招摇了。雷丽娟并不知道，最初的剪纸就是在金箔上寄身，还有皮革、丝帛，还有陶罐、青铜，不同材质托载着剪纸的表情达意、向美意趣，直到纸张的制造术在蔡伦手中成熟，剪纸才找到了更稳定、大众的载体。剪物造型先于纸存在，那是涌动在远古人们内心的激流岩浆，寻找着倾诉的出口。因其汹涌，借物赋形。

门上的金色剪纸，惊动了一双双路过的眼睛。有人登门来求花样了。结婚的人家，来请她剪同鞋花。小小的鞋面空间，堆叠了累累的福喻：并蒂花开，同偕到老，百年好合，早生贵子，连中三元，福寿双全。年节时，有人家来请她剪窗花、门帘花，花朵怒放在风雪中，草木恣肆在萧索的冬景里。她的花样清新、灵动，不落俗套，深得乡人喜欢。却原来在观念保守的乡村，对美的趋附也是向新、向异的，那是推动民间艺术不断前行开掘的力量。

母亲让她向擅长"一刀剪"的姑奶奶王木莲学艺。剪纸技艺植根乡野，虽有约定俗成，却无法定样貌，这便留出了自主创生的广阔空间。渐渐地，她习惯了从自然中撷取样貌，习惯了刀随心走，在规范之中自由游弋，比如"S"造型也可以衍生出不同的花叶组合，同一命名下的"喜鹊登梅"也可以开枝发叶，每一次都有不一样的旁逸斜出，或出其不意的细部刻画。让踏险成为真正的险途，充满意外和意趣的险途。

这何尝不是对大自然的模仿，世间哪有一模一样的叶子，一模一样的花朵，微妙处的差异，差异中的丰富，正是形成自然纷繁驳杂面貌的规则所在。大规则之中，蕴含的是大自由。

一生未历大的波澜。师法自然的剪纸技纵从容望向田野的目光，对活态生命的关注，而一旦握剪在手，那一场踏险又需要全身心的投入，剪纸成全了刘诗英老人的自我身份确认，也塑造了她的一生。

"文革""破四旧"的风潮小规模地席卷了乡间剪纸，一顶满绣二龙戏珠花样、为她珍爱的童帽，随同许多剪纸图样、绣品消失在火光中。相比于被铲削损毁的木雕、石雕，坍塌的乡村精神世界，纸上王国的重建似乎更容易一些。上世纪 80 年代初，忽然又有人上门来求取剪纸花样了。她剪了一幅鸡叼着一尾鱼，鱼身灵动的姿态仿佛在呼唤，搁置多年的技艺伴随熟悉的感觉被重新唤醒，握紧剪刀的手，仿佛久别的游子重回故乡。

随着孙子出生，她迁居县城常住，一年两次，被请进县文化馆剪出一批花样，菲薄的报酬不值一提，但她知道剪出的花样将存档作为资料，纳入"瑞昌剪纸"的民间记忆。借助现代高科技手段，这一纯手工的创作或可永久保存。

剪纸同样介入了雷丽娟的人生。她曾在浙江打工数年，婚后生子回到家乡，接到县文化部门的邀请，赴云南福保参加非遗文化艺术节。那是她在公众视野中第一次进行剪纸表演，谈不上创作，为确保现场发挥零失误，她依照一张孔雀图样提前练习了几天。临到开展那天，坐在展台后面的她埋头剪纸，握熟了剪刀的手禁不住发抖，一幅孔雀图剪得小心翼翼、战战兢兢。那是从未有过的体验。数年后，回忆起这一幕，她已能轻松笑谈当年的自己，年轻的自己。

技艺的纯熟，意味着创变的自由，也隐伏着固化的危险。只有自觉意识日益显明的民间艺人，才有眼力望到这潜伏的危险。手工的独一性，始终对抗着机器制作避免不了的固化局限，化每一程坦途为真正的踏险。

坐在我面前的雷丽娟，专注于剪刀与纸张的咬合，在每一分每一寸的剔除中，实现着建构，实现着创生。她告诉我，剪一幅对称的"喜鹊踏梅"，一刀剪。剪刀从底部的树根起步，向右曲折漫溯，婉转向上，整片的红纸渐渐零落散碎，落下片片碎屑。我的心悬提着，在剪刀起落的每一步未知中，既充满了担忧又充满了期待。而她，表情肃然坚定，仿佛确知：万物将自纸上浮现。

坐在我面前的雷丽娟专注于剪刀与纸张的咬合，在每一分每一寸的剔除中，实现着建构，

看这台上春色如许

第一折

天井明亮。我们站在"名分堂"和戏台之间，雨丝像透明的时间的粉尘，漫天而坠。脚下的地砖面目方正、青黑，因浸饱了水息而发亮。砖缝里的苔藓、细草，绿得青翠、灼目。两厢长廊的瓦檐上，亦缀满了翠色草束。古旧的气息，与新鲜的春色，在这团闭的空间里结为一体。身后的祠堂素朴端庄，只红黑两色。前方的戏台翘角双飞，木质肌理上满布锦绣。戏文里曲折的故事，昭君出塞、汉女和亲，被刻刀定格，敷以金彩，嵌在敦厚的木色中，与之结为一体。还有百余年来回旋、缭绕在这台上的咿呀戏音，想必也隐秘地栖落、嵌顿、粘附在了金柱、梁枋、牌匾、雀替、斗拱、吊篮，那满饰锦绣的沟回里、木与木吻合的缝隙处，与之结为了一体。时间是隐秘的黏合剂，不着痕迹地，将物与物、人与物、人与人密接一体，一如高妙的匠师对于榫与卯的运用。

"名分堂"牌匾上，还有四字牌匾，繁体字的"义结千秋"。四根立柱上悬挂着四条长匾，其上二十八字，对应着乐平市浒崦村程氏的二十八代子孙，从最初的玉字辈，已绵延至最末的长字辈。我们身边正讲述浒崦戏台历史的老支书，属接字辈，是这长链中间的一环。自程氏祖辈为避战乱从北方南迁，辗转来到这赣北平原，在乐安河和她的七条支流编织起的肥沃土地上安居下来，像一粒种子落土生根，历数百年光阴，繁衍成拥有八百多户、三千多人的一株"巨木"。

行走在赣北的乐平地界，"巨木"林立，都是一"木"一姓氏，别无杂枝，不附藤蔓，纯粹得让人惊诧。也因之，每一姓氏抱团紧密如一体。在这紧密的链接之上，中国传统农业社会所特有的宗族伦理教化模式得以稳定地构建、运行、延续。即便进入现代社会，城乡间流动的潮汐奔涌而来，工业与科技的入侵随处可见，可这里绝大多数村庄依然秉持一个姓氏，抱结一体，紧密而纯粹。

更让人惊诧的是，四百八十多座戏台，遍布乐平这座体量并不庞大的县级市。在乐平，但凡有一定规模的村子，定然少不了一座戏台。一个村庄，两座戏台，也不稀罕。四千余人的横路村，一度奢侈地拥有五座戏台。

戏台，仿佛乐平土地上一只只展翅欲飞的"大鸟"，也仿佛"巨木"上炯炯有神的一只只"眼睛"，瞻示着一座村庄贴近俚俗的情趣、蓬勃的生息、昂扬的神采。

第二折

一座座戏台，娱目悦耳润心，以浓缩的故事、晓白的戏文、婉转的声腔、喧腾的鼓点，联通伦理教化的千支百脉，曲折有致地抵达。

最初的乡间戏台，多与祠堂伴生，与主堂对望，仿佛戏音不只在人间缭绕，还可迢迢地穿越时空抵达仙界、神界，代表后世子孙向祖辈、福神表达内心的敬慕、虔信。

民间遍植宗祠的风潮，以明朝嘉靖年间朝廷颁布的一道圣旨为起点——"许民间皆得联宗立庙",于是,素来以宗族扭结一体的中国乡村社会,祠堂漫地新生。爱看戏的村庄,建祠堂便伴有戏台,既娱神敬祖,也让平朴的日子有了戏音的妩媚和祈盼的光泽。对于乐平人,如果身边没有贴心贴肺的戏台,那被戏曲宠溺惯了的身心,又如何耐受得住"三天不看戏,肚子就胀气,十天不看戏,见谁都有气,一月不看戏,做事没力气"的磨折。

位于涌山镇涌山村的"昭穆堂"戏台,是乐平现存最古老的一座,典型的祠堂台,族谱载"明崇祯添赐公"建造。两侧壁立的围墙上沿如波涛起伏,又似双龙伸腰。双狮护卫的"训贤门"牌匾下,一扇冒过人头的圆门,开在戏台居中的台面下,平日里台面拆除,王氏族人一代代就从这里迈入祠堂。唱戏时,台面铺开,两边的花瓶状侧门洞开,那微鼓的腰身被蜂拥而入的人流几欲撑破,却又始终安然。

辛丑年阳春二月时分,"昭穆堂"的墙壁上还贴着一张《通告》:

为了体现尊老敬老的优良传统文化,王氏宗祠上堂,八十岁长老就餐,并敬请父老乡亲互相照顾,祝大家节日愉快!

涌山村委会

《通告》上未见时间,村人告知这是去年重阳节时的一场欢会。上堂是祠堂中最尊贵的位置,由八十岁的老人安坐,享受众人的尊重与照拂。想来那一天,"昭穆堂"里戏音响亮,锣鼓铿锵,台上演绎着福寿喜乐,台下续写着现世安稳、乐俗暖贫。类似的场景,四百年来，不知在这戏台上下复现了多少次，只是那台上台下的身影不停地变换，难以恒长。

四百年来，这静默的戏台，也见证了祠堂里气氛肃穆的宗族议事，旁观了大族内的恩怨情仇、惩恶扬善，那仿佛戏台故事的延续或补充，也仿佛戏台故事的原始模本。人世间的喜剧或悲剧，实不比戏台上的滋味寡淡，只是复杂、歧义、微妙、宏阔得难以在一方戏台、有限时段演绎殆尽，那是真正天地间的大戏，从古至今，从未谢幕。

而方寸戏台，是对人世的局部模仿，囿于空间与时间，不得不删繁就简，以虚驭实，高度凝练。"三五步能是千里江山，四六人可代百万雄兵""咫尺天涯评论是非功过，须臾岁月历数万古忠奸""言行要留好样与儿孙，心术不可得罪于天地"……戏台上高浓度地泼洒七情六欲、爱恨情仇、善恶忠奸、生离死别，让台下的观众一会哭来一会笑，一会怒来一会愁。但那只是一场梦境，演绎的是远方的故事，发生在普通百姓不可企及的朝堂、翘望不到的府第、无法纵马奔腾的沙场；哪怕感同身受，那也是别人的故事。戏台构成梦境的边缘，台沿之外的观众是安全的，一旦抽身而退，就可以完好无损地回归现实生活。

只不过旁观了那么些大悲大恸、生来死去，之中或显或隐的因果报应，多少会让人内心触动。于是，在承受生活的万般琐碎、百样磨难时，亦懂得有所放弃与守持。

第三折

我们慕名而来，穿过油菜花恣肆燃烧的田野，在细雨中抵达浒嵊。

不想，戏台镶板紧闭，通向祠堂的两扇侧门紧锁，只有宝瓶、方天画戟、翘飞的鳌鱼尾巴、双叠歇山顶的翘角飞檐展露在半空中，似佳人掩面，只见满头金钗微晃。

等待来人开门的空隙，我们沿祠堂壁立的高墙绕到后部，遇一个敞开的、似无人居住眷顾的院子。院内，一树繁花独立。

那枝上的花朵开得繁艳，而树下粉白色的落英，迭覆簇拥，身下水渍漫漶，竟是比枝上的花朵更显繁艳，艳到极致的那一种凄怆，让人惊心。不由想起一句戏文，"原来姹紫嫣红开遍，似这般都付与断井颓垣……"

几步之外的戏台，不也容易让人陷入幻灭之感？再喧腾的鼓乐，再明艳的戏装，再动听的吟唱，再传奇的故事，都会走到曲终人散、台空如也的一刻。真真是"或为君子小人，或为才子佳人，出场便见；有时风平浪静，有时惊天动地，转眼皆空"。那急锣紧鼓，那刀剑齐飞，那令旗交错，那水袖如练，那裙动如波，那高唱低吟，还在脑海中翻腾不休，眼前却已是一派清寂与落寞。

一时姹紫嫣红，一时断井颓垣；一时春色如许，一时荒寂似空——这是一座戏台的宿命，是它的一体两面，是它的日月轮回，是它的阴阳交合，是它的天地归一。

有人说，戏台的构建中蕴含了"天圆地方"。戏台中庭的梁枋之间，以斗拱严丝合缝交嵌一体的穹隆，被命名为"藻井"。藻，水中之物；井，蓄水之器。火是木的天敌，以水御火的防范意识，自然散布在木质建筑各处。这藻井，还以其螺旋上升的特殊形态，容得下高帽花翎，容得下刀枪齐飞，也让演员的声音，这透明的水波，向上聚拢又涟漪般散开。这一精美的局部，让戏台成为隐喻，有了挑高的空间，构成共鸣腔体，即使台下喧嚣，即使距离颇远，戏音也能山高水长地抵达倾听的耳朵。

浒崦戏台的藻井，红蓝两色交错，其上飘金，如苍穹中的星辰。那其实是《封神演义》中的八位正神，脚踏祥云，飞向天空。穹隆之下，四四方方的舞台，便是那稳实的地面。人世间的故事，在这象征的天地间铿锵上演，常演不衰。

"敦本堂"阔大。重檐双戗角歇山顶，配两硬山顶，其形制在乡村戏台中实不多见。它与涌山村的"昭穆堂"戏台相离不远，也是祠堂台。

一副斜撑上，戏绣球的双狮鼓眼，吐舌，圆乎乎的额头、鼻子与脸颊，如叶片舒张的双耳，卷曲又摇摆如焰的尾巴，那生动活泼的气息、跃然欢腾的体态，让我忍不住驻足，看了又看。耳边鸟鸣声声，直叫得人心思恍惚，仿佛某一时刻，比如一眨眼的工夫，这憨萌的幼狮就会奔腾而下，满场撒欢。

一副雀替，长不盈臂，雕刻了三个人物，居中的老人手持祥云头的木杖，一人在他身后躬身持扇，一人正与老人抚肩说话，眉目晰然，袍带分明，不知出自哪部戏文。

绕到戏台的背后，迎面一堵白墙上，数行墨写的字迹，不算工整，笔意混沌，细瞧，却能辨明八九。却原来是"二〇〇六年腊月初四"写下的点戏单：《玉堂春》《节义贤》《赵氏孤儿》《五子图》《葵花岭》《望江亭》《七郎招亲》《黄鹤楼》《莲花庵》《北汉王》……五列七行，共三十五出戏。越十五年，墙面屋漏痕遍布，墨书尚可辨认，当年唱着这些戏的人，而今安在？

蔓草如意纹、缠枝莲花纹、祥云纹，贴金鳌鱼、喜狮、飞鹿、二龙戏珠、龙凤呈祥、九狮过江、蟠桃盛宴、百寿图、五狮抢宝、魁星点斗……吉祥的意味，包覆着一座座戏台。那是来自百姓心中的祈祷，借由工匠的刻刀明示。

台空人寂时，九老天官、杨波抱太子登基、鲁智深倒拔垂杨柳、三英战吕布、薛丁山大战樊梨花、时迁夜袭登州、打金枝等古老故事，依然在梁、枋、月门、隔扇上上演。戏音会否也在藻井的沟回里隐约萦绕，恍如戏台的自洽时分，抑或梦境一场……

第四折

与"名分堂"对望的，只是浒崦戏台的雨台。仿佛一枚硬币拥有两面，穿过雨台两侧的月门，便转入晴台的空间。晴台更开阔，也更精美，是浒崦戏台真正的门脸。晴台平时以一长排镶板掩面，仿佛深闺中的女子。一旦镶板拆除，戏台亮出绮丽多姿的真面貌，那这台上必得唱一出戏。这是沿袭多年的规矩。

浒崦戏台，是乐平古戏台中唯一的"全国重点文物保护单位"。晴雨台，也叫双面台、鸳鸯台，在乐平不只这一座。其形态昭显了当地人对戏的痴迷。日子无非晴或雨，哪一样都不能成为看不到戏的理由，那便天天可与戏欢会了。只是这欢会，若在晴天，格外盛大。晴台面向开阔之地，每每有大戏上演，周边四里八乡都有人赶来看戏，村中人也会广告宗亲朋友，大摆流水筵席。素来喜欢站着看戏的乐平人满场林立，人头攒动，有时只看得见远远的戏台上水袖飘舞，花翎旋动，幸而戏音可以无碍地缭绕全场。看戏的人踮着脚尖，伸直脖颈，耳朵舒张，缝里插针般将目光递向戏台。"眼界抬高不怕前头遮住，脚跟站稳何惧后面挤来"一句，便是乐平人多年看戏积攒的经验之谈。

浒崦戏台建于清朝道光年间，据说是在祠堂建成十余年后，程氏祖辈受邻村兴建戏台的激发，从苏州请来巧匠，花费三年时间精雕细琢而成。整座戏台花费几桶银圆、几十两黄金，一度因资金短缺，族人四处乞讨，才成就这满台春色如许。

那一时期，戏台与祠堂的裂变正悄然发生。戏台逐渐从祠堂分娩，不再只是祠堂的附属，独立出来，面向旷野，便拥有了新的命名——万年台。万年台，不再服从于台面不得高于祠堂祖宗牌位的种种旧规，也挣脱了不得太过华美铺张的束缚，有了更自在舒展的身姿。

那为了让南方漫溇的雨水分流倾泻的飞檐翘角，愈抬愈高，仿佛南方田野里展翅翔飞的大鸟，也显露了乐平人的内心图景。生性勇猛强韧、不愿服输的乐平人，争相将戏台建成一个个村庄的"体面场""眼珠子"。

传说，邻村华家戏台牌匾上的"顶可以"，催生了浒崦戏台的"久看愈好"，也催生了徐家戏台的"百看不厌"。对于脸面的爱惜与重视，让土地丰沃、生活富裕的乐平人在戏台上铆足了功夫，一掷千金而毫不吝惜。他们也像爱惜"眼珠子"一样，悉心守护着戏台。

十年动乱时，戏台被归入"四旧"，散布乡间的座座戏台危如累卵。据说，刚有人铲下浒崦戏台的几块木雕，村民就闻讯聚来，将闹得最凶的几位吊在梁下，捆在柱子上，几个小伙子拿棍持棒守在一旁。程氏的头面人物不卑不亢明示："不劳你们动手，破'四旧'是我们贫下中农的责任，我们的戏台自己来……"

待外人清出祠堂，聚族商议。其实，没有什么可以商量的，谁舍得失去这"眼珠子"。那夜"名分堂"的灯火彻夜未熄，木匠、泥瓦匠、油漆匠一并招来，为戏台改头换面：众人齐心合力用木板将整个戏台包裹，再用黄泥、白石灰覆面，画上"大海航行靠舵手""葵花朵朵向阳开"……用当时风行的政治符号，构成戏台最安全的"假面"。

颇有些年头，戏台不得露面展颜，在那沉重的"假面"之下，会否有窒息之感、寂寞之思。比戏台更觉憋闷、更感委屈的浒崦人，那与戏音缠绵惯了的耳目，那被戏音滋润惯了的身心，那份淤塞的念想，只能如潜行地底的岩浆，兀自灼烫，翻滚。

乐平的诸多戏台，越寒暑，越风雨雷电，越战乱兵燹，越人间动荡，越时光湍流中避不开的种种摧折之力，至今展翅伫立，容颜如旧，满披华彩，已属奇迹。它们是被民间智慧，更准确地说，是民间的爱戏痴戏之情，给包裹保护下来，成为乐平人愈加珍视的"宝贝"。

浒崦晴台居中的牌匾上，挺秀有骨的四字楷书"久看愈好"。

字髹黑漆，淡米色底纹浅浮雕有"十八罗汉图"，祥云缭绕。莫说整座戏台那满披的锦绣、精美的细部久看愈好，单是这匾，这底纹，这"十八罗汉图"，亦是久看愈好，耐得住后世一双双眼睛的反复赏看。

第五折

木，构成古戏台的骨骼，劲挺，飞扬；也构成戏台的肌理，繁丽，如锦。

"木"最初出现在商代甲骨文中，模仿一棵光秃秃的树，挺直的茎干，上有分叉如枝丫，下有分叉似根脉。在汉字漫长的演化过程中，它的样子没有大变，只是将陡峭的枝丫放平，有了更加平朴敦实的模样，更切近于它的本性。东汉许慎编著《说文解字》，将"木"解释为"冒地而生"，细想想，能够以自身生长的力量穿透层层土壤的湮埋，继而在阳光下、空气中茁壮生长，具有双向生长能力的，除了木，确实没有其他了。

石头可以穿破土层，但不会生长，它只是缓慢而微地蜕变，风化，残损，趋近于无。化石、煤与金属，是早已凝滞的生命遗存。地下奔腾的岩浆，一旦破土而出，便不再具有奔腾的动能、流动的势态，成为坚硬的死亡的烬。万千飞鸟禽兽中，在地底蓄力几年、十几年一旦破土见到天光的蝉，只有极短暂的如盛绽即凋谢的锐鸣期，交配后即死去。蚯蚓与鼠、兔活跃于地下，不过弱势者生存与繁衍的需要。强者如熊进入地下，恰是它生命最薄弱时节，不饮不食的冬眠助它存蓄元气熬过严寒，是退守而非挺进……

只有木，在地下生长，冒出地面生长，可以长成规模惊人的根系与冠盖，长成几个人也合抱不住的"巨木"，年复一年落叶之后，焕发新的叶与枝，始终以平静的面目迎送外界的摧折侵害。那一种坚韧的耐受力，内蕴不露的生命力，不具锋芒的敦实温厚，可挺立亦可弯折的性情，让木成为国人最为信赖的选择。

中国传统的农业社会在"木"上萌芽，壮大。《春秋繁露》曰："木者春，生之性。农之本也。"没有种类繁多的木冒地而生，依序渐长，就没有遍地生长的房屋，就没有插标为记的落土安基，就没有聚族而居的世代繁衍，就没有越来越庞大、坚固、密织的社会构架。如果将五行与不同的社会形态对应，传统农业社会无疑属木。也难怪，木属之物，比如戏台，即便清寂无人时，亦呈满堂春色。

七千年前河姆渡人不知有意还是偶然，将木桩植入土地，铺上木板，再用木搭建起人字形屋顶，于是雨水绕行，雪花旁落，风道分流，人在苍茫大地上依靠木，辟出了一方小小的属于自己的空间，可以从容坐卧，安眠。那是最初的屋的雏形。一旦开始，国人对木的喜爱，就无比忠贞，绵延久长。

戏台，是房屋在人世间的升华，从安身的生活层面，延伸至悦心的精神层面。在给脏腑五谷的安顿之外，也给眼耳心脑一番慰藉。那一种愉悦比咸丰富，比甜甘醇，比辣强劲。无论是生活层面，还是精神层面，木都是那敦实的基础。

第六折

辛丑春日，无意中走进南昌城中一家荒寂许久的禅寺，遇到来自乐平的木匠师傅。

院落深处的一座平房。阳光斜铺过门槛，满地木屑如金粉，扑鼻的樟木香气也仿佛染上了金的光泽。年轻的木匠师傅俯身坐在两米多长的横木前，正面居中深镂雕的八九个人物已眉目清晰，两端的狮子也已具形态——阔鼻、鼓目，狮头微仰，脚踩松木与石，滚珠般连缀的背脊，一缕缕顺滑排列的鬃毛，如五瓣火焰散开的尾巴——仿佛"敦本堂"斜撑上木狮的近亲……师傅正在雕刻木梁的侧面，墨笔描画的吉祥花草纹。

令我意外的是，他手中握的不是刻刀，而是一台蓝色机身的小型机器。机器轰鸣，一线切刀沿墨线缓慢游走，剔除多余的木，再由他用雕刻刀精修细部。机器与手工结合，已是现在木器营造的常态，手工的时间成本已不能适应当下的快节奏。可细部的精微雕琢，生动的眉眼，活泼的动态，个性的呈现，率性的表达，仍然依赖于手工。关键处的手法与技艺还是古老的，传承自父辈、祖辈。

年轻师傅姓顾，来自乐平塔前镇，一个有一百来户人家的村庄。学木雕十年，已经出师，可以独立接活儿了。在他口中，老一辈戏台营造设计者被称为"掌墨师傅"，那是一座戏台从无到有的灵魂人物。纯手工年代，一根根原生态的木料被修整成坯料，抛光、修形、打孔、雕刻、上漆、彩绘，全靠一双双手与工具浑然一体的驱动，再由灵慧的心在幕后策划、布排、掌控。木匠、石匠、绘匠、漆匠、泥瓦匠，还有木雕师傅、石雕师傅、砖雕师傅，众多匠人通力协作，才能成就一座戏台的形貌与神采。

戏台的营造法式，在数百年实践与创新的交错互动中，趋向稳定、繁复，美观的意味渐大于实用的取向。戏台每一部分构件的尺寸、比例，都有法度依循，资深的"掌墨师傅"早已熟记在心。也有一些喜欢旁逸斜出的"掌墨师傅"，在法度的基础之上，纵容智慧和想象的自在飞翔，于是，戏台的营造最终呈现出的是千台千面，姿态万端。这一点，当你走遍乐平的大小乡镇，与一座座戏台晤面，就能深深地体会到。

戏台遍布的乐平，其传承久远的古戏台营造技艺，在 2014 年入列第四批国家级非物质文化遗产。一代代工匠驱动手中的锯、斧、锤、刻刀、锉刀、毛笔与刷子，赋予平朴的木以翘飞的姿态、繁丽的面目、丰富的喻比、吉祥的祈愿，依靠卯榫、梁枋、斗拱的巧妙吻合，搭建成一个精美的整体，让方寸之地拥有了天地的辽阔，也联通时间的无垠……

一座座戏台之上，万千人物与故事如梦似幻地川流而过，喧腾、轰烈、灼艳。恍如抹平了日子间的沟壑、四季间的起伏，在乐平人眼中、心中，那是一抹永远不会淡去、消逝的春色。

让方寸之地拥有了天地的辽阔，也联通时间的无垠……

❖ 看这台上春色如许

笔下，微云起泰山

一管笔

它安静地悬垂，带有浅褐色斑纹的竹管，纤细、笔直、肃然。白色的笔头，像一枚倒转的微细的荷花苞，顺滑的弧线，聚向尖尖的一点，指向大地。它，散发着敛收的淡然气息。

将它取下，入水，浅浅地润泽，待花苞略微舒展，控一控水。再入墨汁，深情凝眸一般，待花苞浑然浸透，轻点砚边，控一控墨汁。提笔，落于纸上。

点按、提锋、斜上、折下、再斜上，长而深潜的呼吸一般，在气息的尾部，弯折向下，回锋，内收……饱满、匀停、劲直的"一"，书法中最基本的笔画"长横"，端然卧于纸上。

不一刻，墨汁渗入纸的纤维缝隙，两者筋脉合一，再难剥离。如刻。

一生二，二生三，三生万物。横、竖、点、撇、捺、折、钩。在一次次与墨汁的遇合中，渐渐地，每一根笔毫都充分地润泽，充盈，一种急待绽放的力，从根部涌至毫尖，它疾奔起来，像奔跑的脱兔，像游走的龙蛇，像欲牵非牵的蚕丝，像甩动的豹尾，偶尔也像蓦然驻足的猛狮，回头那一瞬莫可名状的凝视……那是深藏在一管毛笔身体里的，兽的精魂，被墨汁释放，纵迹于纸的旷野。

是的，我一直觉得毛笔的身体里有兽的精魂，有山野的气息，有风的涌动、水的流转，有云朵的飘浮、雨的穿梭，有雷鸣的重浊、闪电的迅疾，有歌吟有啸叫，有日月的明暗交接，有一种不受拘囿的力量，尽管它看起来那么安静，遇水柔软，适合文化的语境，被归于雅的范畴。

如果不是墨汁的纵容，它枯瘦、端凝、拘束，等同于被囚禁。可它注定会被唤醒，那是一管毛笔的宿命，甘于拘囿只为被唤醒的一刻。

古来行书有三绝，《兰亭序》《祭侄文稿》《黄州诗帖》。兰亭雅集时，微醺状态的王羲之，信手握笔，瞬息人笔合一，达至化境，与其说是酒在一个人身体里的奇妙发酵与纵容，成就了再难复制的绝笔，不如说那一刻，人的理智松弛而未懈废，感情与意绪舒张而不拘束，一腔浪漫神思联通墨汁，将一管笔内在的力量激发，两者合一，恣肆流泻，化为了墨书的天然自在律动。

当一管笔抵达幸福癫狂的时刻，也是它的至尊时刻。但毛笔无法自为，它是人的情绪、神思与墨汁，与纸联通的管道，握处的刚与稳定，行笔处的软与绵健，保证了这联通实现的可能与通畅。

纸上的墨迹，是一切记忆的涌现，人的、笔的，是对自然与生活的模仿、回忆、提炼与表现。

最初的笔，坚硬，取自石头或兽的骨，与原始人类简单粗糙直接的语言形态呼应。再然后，木加入，铁加入，蘸植物或矿物汁液，点染在陶罐粗糙的肌肤上……直到柔软到来，赋予了多种形态书写的可能，文字疾奔如话语滔滔流淌的可能。

据说，完成这一转折的，是秦朝大将蒙恬。这个统兵三十余万对抗匈奴，又让万里长城初具雏形绵延北方的大将，在某一情急时刻，耐不住以刀刻木的滞缓，以一员武将的莽撞与粗糙，一手抢过身边士兵武器上的红缨，捋巴捋巴，用绳捆绑在木杆上，蘸血水，一通疾书，将急于传递的军讯以文字的形式涂抹在绢上……那一刻，他内里恐怕长舒一口气，每每书写时感觉被捆缚的身心，终于找到了纵马疆场的那一种酣畅淋漓。

他不知道，那一时刻，就此奠定了中华民族后来两千年书写史的大致形态。

一管管毛笔，在两千年时光中演变，形容渐改，簪白笔、鼠须笔、鸡距笔、散卓笔、揸笔、斗笔。可宗旨如初，赋予千变万化的文字组合可以触摸和欣赏、会意和理解的形体，进而传情表意，实现人与人之间的沟通、代与代之间的接续，记录荣耀、显赫、尊崇、神圣，也记录挫败、屈辱、丑陋、卑微，大地上的风云际会、潮汐更替、峰谷错置、繁盛荣枯、日月消长，人世间的跌宕沉浮、恩怨情仇、生死瞬息、福祸暗转、喧闹寂灭，还有居于这一切之上、阔大无边的虚空，无一不是由一管管笔记载、书写、铭刻，穿越时间与空间的阻隔，有的遗失，有的传续。

可以说是一管管毛笔，接续完成了这一贯通古今、接续时空的庞大工程。天定的使命，使得它们以娇小的身形进入文化的领域，成为中华文化与文明的一部分。

看似形简势单的一管笔，之中所蕴含的深刻意味，被东汉末年的书法家蔡邕提升至天地人伦、自然哲学层面，在最早专门论述毛笔的文章《笔赋》中，他怀揣对毛笔的满腔柔情，慷慨而谈："上刚下柔，乾坤之正也。新故代谢，四时之次也。圆和正直，规矩之极也。玄首黄管，天地之色也。"

天地间，一管管笔铺排成浩瀚的阵容，浩瀚到每一个体都面容模糊不清。可我们只要迫近去看，那一管管笔，犹如一个个人，有着自己的身世、性情、际遇、命途，或平朴，或传奇。

一个人

他说："我只是个匠人。"

简单的几个字，简短，干净，有力，让微信这一端的我，忽然心生敬意。

我是冲着他的"文港毛笔制作工艺省级非遗传承人"名头找到他，可他对自身的定义，忽略了这一身份，之中有一种简明至极的纯粹。

我到的时候，他坐在工作室一隅。面墙而坐的一帧背影，躬身在一张小木桌上。

白汗衫、黑短裤，鼻梁上架一副眼镜，看人时目光越过眼镜的上沿。平朴的面容，淡然的没有笑容的寒暄。直到采访渐入佳境，话语流越来越松弛，笑容才浮上了他的面颊，令眉眼生动起来。

坐下来，看他专注于手中的活儿。这是他工作的常态。看起来有些年头的木桌，不足两尺长、一尺宽，桌上堆挤着台灯、笔、笔筒、蜡烛、药瓶、眼镜，无声地明示着一个制笔匠人的日常所需。近手处的铁盘里，一边躺卧着许多细小的棕色笔头，一边是白色笔头。铁盘左边竖着一排排笔毫，仿佛刚刚列队的士兵，号令声犹在空气中回荡。铁盘另一边是一只白瓷碗，碗中清水一盏。他手下卧一小方黑色的大理石板，左手的中指、食指、大拇指抵住一截竹管，竹管前一排湿润的毛毫，紧密排列，他右手握一柄刀，俯身，埋头，刀尖理顺毛毫。这一环节，在整个制笔流程中称为"护笔"，将盖毛卷覆笔芯，再剔除杂毛、浮毛，以确保毛毫的齐整纯粹。

毛笔的制作，分为水作和旱作（也叫干作）。作为文港毛笔制作的非遗传承人，周鹏程擅长的是水作，关乎笔头，一管毛笔的最核心部位。

他与微小的笔头，痴缠半生。在它小小的空间里，横亘着数百上千微毫构成的迷途，他在其中流连、迷茫、彻悟、坐忘，终成为一个洞悉奥秘、深谙其道的匠师。一枚小小的笔头，成为他眼中心中的大道。

匠师的起点，无一例外是一名"小白"，常常在对手中的事物毫无了解时，就被外力推动着与之劈面相逢。周鹏程出生在离文港镇三四公里的周坊村，小小村落在明代就是户户作笔，更因为万历年间，从那里走出过一个以制笔名闻天下的名家周虎臣，其后人在清朝年间为避战乱，辗转至上海，开设了"老周虎臣笔墨庄"，延续至今。周坊与毛笔的链接，在岁月轮回中越来越紧密。至周鹏程懂事时，周虎臣已成乡人心中的一阕传奇，传奇中隐伏着世人的艳羡与追慕。

那时，精于制笔的匠师，被乡人高看一等，被笔庄的老板高看三分，他们通常昂头挺身进入一家笔庄，不左顾不右盼，问一句"要人吗"，若是肯定的回答，自会有人端来凳子，他便端然坐下。老板定然恭敬有加，师傅的手艺决定了笔庄的招牌和颜面。高级匠师通常一年只做三四百管笔，每一管都是精品。他制笔时，连老板也不能站在一旁观看，那是属于一个匠师独有的秘密。或许，他会传给自己的儿子，以确保这门手艺灯灯相续，不萎不灭。

也有匠师已定、无需请人的笔庄，在得到否定的回答后，那闯进门来的匠师依然脚不滞步，昂首直行，从笔庄的另一门出去。民间称之为"不走回头路"。那昂首的姿态里，有制笔匠师的尊严，也有旧时对毛笔的看重，那是植根民间，通向文化阶层的不多的支脉。

进入上世纪60年代，刚及桌子高的周鹏程就被父亲约束在家，在一盏煤油灯下，打着瞌睡做"盖毛"。他家因为几代制笔，攒下了一点家业，被划定为"地主"。周鹏程至今记得一个皮革覆面的枕头箱，里面装着金银首饰和做毛笔的工具、材料，后者想必是祖传下来的，可在水流般涌动向前的时光里，不知所终。父亲因为"地主"的帽子，无法进队里的毛笔厂，可他的制笔手艺是远近知名的好，厂长自小相熟，便悄悄将一些活计交给父亲，让他晚上在家里做。

一年到头，农忙的时候，精力只顾得上种田，待到农闲时节，制笔的家什才放上台面。白天大人忙着在队里挣工分，到了夜晚才能制笔……笔头最核心部位"笔芯"，只能是父亲做，而盖毛，工艺上要求不那么精细，对笔的品质相对影响较小的部分，就交给孩子。五个兄弟姐妹中，周鹏程排行老大，自然是逃不过。

一家人围坐在半明半昧的光线中，默然无声又有序地，进行各个不同的环节。制作一管毛笔，光笔芯部分，就有选毛、采毛、熟毛（将毛毫浸在石灰水中，去油脂，去腥味，消毒）、梳毛（用骨梳在水盆中洗去毛绒和残留的皮脂）、齐毛（将一根根毛毫沿骨梳边缘对齐排列）、切毛（根据笔锋长短，用尺子比对后，自根部切齐）、梳毛、去杂毛（用薄刀刀尖剔除劣毛、无锋毛）、梳毛、配料，经过反复梳洗整理的毛毫，摊开成薄薄一片的"刀片毛"，根部齐平，毫锋呈一道弧线，从一端卷至另一端，笔形即出，谓之"作笔形"。但这还只是笔芯部分，制作外面的盖毛，也需要同样的步骤。盖毛卷覆在笔芯外面，使之成为整体，称为"护笔"，一枚笔头终于成型。之后，绑笔头，晾晒干。再装笔杆，笔杆刻字。最后还有非常重要的一环——修笔，这是毛笔正式出品前的最后一次精修，剔除浮毛、杂毛，确保笔形完满。

其中，水盆中的梳毛，需要反复多次，这是一个不断汰劣求精、让毛毫变得越来越纯粹精当的过程，要求十分精细、耐心，逐根择毛，精细分类，合理组合，方有笔形的完美塑造。每一根毛毫都关系笔的品质。一根毛毫，由外而内分为鳞片层、皮质层、髓质层，鳞片层为绒，毛尖填实的部分为颖。绒的多少影响蓄墨性，皮质层的厚薄和颖的长短，决定毛的弹性。大量的毛毫存在这样那样的缺陷，如弯曲、缺乏弹性、无尖锋、开叉等，而圆润饱满又劲挺的完美的毛毫，一百根里通常只有三四根，需要锐利而挑剔的目光，将它们从芸芸众毛中甄别出来。它们是制作一管笔最核心部位——笔芯的上佳原料……

在年复一年的重复劳作中，周鹏程渐渐熟悉了各种毛毫的特性，能轻易分辨出不同动物的毛毫，甚至不同时节与不同部位的毛毫。

佳毫与劣毫，只待一眼，便可辨别。

可他的心思不在这些不起眼的纤细毛毫上，将他的目光紧紧粘附住的，是隔壁邻居请来的木匠，和他刚刚做好的木工活儿。那个可以被轻轻晃动的摇篮，围栏上蹲着狮子头，精密衔接的卯榫，流畅的线条，可是比还没小手指长的毛毫，神气多了。即便做一个乡村匠人，他也情愿和木头打交道，做那种又大气又美观又实用的木器活儿。

1962 年，一管毛笔四五分钱，价格已经跌了又跌，可还是没什么人买。1972 年，周鹏程走过一幢破落的半敞开的房子，毛笔在绳子上吊了一排，却连问一问价的人都没有。不只是近代书写方式的改变，那一场劫掠中国大地的革命，将文化的根系连须带根铲除，毛笔失去了它赖以生存的土地，失去了世人的尊重之意、爱护之情、呵护之心。须得再等待数年，属于一管毛笔的春天还会到来。

1982 年，周鹏程只身奔波在路途上，衣兜里装有一纸盖了大红印章的介绍信，用他和大队干部的老交情，还有五十元钱换来的。介绍信上几行字，大意是他是周坊村村民，品行端正，被准许到外面找工作。那时节，没有介绍信，将寸步难行。找工作需要介绍信，坐车需要介绍信，住宿需要介绍信，有时连吃一顿饭也需要介绍信。

没有方向，仅仅依靠直觉判断，莽撞前行，所凭恃的是一个年轻人渴望闯一闯世界的热忱。因为不知道哪里有路，那大地上便处处是路了。怀着这样的念头，他走进了乐安县城关镇一家工厂，摆出自己做的笔，笨拙地陈述自己的制笔经历和经验，他成了厂里的师傅。工资菲薄，几个徒弟根本不会制笔，厂长也非行家，前景渺茫。他又揣着一页新的介绍信，重新上路。这封介绍信，由城关镇人民政府开具，大意是允许他到外地推销毛笔。

这一次，他直接闯进了北京。闯进北京的周鹏程，背着一个皮革包，包里装了几种不同规格的毛笔，那是他在乐安用周坊村传统工艺制作的毛笔。

北京城里到处是灯，这让一个来自普遍使用煤油灯的乡村的青年，心头一震。可他四处找不到旅舍，车站有一个专门的旅舍介绍处，旅舍不止价格超出了他的预期，还需要非常严格的身份证明。在车站附近徘徊无依的他，一个念头，又坐上了火车，任由火车带他去到一个陌生的小县城，河北兴隆县。

火车抵达小站时，已是凌晨三点，清寂的站台上，一盏孤灯。可是他没费多少周折就住进了一家小旅舍，历经一天两夜的火车漫途，疲惫的身体终于可以和一张床、一个枕头合为一体，那一刻简直称得上幸福。

睡了没几个钟头，他就醒了。再睡不着，索性背上包，一路问到群众艺术馆。

"你的笔没用。"一句硬邦邦的话，将他打蒙了。走出门外，方才回过神来，心里泛滥的自卑和羞怯，让他没有勇气回头，去问一句"为什么"。他一直觉得自己传承自父亲的制笔手艺，在方圆十里也是数一数二的，却在闯荡的第一站，被粗糙地瞟了两眼后，就给判处了死刑。

他不甘心，看见一所学校的大门，便走进去。校门口的宣传栏里，贴着用毛笔书写的公告、喜报、通知。他揪紧的心松开来，大胆地闯入。这一次，他卖出了90元的笔，一管笔三、四毛钱。

他又转去了赤峰，那时尚属河北的一座偏僻小城。在群众艺术馆，他遭到了同样的拒绝，"你的笔没用。"这一次，他没怯场，没后撤，而是虚心地问"为什么"。在他的恳求下，群艺馆的老师拿来他们用的毛笔，两相对比，差距太明显了，他一眼看出来，那是真正的毛笔，百分百的动物毛毫，笔杆刻字，而他制作的毛笔，按照周坊的惯例加了麻，笔杆贴字，两种笔不在一个档次。

再问，"一管笔多少钱？"

"27元。"

跌落深崖的震动，接着是稳住身体的惊喜。这一跌之下，他反而不慌。他在心里算了一笔账：一亩田，产二三百斤稻，一斤卖9分5。还没有一管笔的价格高！这悬崖般的落差，让他看到了一管笔的价值，这是他和像他一样埋头在周坊村制笔的人，不曾看到的。

在心里，这也是一管笔该有的价值，与它所蕴含的古老工艺、精细手工、书写功用、文化勾连相匹配。他，下决心制笔了！

四代人

笔，仿佛是整间工作室真正的主人，它们占据了各个角落。屋中几排架子上，垂挂着无数条笔头，"条"的单位并非错用，细线上，笔头一个挨一个，保持着蓬松自在的形态，但在尾部被同一条细线捆绑，贯穿。细线以紧缚之力，让由无数毛毫构成的笔头单独成立，紧结一体，又将一个个笔头串接成一体。在每一条线绳的下

❖ 笔下，微云起泰山

端，垂挂有填满水泥的小型罐头盒，它们是向着大地拉坠的力，以确保笔头紧实，在此后无数次奔腾跃进时，不至松散。

在两条长长的木案前，坐着穿蓝色 T 恤的男孩和着红裳的老妇。老妇整理毛毫，是"护笔"的前奏。男孩在绑笔，那一条条垂挂的笔头，其中不少是他的成果。他将一端的线头咬在齿间，右手拽紧细线的另一端，细线上参差有序的果实般，缀满了许多毛毫舒张的笔头，而桌上还有许多笔头等待着结挂其上。

采访的过程中，进来一位着黄色 T 恤的男子，他未发一言，走到靠窗的条桌前坐下，开始将笔头装进竹管。竹管是从文港笔市上购得的，来自固定的被周家信任的供货商。笔市延续当地旧俗，逢农历的一、四、七日赶集，不只满足文港一千多家笔庄的买进卖出，也有许多来自全国各地的批发商，定期来赶集。这里已成为全国闻名的毛笔产业集市。赶集人在密密如织的摊位前，精挑细选，总有让自己满意的材料或物资纳入袋中。

不知何时，通向外面店堂的推拉门前，一把竹躺椅上，坐着一个穿白汗衫的老人。他静静地端详着前方据案制笔的背影，偶尔也瞥向聊天采访的我们。一恍神，那把躺椅空空如也了，我忽然意识到：老人就是周鹏程的父亲，一位手艺精湛的制笔师傅。果然是。

在某一刻，这几十平米的空间里，聚集了老少四代，他们在日月流转中，在一呼一吸、一举一动间，完成着关于一桩古老工艺的传递。

笑意频繁地浮现在周鹏程的脸上，他即将进入制笔生涯的黄金年代。

改良，是必行之道。睁开的眼睛，再不能强行闭上。他四处寻谋真正的动物毛毫，他想制出好笔。这是每一个制笔匠师的梦想。

听到货郎"叮叮当当"的响动，他跑得比孩子还快。在孩子们忙着用各种物品换食物的时候，他一心一意找的是动物毛。托人找到一家油漆工厂，收购来一批次品油漆刷，那上面拉直处理过的猪鬃，是时下难得的制笔材料。

东南西北闯荡，他的脸皮早磨厚了。每到一地，就找画家。找到画家，就问人家用的什么笔，眼睛往笔筒、笔架上逡巡，一般画家的"看家笔"不过三四支，那绝对是称手的好笔。这样的笔，他一定拿到手上，摸一摸，看一看，一看就能看出端倪，用的什么动物毛，配毫的比例，笔芯与盖毛的组合。再看画，画呈现的风格韵致、精妙的局部，出自哪一种笔端。不同毛的配比，带来不同的笔的软硬度、弹性、力道、蓄墨性，这些都会在画中、在字里行间，隐现出来。看得多了，久了，他的眼睛识得出，瞧得懂。

他在心里翻来覆去地琢磨，琢磨透了就上手做，做好了请人试笔，试了笔听了人家的说法，回过头再琢磨……1992年，他带着一批自行改良的笔，像揣着一种秘密武器，再去闯荡世界。

他来到太原，没走出车站，而是走进了站里的宣传科。"咚咚咚"敲门，门开了，"要笔吗？"，话没说完，门"砰"一下关上了。

他在门口站了一刻，再抬手，敲门。这次敲得含蓄，也谦虚。门开了，他一手撑住门，软声道："笔让您试一下，不是卖的……"

三言两语，掏开了对方的心窝子。原来，前不久那人订了安徽的一批笔，货发过来，粗糙得很，有的连笔头都没有，还不能退，七八千元打了水漂，他被领导狠狠地批了一通。窝在心里的一腔火，随着话流泻了，心结打开了，那人试笔，"咦，你这笔好用！"

再一一细看，支支笔都经得起精挑慢选……那人一口气买了两千多元毛笔，上上下下帮他找领导签字。

做了近六十年笔，心里手头积攒下太多的"暗语"，那是可以与一管笔意会的，却又是和人用言语难以道尽说透的。可以说出的，永远是那些能够梳理归纳的节点，你看得见，别人也看得见。可从自己脑子里过滤的，由自己指头感知的，经过了自己经验化合的，那些幽微玄妙处，是说不出来的。它们构成了周鹏程手中诞生的一管管笔，隐在的密码。

先说可以说的。比如，动物的毛，在不同年龄、不同季节、不同部位，都呈现出不同的品性。最好的毛，他说是山东济宁的狼毫，入冬前后二十多天内拔毛，圆锥形的毛毫，根根挺直圆润，下粗上尖，根无杂绒，出色得很。错过了这一时段，冬深既久，春信在望，毛的根细了、绒粗了，就不再适合入笔。羊毫，必得取自年轻力壮的公羊，身体康健，毛发自然爽亮劲挺。全身只取耳后与腋下的毛毫，未被风吹雨淋过，入笔为佳。一般一只羊身上可以制笔的毛毫，只有四两，之中带"颖"的不超过一两半。出色的匠师会将这四两毛毫，按照长度、硬度、弹性、颖的品质，分为十个等级，用于制作笔的不同部位，将之用到极致。紫毫为野兔毛，被白居易形容为"尖如锥兮利如刀"的紫毫，只取野兔近脖颈背脊处的毛毫，因为稀少难求，"每岁宣城进笔时，紫毫之价如金贵"（白居易《紫毫笔诗》）……个个入了门道的制笔匠人，都能讲出一番"挑毫经"。

单以笔头弹性的强弱，分为硬毫，如兔毫、狼毫、貂毫、紫毫、鼠须等；软毫，如羊毫、鸡毫、胎毫等；兼毫，如紫羊毫、羊狼毫。若按锋颖的长短，分为长锋、中锋与短锋……还有许多无法简单归类的，只存在于每一位匠人心中。

恰好邻居拿来一管新制好的笔，请周鹏程试笔。

他蘸水，在水写布上写下"尖、齐、圆、健"四字。他抬起头，对邻居说："配方有问题，尖有点硬。"邻居未深问，点头，离去。

配方是每家笔庄紧揣的秘密，自不可相问，但可以点破症结，那是改良的捷径。

在周鹏程的笔越来越畅销，名气在文港越来越响亮之后，常常有小孩来偷晾晒在门外的笔头，自然是拿回去交给大人琢磨。还有人找理由跑来看他制笔，也有人仿制，可悟性在人，手头有别，周鹏程的笔，和文港一千多家笔庄的笔，终是不同。

水写纸上，端正的四字"尖、齐、圆、健"，渐渐隐没不见。

在彻底隐没之前，他说起了毛笔的"四德"。

尖，指落笔、回锋、提笔都尖；齐，每根毫都在劳动，齐心协力；圆，笔画、笔形圆润饱满；健，都说狼毫硬羊毫软，可在他看来，羊毫有羊毫的健，狼毫有狼毫的健，关键在于不同的配比组合。而前三点做到位了，便自然而然有了一管笔的健。

采访前，我略做了"功课"，关于毛笔的"四德"，源于湖笔，解释已成固定模本。周鹏程的解释与之不同，是从他六十年制笔生涯中生长出来的、带着根须的体悟。

最后，他说："德是看不到的，人们看到的只是形。"

❖ 笔下，微云起泰山

的确，一管又一管笔，在周鹏程身后的案板上铺排成壮观的阵容。走出门外，走进文港的任何一家笔庄，都能看到这样的毛笔阵容。可在那看起来差不多的形态之中，却蕴含着太多不可言说的微妙之别，只有将它们握在手中，提笔行运纸上，或可知道笔与笔脾性的差异。

文港曾有个手艺顶尖的"干作"师傅，人唤"金老矮子"，今已作古。多年前的一天，周鹏程从"金"店门前经过，"金老矮子"忽然唤他，"小周，来坐一下。"坐下，"金老矮子"便竖起拇指，"我就佩服你做的笔头。"

周鹏程笑，不语。两人平时交集并不多。"金老矮子"拿手远远近近地指点一圈，"他们做的笔，打开来，笔头像矬子，齐、厚，一点不好使。你的笔，有形，像花生米的弧形，圆圆的，高手！"

周鹏程知道阅笔无数的老人，是真心称赞他的笔，与众不同。

说到笔之不同，周鹏程拿出了一封珍藏的信。

两封信

想说的，其实是一封信，和另一封。此信与彼信，相隔了一千二百年时光。

自然的，写信的人与写信的人，收信的人与收信的人，似无关联。将两者并置，因为一管笔，和另一管笔。

因为笔，两位写信人，有了关联，他们都是一日不可离笔的书家，在当时已有不小的声名；两位收信人，也有了关联，他们都是一日不可离笔的制笔匠师，也在当时已有不小的声名。

中唐时期，宣州陈氏是制笔名家，相传家中藏有王羲之的《求笔帖》。若真，可证明陈氏制笔历史至少已有五百年。"颜筋柳骨"中的柳家，是字体骨相劲健的柳公权，他由王体入门，兼取众多书家之长，糅合化变而为柳体。柳公擅长楷书，他曾向宣州陈氏求笔。陈氏先予他两管笔，让他试笔。

这是两管特制的笔，有别于当时坊间流行的笔的形态，联通一个怀揣多年的疑问。但陈氏并没向柳公说透。

摩古而不泥古，是书家习练之道，也是制笔匠师的制笔之道，于是才有一再的创变，与新的确立。可在这两个领域，却又存有寻本求源、以正其脉的执念。坠入时间深处的历史，早已漫漶不清，却又让人渴望去看清看真。

笔送出了，心悬着。陈氏对儿子说："柳学士如果觉得这笔好写，必会留下来。如果退回，可拿普通的笔给他……"

笔被柳公退回，于是，换了两管普通笔，柳公一试，大赞"好笔，好笔"。陈氏心中的疑问，豁然廓清。

原来，这两管笔，是他依照祖传的王羲之《求笔帖》，和诸多关于古笔的历史资料，揣摩多年，运用古法制作而成。相隔五百年，毛笔的制作已折转几道山头，即使踮起脚尖，也难望清来路。他不知这样的笔，可还适合今人之手和运笔习性。

字的品性，与笔的品性，相依相存，犹如一体两面，不可分割。造诣高深的书家，不可不熟悉笔的品性，一生都在寻找得心应手、与自己的书体无比契合的神笔。手艺精湛的匠师，也不能不了解墨字的品性，那结体与使转间呈现的张弛、强弱、快慢、行止、浓淡、瘦腴、阴阳关系，与一管笔紧密关联。正如周鹏程所说，每一根毛毫都在齐齐运动，参与对一个字的塑造。

经由这两管笔，陈氏仿佛打通了穿行茫茫山体的隐秘通道，通道的尽头，那被距离隐匿的细节的真实，终于依稀可辨。

他对儿子感慨道："古人与今人差别很大，果真如此。柳体和王体之不同，在于刚柔的区别。王右军用的鼠须笔，力道苦劲，不是一双神手不能自如地驾驭。欧阳询和虞世南两大书家，喜欢用刚性强的笔，但至他们，兰台古风已不再。颜真卿、柳公权虽然筋肉形态不同，但韵态一致，已不适合用王羲之惯用的那种笔……"寥寥数语，一气评点数代书家，由字态而见其用笔的偏好。不能不说，这是一位制笔匠师关乎墨书和笔的洞彻。

柳公哪知陈氏心中的婉转疑念，欣欣然回以《谢笔帖》："蒙寄笔，出锋太短，伤于劲硬。所要优柔，出锋须长，择毫须细。管不在大，副切须齐。副齐则波撇有凭，管小则运动省力。毛细则点画无失，锋长则洪阔圆润。"

这封在想象中浮现的信，六十余字，想必以经典的柳体楷书，写在质佳的宣纸上。字里行间，流露出一个成熟书家对笔的悟解与心会的自信。笔与墨书的对应关系，可窥一斑。

另一封信，在手机中以图片的方式呈现。

暗花笺，环扣纹滚边，竖纹隔行，旁有"晏庐用笺"，工丽婉健的行书小字，落款"己亥冬月二十三日 晏庐曹宝麟拜书呈周鹏程大师座前"。信有十三页，实为一篇名《鹏程指万里》的文章。

笔，自然是两人结缘的姻媒。

此信，由曹先生与江西毛笔的一次途遇开篇。那是 1983 年秋天，曹先生乘船至九江，在临江商铺拿起一管江西制笔，观其工艺粗糙，弃之未买。当时，湖州善琏笔名盛，其羊毫柔软，适合粗壮书体，在曹先生看来，湖笔却因笔肚的蓄墨功能而牺牲了笔毫的弹性，于他并不适合。他坦言："有一支得心应手的神笔，在我简直是一个梦想。"

"……曾几何时，天下毛笔市场基本已被江西所占领，进贤的文港镇以华夏笔都的美名逐渐喧腾。"此言非虚，有资料显示，近年来国内书法家用笔百分之九十出自文港，全国毛笔市场的三分之二用笔出自文港。

己亥年三月，曹先生带学生来到文港，找到因笔结缘多年、擅长制作小笔的周有财师傅，后者又将他引荐给了侄儿周鹏程。

结缘的方式，自然是赠笔，试笔，说笔。"周鹏程师傅在结识的半年内，向我推荐的款式大概有十余种。总结其叔侄的区别，是鹏程擅作短锋，复古倾向比较明显，他开发的鸡距和三副，都是晋唐笔样，但唐笔出锋更短如锥，鹏程师傅似乎作了放长的改进，有一批紫毫鸡距，他听我反映好像不够劲健，马上意识到工人未按其要求加工，把纳笔头的孔少钻深若干毫米，以致入管太浅，造成乏力。他让我全数退回，重新拔出笔头返工钻深，他告诉我这样报废了十几支笔，但他仍按原数寄我。再试，果然与其初付的样笔效果相同了。大师毕竟是大师，同样如名医，望闻问切，便知症结所在，手到病除。不禁为其精益求精的工匠精神，感动良久……"

曹先生不知，周鹏程为制作一管让他"得心应手"的笔，做足

❖ 笔下，微云起泰山

了功课。他从网上找来曹先生的书法作品，一笔一笔细看慢究，曹体肉多，其小字多丝线枯笔，若笔头做"死"了，不够"活"，就写不出牵丝引带的效果。而且，曹先生有高执笔、运笔疾的特点。他专门为曹先生制作了一款又一款笔，曹先生每每收到，都会在第一时间告知，随后试笔，再告知。"小字可写，一尺以内的大字也可写……"得笔如斯，古风犹存、心有感念的曹先生，回赠周鹏程四字墨书——"制笔圣手"。

笔与心会，与手合，方能纵横纸原，酣畅淋漓。周鹏程制笔，不固化，不拘泥，他会根据不同书家的特点和运笔习惯，设计不同的毛毫配比。笔势中较为特殊的涩势、横鳞，非特制的毛笔，难以自如写出……

此信中，处处是知音之间的"看见"，与惺惺相惜的感念。

一支毛笔制成，有几十道工序，最重要的应就是最后的修笔。周鹏程师傅的工作照片无不是专心致志地用小刀剔除无锋杂毛，在手上旋转回复，目如鹰击的写照。这是老师傅不假手于人的关键环节。但是无秘不示人之处，因为这种感觉与手法是自己几十年练就的，别人偷不到……

对于一个见贤思齐心存高远志向的书家而言，一支好笔让他如虎添翼，增强了挥运的动力和自信，不禁感叹原来古人的高度，是由优良的文房四宝助其一臂之力才能达到的啊……

两封信，一古一今，贯穿其中的，是笔与墨书的攸关之情，是始终不变的精益求精的工匠态度，是书家与制笔匠师天然不可分的亲缘。"知音"的情愫，由一管笔传递，在墨迹中印证。

一个村

如果不是在出村时遇见他，文港周坊村之行，将空洞乏味地结束。

不早不晚，他顶着亮晃晃的午后太阳，骑一辆电动车进村，与我们的车擦身而过。此前半小时的游逛，不停地询问，也没能找到我们想看的。心有不甘，于是停车借问："村里还有周虎臣故居吗？"

那人停住车，一摆头，"跟我走。"我们将车掉头，跟上他，他骑在车上，偏过头来，"这碑林，你们看了吗？"

周坊村村口，穿过一架石制牌坊，道路两旁有十余块显然是新立的碑刻，太过崭新的面目，此前未引动我们的兴致。后来才知，这碑林是他一手策划，又一手监制，最后亲眼看着它们一块块竖在村口道路旁的。石碑上摹刻着社会各界名家为周坊——偏安赣地的一个小村庄——题赠的墨书。

这位看起来像是村中文化骨干的男子，名周俊如，年已六旬，对陌生的探访者抱以毫不设防的高度热忱。这热忱中，透出他对自己村庄的珍视。

将大地上的一切烤炙得白亮晃眼的烈日，蒸腾出他身体里的汗水，在他的 T 恤上留下不规则的斑斑湿渍，也在他的额头、脖子上留下清晰的汗珠。他丝毫不受其扰，在烈日下走得兴致勃勃，尝试将我们带向这村庄里一切他觉得有意思的角落。似乎，在他心里存有一份完备的线路图，终于的一天，他等来了客人，得以将这线路图落于现实。

这是一个袖珍的村庄。在最初半小时的寻找中，我们没有看见一点制笔的迹象。随着他的指引，我们才渐渐深入到这座村庄的内部，去洞悉它与笔的数百年渊源。

"汝南世家""科甲第""光映玉堂""紫芬流芳""泽承丰镐""岐山耸翠""爱莲遗范"……门头、牌匾上典雅的汉字，赋予周坊村时光难掩的古意文韵。只是这些古宅多半空荡，有的大门紧锁，有的门前散落维修的脚手架，有的空气里散发着浓烈的桐油味，不见人迹，任由枯藤和新发的翠叶，缠裹住一栋栋古宅的外墙。不少宅院成了草木与虫豸的天堂。

周虎臣与周坊村的渊源，周坊村与毛笔的渊源，在"一管笔"中已经述及。民间流传有"无周不成笔"的说法，如果哪家作坊或笔庄里，没有周坊的制笔师傅，那毛笔的品质便得打一个问号，上不得台面……

原本听说周坊村至今家家制笔，遍地是作坊，可是笔呢，作坊呢？

却原来，村民已搬至新街，那条街上一栋新屋挨着一栋新屋，绵延而去。随意走进一家，都能看到笔的影迹：显眼处一条一条悬垂的笔头，簸箕中整齐躺卧等待晒干的笔头，躺在石灰水中去脂的毛毫，归置案头等待整理的毛毫，一簇簇列兵一样等待"披毛"的毛毫，一团团未及处理的毛毫，还有尚未取毛、刚刚从集市购来的黄鼠狼尾巴，以及已经制作成形的一管管毛笔……它们就在吃着饭、打着牌、聊着天、做着事的周坊人身边，安静地待着，共处一室，呼吸相闻。

制笔工具也形态各异。同一种工具，其材质有象牙的、木制的、铁质的、不锈钢的。偶尔在一些人家，可以看到旧式水洗毛毫的机器。周坊人似乎没有统一看齐的观念，只是依着祖传的方法和自我的悟性，走在属于自己的制笔路上。每家制作的笔，其特性自然不同。每天，海量的、有着大致相似的形貌，却有着不同笔性的毛笔被周坊人制作出来，它们借着"文港毛笔"远播的声名，仿佛乘上了被强风劲吹的轻舟，总能抵达属于它们的一处港湾。

周坊村以周姓为主，我们的引路人周俊如师傅，仿佛是这个午后来自周坊村的奇异馈赠，抑或奇妙的机缘。他带我们走这家访那家，一把掀开了遮覆的层幕，让我们看见周坊村最核心真实的样态。一个与笔共生数百年的村庄。

待他热情邀请，我们落座在他家舒适、宽敞的庭院时，他的身份才被挑明：十六岁开始作笔，曾在周坊村毛笔合作社、毛笔厂工作过，还担任过厂里的会计、一段时期的厂长，在外跑过销售。退休后，他依然闲不住，在为重建一座周坊毛笔厂而奔走。和周鹏程一样，也是一个与毛笔痴缠半生的人。

老毛笔厂原来建在一片乱坟地，十六岁的周俊如每天上班下班从坟堆中穿过，后来村民将坟堆推平。如今这里只有一座铁皮厂房，大门紧锁，四周草木环簇。当时，周坊有十个生产队，每个队派几人来毛笔厂上班，都来自成分过硬的人家。整个毛笔厂六七十人，一人一月作笔千余支，计作工分。不同的笔，按照难易程度，对应不同的工分。月底结算，超出一千支笔的部分，最多可以拿到八元奖金，再超出的部分，则按价值折算工分……超前的奖励制度，令工人的积极性不萎不谢。一年厂里库存毛笔五十万支，三十万支成品，二十万支半成品，用一个个大樟木箱子装着……那时，盐和大米才一毛四一斤。毛笔厂利润丰厚，农药、化肥都是大队统一购买，村民来领回家。

那时原材料也便宜，一根黄鼠狼尾巴才两三块钱，现在卖到了一二百，而且国家刚出台了保护野生动物政策，这意味着毛笔的制作面临新的转轨创变。相应的，那时毛笔也卖得便宜，几毛或一块钱一支。

说起过往，他的眉眼兴奋地跃动，微微前凸的牙齿因为连绵笑意而频频展露。这是一个干练、敢闯、在外见过世面的周坊人，他出外推销毛笔的经历比周鹏程顺遂，跑遍了全国各地，只有新疆、西藏、海南不曾去过。他是公家的人，代表公家推销毛笔，多少带了集体所有制工厂的优越感，购销客户基本固定……1979 年，待在北京推销毛笔的周俊如，时常去书法名家欧阳中石家中听京剧，是毛笔帮他敲开了那扇大门。那里经常聚集一群票友，京胡铿锵，戏音绕梁，他坐在人丛中微闭双目，手打节拍，心神悠然浮动，随戏音婉转。那是被春天的阳光照拂的一段时光。

二度出村时，周老师一直将我们送到村口，他要向先生详细介绍每一碑刻的由来。那些落款处赫赫知名的人物，都是他以一管笔为媒结识的。每一幅赠书中，都有一管笔的影子。他们边看，边吟——

"吟雪诗含翠，画梅笔带香。"

"读书众壑归沧海，下笔微云起泰山。"

"能令音信通千里，解致龙蛇运八行。"

…………

　　越过他们的话语声，我听见了风吹过田野的声音。村道两边，绿汪汪的稻田一直铺至远天。我蹲下身来，眼前是密密簇簇的叶片，齐齐指向天空，劲挺的叶尖透出蓬勃向上生长的力。不少稻子结出了饱满的稻实。

　　风过处，稻子们轻轻摇动，微微起伏，在湛蓝的天空和绿色的大地之间，勾画出风的形迹……

　　它们，与林立的一支支笔多么相似。

一个镇

　　方正的木盆中，填满草木灰，一支支沾染灰色的笔头，像一座座微小的山峰竖立其中。仿佛还在呼吸，吐纳。旁有一纸标签：灰盆（江西笔用），鸣谢：邹节明先生捐赠。中国文港毛笔文化博物馆。

　　到江西南昌近郊的文港镇，不能不去仿古街。那里笔庄一家挨一家，总能找到与你合缘的某一家。在仿古街一端，一座青砖覆面的古韵十足的建筑，就是中国文港毛笔文化博物馆。

　　在文港，与一管笔痴缠一生、抱有深情的人，太多。除了周鹏程、周俊如，我还探访了一位，邹农耕，创建这家博物馆的馆长。

他也是文港毛笔制作技艺的又一位省级非遗传承人。

2021 年，最新发布的国家级非遗名录，文港毛笔跻身其中。这与邹农耕一直致力于将文港毛笔纳入文化的视野，去观照、梳理、分析、总结、传承、创变，不无关系。

由衷的深情，才能让人对一事一物抱有郑重之心、尊重之意。两层楼、数百件关于毛笔制作的实物、图文资料，都是他泅渡时光之海，打捞自浩瀚民间。这些物品让参观者从不同的侧面、局部，去细细打量历史烟云中一管笔的演变、所依附的故事、隐现的地域特征与时代变迁，乃至附着其上的制笔匠人的品性与精神。

在坚持多年不断的搜求中，越来越多的实物资料汇聚而来，他不得不建起一座博物馆，又将博物馆一再扩容。

走进博物馆，一盏盏追灯下，每一样物品都散发着久远年代的气息，仿佛时光的一帧帧切片。这每一帧切片，都是邹农耕亲手采撷，整理，配以文字，再放进展馆的。每逢有人来参观，他便不疾不徐地，将这些物品的由来，其背后的故事，细细道来。

小时候习见的装笔竹篾箱笼，上面的朱笔大字"周氏制笔"还清晰可辨。出外售卖时肩扛的带屉挑担，一个个抽屉上，用毛笔自右向左写着：蟾宫第一、翰苑擒华、京章水笔、江南一品、书成换鹅、上料纯毫……那是制笔人和懂笔人可意会的"暗语"。

祖传几代制笔，打小睁眼见笔，梦中有笔，邹农耕已经习惯了笔嵌于生活肌理的那一种存在和陪伴方式。连姻缘，也是一管笔暗中牵引，将两个制笔世家链接在一起。早在他与妻子认识前，他收集的众多物品中，就有妻家的旧物，笔庄的票据，手书的账单……

婚后，蓦然惊觉，原来缘分天注定。

"水作"中用来洗毛毫的工具，因地而别。湖州惯用陶盆，赣地普遍使用木盆。陶盆可架在火炭之上，清洗毛毫的笔工，手浸温水中，洗去毛毫上的油脂、根部的浅绒，温水不伤手，却多少会损伤毛毫，带来损失——那是原料丰富的湖州地区，可以忽略不计的损失，人性化的工具，呵护了一双双玉手的肌肤。

赣地用木盆，即使凛冽冬寒时节，笔工的手都得长时间浸泡在寒水中一根根整理毛毫，手指肿胀、皲裂，血水混入盆中，丝丝缕缕……工具的改换并非难事，但木盆却一直沿袭，根由在于赣地实在缺少动物毛毫的原料。不变的木盆，冷水中手工淘洗的方式，只为将金贵原材料的损耗降到最小。邹农耕将此中缘由细细道来，末了说道："一代代笔工的付出，成就了文港毛笔，之中映现出赣人的精神特征……"

不同朝代的笔，南笔与北笔，风貌之别，清晰可见。晚清民国时期，邹紫光阁、北京李福寿、上海周虎臣、湖州王一品，并称中国"四支笔"，其中从赣地走出的占据两席。展品中，有数支邹紫光阁笔和周虎臣笔，其根都在文港（旧属临川），只是后者一直在上海坐地发展，又与湖笔有所交融，使得不少人误会其渊源。两者，依然带有明显的文港毛笔的根系特征。

不只动物毛毫资源不丰，赣地的毛竹也无法制作笔管，竹节不够劲挺、笔直，节头鼓凸。最适合制作笔杆的竹，细而坚挺，节与节之间颀长，便于截管，主要产在浙江、湖南、福建三地。在毫无原材料优势的条件下，一代代文港人不故步自封，硬是齐心合力将

❖ 笔下，微云起泰山

一个小镇做成了"华夏笔都",这与赣人坚韧踏实、刚柔相济的性情不无关系。而他们精制细作出来的毛笔,形貌质朴,刚柔并济,趋近古风,绵延着文港人植根山野、还原毛笔本色的不竭追求。

溯流而上,王勃《滕王阁序》中"邺水朱华,光照临川之笔"一句,说的实是文港之笔,那时文港归属临川管辖。出生在古临川的晏殊、晏几道父子,那或婉丽含蓄或绮丽悱恻或清越秀韵或沉郁深情的佳句,"无可奈何花落去,似曾相识燕归来""昨夜西风凋碧树,独上高楼,望尽天涯路。欲寄彩笺兼尺素,山长水阔知何处""落花人独立,微雨燕双飞""舞低杨柳楼心月,歌尽桃花扇底风"……恐怕也是经由一管管文港毛笔定格在了纸页上。汤显祖写下关于戏曲的妙注时,"生天生地生鬼生神,极人物之万途,攒古今之千变……"一句,想必就是从一管来自文港的毛笔笔端浮现。到如今,文港一年生产毛笔七亿支,散播全国,乃至世界各地。

一管管笔,悬垂于天地间,纤管、软毫,内蕴"四德",一旦力贯通其中,生阴阳,出形势,话乾坤。笔锋起落间,"微云起泰山",那一种蔚然浩荡………这力,由人之精神,赋予。

天地间，一管管笔刷排成浩瀚的阵容，浩瀚到每一个体都面容模糊不清。

纸上
浮世

辑二

刻字
如正楷
影下莲
傩戏台

傩影如刻

一

　　红脸膛，绿底盘金软靠，绿冠上横一抹蓝结带，剑眉入鬓，长须，背插四只令旗，时而弓步磨刀，时而将一柄大刀舞成团花……我认出了他，关公。虽然与我在江西南丰傩舞中看到的形象并不一致，面具的细部、舞蹈的范式、音乐的节奏都不相同，可那经典的红脸膛，一脸正气的岸然貌，具有鲜明的辨识度。

　　自大门透进的一方阳光，印在大堂正中，他就舞动在这方光亮里，动作刚劲，顿挫有力，仿佛自带一身光芒。关公，作为武圣人，在时光的演进中化身为忠与义的象征，一直领受着民间的尊崇。民间传说，故事演绎，庙堂里，戏台上，还有傩舞中，都少不了他的身影。此时，他与将军环护在太子身边，挥动双刀的太子步态颠动，不时与将军交错身形；此时，他与颜良激战数回合，双双将大刀舞动成团花，迈步，挥拳，身影回旋，锣鼓声激烈应和，直看得人眼花缭乱。

　　这段专为中国作协采风团表演的湘东腊市大沙塘傩舞，长约七八分钟，想来是乡间跳傩的精缩版。傩神们接续出场，手拄木杖驼着肩背的土地爷，手执铁链捉拿小鬼的钟馗，还有满场翻筋斗的小鬼，余下几位傩神我却难辨身份。与南丰古拙的乡傩相比，湘东傩舞显得更为华美炫亮。众傩神都是华服冠带，衣饰艳丽精美，舞蹈也更具戏剧表演的质感。

结束采风回到家，一遍遍回放现场录制的视频，请湘东文化馆钟馆长帮忙找到相关资料，将傩神们一一辨认清楚：展昭、包公、判官、赵公，也才发现傩舞队入场时，走在队列中的关公摘下了面具，红巾裹头，在吹一只号角，那是军队出征时嘹亮的先声。几天后，我在大沙塘村见到了关公的扮演者邹尾元，一位面容憨厚、说话略显羞态的湘东汉子，他跳关公已有三十多年。

与南丰县石邮村的乡傩不同，位于赣西的湘东傩舞，传承自古代的宫廷傩和军傩。此地最早的傩舞可远溯至唐代，如麻山镇的汶泉傩舞。据村中黄氏的族志记载，其祖先峭公唐朝为官，遭奸臣陷害，接到友人密报后一家人趁夜逃离京城，长子带着"傩神"来到江西吉安一带落户。繁衍至黄细公一代，为避战乱又辗转迁至湘东汶泉一带，插标为记，安下基业。宫廷傩舞就这样被带到了偏安一隅的赣西山村，一代代传承下来。而湘东腊市镇的大沙塘傩舞，和排上镇的毛园傩舞，都属于军傩。

二

傩舞最早出现在周朝礼仪中，"方相氏，掌蒙熊皮，黄金四目，玄衣朱裳，执戈扬盾，帅百隶而时难傩，以索室驱疫……"由宫廷傩到军傩，再到乡傩，深深植根在中国传统农耕社会的厚土中，随着大地上人的流动与迁徙，在时光中开枝散叶，并因地因时化变，靠灯灯相续、口耳相传，逐渐繁衍出缤纷多样的形态。从傩神角色、面具、服装到跳傩仪程、舞蹈与音乐样式，不同地方的傩舞个个有别，风味独具，参差互映。但其内核还是驱鬼逐疫、禳灾祈福，在每年的农历新旧年交接之际，为新一年拥有清明吉祥的年景而舞动。

宋代孟元老著《东京梦华录》，以个人视角和喜好捕捉了宋徽宗崇宁至宣和（1102年—1125年）年间，东京开封府内，上至皇亲、下至庶民的形形色色的生活实态。其中一段文字，记载了当时的傩仪："至除日，禁中呈大傩仪，并用皇城亲事官。诸班直戴假面，绣画色衣，执金枪龙旗。教坊使孟景初身品魁伟，贯全副金镀铜甲，装将军。用镇殿将军二人，亦介胄，装门神。教坊南河炭丑恶魁肥，装判官，又装钟馗、小妹、土地、灶神之类，共千余人。自禁中驱祟，出南薰门外，转龙湾，谓之'埋祟'而罢。"

在农历十二月的最后一天，浩浩荡荡的千人队伍穿城而过，浓金重铜软胄装扮的将军，体魁形丑面相狰狞的判官，和傩仪中少不了的钟馗、灶神、土地爷一长溜队伍，鼓点铿锵，锣鸣喧腾，沿途百姓争相观看，一路簇拥。寄身在傩面具中的"众神"，将一众邪祟驱逐出城门，还都城一片清平宁静祥和。那时的傩舞正向着傩戏演变，与"景色浩闹"的宋代市井生活相匹配，酬神的意味逐渐淡化，娱人的意趣日益浓厚。

"五隅年例扮迎春，忙煞城中城外人，所幸太平行得事，顶（我）随恨（你）去跳傩神。"这首悬挂在湘东傩文化展厅的《竹枝词》，是清乾隆年间任萍乡知县的胥绳武所写。现场陪同者用萍乡方言吟读一遍，浓浓的俚俗气息，道尽了当时湘东的傩事之盛。跳傩，是迎春的一桩大事，是倾动全城的盛事，也是民间人人参与的美事、乐事。

随着我国现代化进程、城镇化进程加快，人们观念与生活方式不断改变，傩舞生存的土壤已不复存在，在很多地方随着老一辈傩舞人的年迈或辞世，傩班后继乏人，傩舞的延续由自发自为的传承，而逐渐依靠政策性保护传承。

在湘东，依然保持活力的乡村傩班，散布乡野的一座座古傩庙，还有一代代钟情于傩面具雕刻的民间艺人，使得这一在当地俗称"仰傩""踩傩""耍傩"的民俗活动，依然像一株千年古樟，根深枝展，呈现繁盛的活态。

三

窗外雾罩山野，和几天前奔赴萍乡采风时淡金的阳光、黄绿交杂的山野构成的斑斓之景不同，天地仿佛一幅水墨画。这趟行程，我专为湘东傩而来。

"五里一将军，十里一傩神"，位于赣湘交界处的湘东区，古时是巫楚文化和百越文化的交汇之地，两种个性鲜明的文化碰撞、交融而形成傩文化植根生发的丰沃土壤。至今，湘东一区尚存有五十多座傩神庙。

汶泉村的傩神庙门脸古朴，红墙朱瓦，迎面一窄门、两素窗，檐下嵌一长条彩绘图画和文字。这是一座始建于明朝正统元年（1436 年）的古庙。湘东傩尊崇的"三元主"唐宏、葛雍、周武，化身三个高逾一米的傩神面具，端坐在正殿中央的神龛上，两侧红帘半掩。走近细看，案板上还摆放有十多个小傩神面具，这是村中傩班跳傩时佩戴的面具。

供案上，摆着三杯酒、三碗米饭。旁立一个嵌玻璃、门敞开的小木龛，内里一盏油渍斑驳的油灯，举一朵光亮。这朵光亮，据负责傩神庙管理事务的刘其军和朱思南老师说，自建庙伊始点亮后，就再未中断过。灯火相续，即便是十年动荡岁月，村中大小傩神面具、神像都被收走，付之一炬，灰烬装了几簸箕，这朵光亮还是在暗中被护佑、接续。一如村人对先祖与傩神的虔敬之心，一代代汶泉村人对傩事的郑重之态，从未因战乱兵燹、纷乱世事而断绝，延续至今。

神龛下两侧各有一个圆拱小门，内里分别供奉着两尊木像：土地和山神，都是颇有些年头的古物。在大殿一侧的偏屋内，供奉着一尊武财神赵公明骑虎木雕像，坐虎头微仰，咧嘴似笑，眼珠滚圆突出，头顶"王"字，一派天真憨态。而赵公明一手举鞭过头，一手抱持元宝，一字长眉，圆睛暴突有神，长髯，金甲衣，雕工与漆色都让人惊叹。据说这尊木像至少有一百多年历史，也是村民暗中守护，才多次历劫而得以留存下来。它们，都出自民间工匠之手，那股朴拙天真之气，加上时间的包浆，历史的脉息正是经由这些古老物件，被有形地感知。

《唐太宗出兵》《秦琼舞锏》《方相氏坐阵》《太子耍双刀》《关公拖刀斩颜良》《三大将军耍剑》《杨泗将军耍剑》《赵公耍鞭》《程咬金耍钺斧》《钟馗捉小鬼》《招兵点将》……汶泉傩舞尚存十多个传统节目，结尾还有傩戏《十个月怀胎》和《孟姜女哭长城》。与之相应，汶泉傩神面具中有女性角色，头饰花朵，弯眉喜目，咧嘴展颜，颇为罕见。

相比之下，腊市镇大沙塘傩神庙显得清寂许多。临路大门紧锁，跳关公的傩舞队员邬尾元匆匆赶来开门。走进去，右庙、左戏台，空无一人。傩神庙四柱三开门脸，倒是气派，十二扇对开木门，每扇木门中腰都饰有彩绘雕花。

突然间，噼里啪啦一阵烈响。却原来小雨转大雨，雨点砸在遮覆庙门与戏台间的棚顶上，仿佛天地间骤然敲响了激越的鼓点。

我们在这鼓点声中，踏入庙门。正中神龛镶有玻璃木门，隐约可见内里三座雕花木质傩轿，"三元主"的傩面具就端坐在木轿中。而一应跳傩用的傩神面具，据邬尾元介绍，安放在神龛背后的"日月箱"中，须等到腊月底一年一度的傩事开启时，才被跳傩人从箱中取出，用清水洗尘。判茭之后，傩神们"出洞"巡游人间，驱恶送吉。

邬尾元八岁学傩。他说小时候村中跳傩，引动家家户户和外村人争相观看，"比看电影的人还多"。他学傩经历了"海选"，那时跳傩的人在村中备受尊崇，家家都送孩子来学傩。百余少年站满了一方空地，跟着傩舞队的师父从最基本的动作学起。几天后，师父从中挑选出最出色的几位，进入傩舞队。邬尾元有幸被选中，十岁开始跳关公，一跳三十年。当年教傩的师父早已作古，而傩舞队也"更新换代"，一位位新人加入进来，之中就有邬尾元的大儿子，十六岁的少年郎。

青涩的面容和苍老的面容，一起隐在傩神面具的背后；青春的身影和年迈的身影，一起隐身在宽大华美的傩服之下。他们脚踩鼓点，尽情舞动，将源自祖辈的古老信仰和对人世的美好期盼，一代代传递下去。

四

刚刚搭起框架的大屋，大门居中位置嵌一个用樟木雕刻的三层傩面具，关公在中心，低眉垂目，冠带两侧各有一个"阆"字，背饰四只令旗，长须悬垂。其上一枚龙头，昂首向天。向两侧对称伸展的三层木托上，满饰牡丹。这是湘东傩面具雕刻国家级非遗传承人赖明德为新宅专门设计雕刻的。

在政府的支持下，他在老家麻山镇幸福村开建心心念念多年的傩面具展示馆，想全面系统地展示湘东傩文化：傩面具、傩庙、傩舞、傩药……站在细雨中，赖明德面对着还未完工的屋宅，向我描绘着未来展厅的布局。这位头发和胡茬花白的老人，从事傩面具雕刻五十年，一心一意系念一物，迷在其中，乐在其中，择一径而忘归途。

俗语说"戴上脸子（面具）是神，摘下脸子是人"。傩面具，是凡人通往神灵世界的媒介。在俗世崇拜中，傩面具不只是物质的存在形式，而是信仰崇拜的寄托之所。在湘东，雕刻傩面具的人，自古以来被尊称为"处士"。

"处士"赖明德心中，有明晰的律令。这律令传自久远的岁月深处，由他的先祖一刀一凿实践，又一笔一画记录在册，代代传承守护的祖传之谱是贯穿始终的线索：《傩面具神谱》《神灵处士咒》《易经》《药谱》……

五十年前的一个夜晚，赖明德的父亲早早地掩门闭窗，神神秘秘地将他叫进自己房中，从一个不起眼的角落里取出一只老旧的樟木箱，打开来，里面铺满了生烟叶。拨开烟叶，父亲取出一个布包裹，白蜡包覆，封得严严实实。一层层剥离开来，里面裹着的是一本古书——历经四十多代赖氏子孙之手、传递了一千余年的《神谱》。

灯火摇曳，那些端凝在泛黄纸页上，有着夸张诡异形态、散发肃穆威严气息的面谱，让时年十五岁的赖明德心神为之震荡。他从小喜欢雕刻，课桌上留下了不少游戏之作，原来这份喜欢的线索渊源久远，一直流淌在赖氏子孙的血脉中。

在父亲的讲述中，十五岁的赖明德才知道，湘东赖氏一脉的始祖是叔颖公，周文王的第二十八个儿子，周武王的弟弟，被周武王赐封在河南一带的"赖地"，后建立赖国，子孙以国为姓。赖氏三十二世硕公，不愿入仕，因通晓"神灵处士咒"，被晋安帝赐封为"处士"，专事收集历朝的贤君、良臣、猛将、名士为"神"，雕刻成像，并负责开光、安腹脏、招兵买马、封号显灵。在古代，"处士"因上知天文、下知地理，懂医理、命理、地理，博文多识，而与太学士一职享有同等的荣耀。

父亲将《神谱》郑重交付给赖明德，嘱他好好承继祖宗传下来的这门手艺，可保一生衣食无忧，但首要的一条——恪守祖制，心存敬畏。

那是上世纪 70 年代中期，"破四旧"的风潮已淡弱成远景，但伤痛的记忆尚存，赖明德的父亲在动荡年月一直靠装疯卖傻自保。从父亲手中接过祖传手艺的赖明德，只能白天在生产队做事，夜晚才拿出祖传的《神谱》悉心研读。家中的四方桌，锯短了四条腿，方便他伏案雕刻。父子俩在灯下一个教，一个学，斧凿轻起轻落，刀刃无声驱动……此后五十年，赖明德再未放下刻刀。

赖明德说自己拥有一百零八只工具，刀、斧、凿、刨等等。单是刀，就有斜口刀、圆口刀、半圆口刀、方口刀、三角刀、刻线刀……"只"这个量词，让我感觉，他所说并不是无生命的工具，而是一路陪伴自己的有生命有灵性的小兽，它们被他宠溺着，驱策着，助他去完成一个个傩面具的雕刻。那是他们共同的事业。

他说，每个赖氏"处士"都要将《神谱》手抄一份，于一笔一画间将祖制刻进脑海。"处士"们称之为"教门谱"。他翻看最多的是父亲手抄的那本，毛笔蘸墨写在"皮纸"或生布上，世间仅此一本。

一旦说起傩面具，以及相关的傩事，那张平朴的脸就生动起来。他说，每一傩神的"咒语"都不一样，与其身份、职务、德性对应，相当于跳傩时的台词。只是年代太过久远，许多唱词和音调散佚在风中，现在的湘东跳傩基本不唱词了。

说得兴起，赖明德哼唱起谱书中关于雷公的一段："龙生龙凤生凤，你晓得吗，天上的雷公有几百斤？我晓得天上的雷公有九百斤，三百斤头，三百斤尾，三百斤肝肚并肠肺……"乡音浓重，幸亏湘东文化馆的杨珊老师从旁翻译，我才听懂，唱词一问一答，以"九百斤"渲染了雷神的神力。

赖明德说，雕刻傩面具最重要的是"贵在实讲""应神德的德位"。每一傩神之所以受到民间尊崇，就在于其拥有德性、智慧、力量，千神千面，傩面具通过夸张的造型将每一傩神的德性展现出来。

每一傩神面具，在赖氏祖先的《神谱》中都有详细的图谱和文字说明，形貌、尺寸、装饰特征，而这些与傩神的身份、职责、德性吻合，每一细节都有讲究，都有法度。整本谱记载有一千二百四十尊傩神，眉眼口鼻耳都夸张变形，有的慈眉善目，有的狰狞可怖，有的威武有神，有的调皮有趣，有的邪恶，有的敦厚……赖明德谨记祖训，刻刀的每一下起落都力求合于律令，那是有形的律令，也是无形的，他奉之为圭臬，又教导给同样握起雕刻刀的两个儿子赖光华、赖太平。

　　赖氏祖传的谱书中有一本《易经》，赖明德早已熟读于心。《易经·系辞》曰："形而上者谓之道，形而下者谓之器。"五十年来，在一刀一凿的雕刻中，赖明德渐渐明白：在傩面具的器形中，实储有"仁义礼智信"的传统人伦之理，和天地万物应和共处之道。他也在一刀一凿间，将之刻在了自己脑中、心里。

　　正是一代代传承人严谨的态度，才保证了湘东傩面具的原汁原味，古意盎然。二〇〇六年五月，湘东傩面具被国务院公布为首批国家非物质文化遗产。

五

　　十来平米的屋子，靠门一侧的墙边竖着高高矮矮的樟树桩，窗前一张方桌，两只木椅，两个木箱，四下里堆放着各式工具。一个长条木案面窗而放，地上的木屑、刨花积起有十来厘米厚。这就是省级非遗传承人陈全富平时雕刻傩面具的工作室，位于湘东排上镇毛园村他家房子的三楼。

隔壁房间的墙上，挂着他和徒弟雕刻的十多个傩面具："三元主"黑面唐宏、金面葛雍、红面周武，武财神赵公明、文财神范蠡，阳将军、阴将军，关公、包公、咧嘴将军、月老……月老面具有三个，造型不同。陈全富告诉我，每一傩面具的冠帽必须依照祖辈传下的谱书雕刻，不能随意更改，但面部细节可适当变动，融入雕刻者自己的审美。不得随意改变的铁律，还有"三元主"的黑、金、红三种面色，与唐宏、葛雍、周武人物一一对应。

凿、斧、锤、刻刀、锉刀，浮雕、透雕、圆雕、线刻，陈全富按照祖谱已经雕刻出四百来尊傩神面具。一般傩神庙神龛中供奉的面具，形制最大，为"坐神"；安放在傩轿中巡游的，为"行神"；用于跳傩的面具，薄而轻，为"耍神"。其尺寸大小轻重适于佩戴，在其背面还根据人脸的曲线雕刻出凸凹，跳傩者用布绳将面具绑定在包有红头巾的头部。

与现代流水线上每个工人完成的只是产品"局部"不同，手工制作的每一副傩面具，都与制作者建立起完整而紧密的联系，从选料、开坯、雕琢、打磨、上漆到安腹脏、开光，都由一个人完成。等同于一个新生命从无到有，一点点孕育成形。在制作的过程中，两者的心脉是相通的，隐秘的心跳节拍是一致的……

随着刻刀的掘进，游走，剔除，傩神的面目逐渐从一段散发香息的樟木上浮现而出，拥有了清晰的轮廓与细部。"处士"们为之上漆，金、红、黄、黑、白五色，使之面目愈加生动。但此时的作品，还未具精魂。在面具头顶后部，"处士"会凿一个小方洞，将祖谱中记载的中药材用红纸或红布包裹，放置其中，封板后用油膏密封，此为"安腹脏"；杀鸡取血涂抹在面具上，给额头和眼睛"开光"……草木和生命之血点染过的面具，才真正获得了生命力，具有了"神灵"。

陈全富的父亲陈团发是湘东有名的老一辈傩面具雕刻艺人，十六岁正式成为陈氏一脉的第七代传承人，五十年间雕刻傩面具两千多尊。陈全富读初一那年，从父亲手中接过了家传的词谱和图谱，其中一本是父亲陈团发手抄的。

陈全富将这本谱书拿给我看，红色布封上的字迹已漫漶不清，内里记载有每一傩神面具"安腹脏"的具体内容。竖排，繁体字，毛笔书写。原来"安腹脏"之物，虽然都是中药材，但与每一人物的德性、特点、职务相呼应，各有不同。

关于关公的文字起头是"聪明聚于顶上，节义见于生平……"包公则是"精华毓于顶上，忠孝昭于生平……"三十六味药材，为"小安"；七十二味药材，为"中安"；一百零八味药材，为"大安"。陈全富从箱中取出一副"小安"包，刚从中药店按谱书配制好，清晰可辨的有陈皮、蝉蜕、红豆。陈全富指着红豆说："这是'眼睛'。傩面具有双目，就放两颗；有三目，就放三颗。"这些中药材，赋予傩神超越常人的感官知觉、强健脏腑、丰沛元气，全其精魂。

陈全富会跳傩。八岁起他就在毛园跳傩队学傩，几乎所有角色都跳过。他将师父的传授和祖谱上关于跳傩的文字对照起来琢磨，原来跳傩的步法和动作都深有讲究。比如，舞动双刀的太子，并非嬉戏，而是源于哪吒"削肉还母，削骨还父"的传说。

古代傩事有诸多禁忌，如将女性推拒在外。进入现代社会，尽管制作傩面具的规制谨守古制，但诸多傩仪规矩随着观念的改变而有所松动。傩面具，不再是女性不可触碰的"禁区"。观傩的人群里，也涌动着女性的身影。而傩面具雕刻技艺，也不再囿于父传子承的家族式传承，陈全富招收了八个徒弟，还在村小开办了傩文化课程，每周上三次课。古老的傩与孩子们遇合，兴许他们中的谁或谁，就会像当年邬尾元、陈全富观看村中跳傩而与傩结下一生的缘分那样。

此时，一尊眉目已然清晰的傩面具躺在他的刻刀下，那是韩信。随着平口刀的每一下驱动，一朵木屑翻卷着脱离坯体。陈全富说无须用尺量，只手一比，尺度自在心中，不差毫厘。

陈全富有双粗糙的大手。他用这双手握紧刻刀，让一尊尊傩神在樟木上显影。他也用这双手拌灰土提水泥砌砖墙。傩面具雕刻艺人的身份不足以养家糊口，泥瓦工的身份却可以帮他和妻儿过上从容的生活。即便这样，他还是放不下斧凿与刻刀。坐在属于自己的条案前，驱策着刀凿斧锯，他暂时从尘俗凡务中抽离出来，成为傩神世界的塑造者。在那些专注的时刻，自有庄严虔敬的愉悦弥漫他的身心，那一种光亮，经由刀尖进入傩面具之中，构成傩神精魂的一缕，与日月同轮回。

多年后，傩面具雕刻艺人们用双手创生的傩面具，也将成为珍贵遗存、有形记忆，被后世之人珍视如宝，一如汶泉傩神庙供案上那朵不萎的光亮。

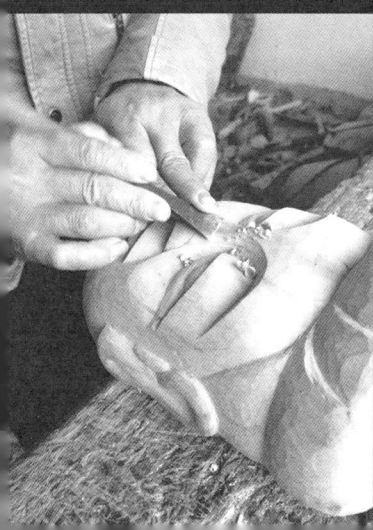

瓷上宝石

一

　　她建造了一个王国，那是她沉迷耽溺了五十多年的"秘境"。那里有她亲手创生的一千五百多个孩子，他们分处于四十多个家族，拥有一个共同的名字——景德镇传统高温颜色釉瓷。

　　创生的喜悦，蓬勃的生息，那些孩子奇异、灵动、神秘，每一个都仿佛是世间奇迹。他们，有的像天空中瑰奇幻变的流霞，有的像雾色弥漫的青翠山峦，有的像梦幻般湛蓝的湖水，有的像焰火四溅的流光飞荧，有的像如瀑倾洒的雨丝，有的像瑰丽的凤凰羽衣，有的像被魔指点过绽放的奇诡花朵……无机生命与有机生命、必然与偶然的结合，已知与未知、有序与无序之间的万千种可能，在打开窑门的那一刻，定格。

　　她说："颜色釉是瓷上宝石，人造天成。但与人造宝石不同，原本只是矿物质的它，必与瓷结合，才能蜕变为宝石。"细腻而富有莹润光泽的瓷肌，源出于平朴无奇的矿物质、高岭土、瓷石，经过木的钝重击打，水的温润化合，火的炽烈煅烧，还有她的手、心、意的点染，有时连她也不知道，会创生出如此美妙绝伦的"生命体"。

　　她为孩子们一一命名——郎窑红釉美人肩瓶、秘釉流霞盏、玫瑰紫釉福瓶、彩色丝毛釉葡萄瓶、宝石红釉将军瓶、窑变三色瓷瓶、火焰红釉月光瓶、鹧鸪斑釉笔海、雨过天青釉茶盏、凤凰衣釉醉仙瓶、郎红乌金釉三阳开泰瓶……进入窑膛前，胎体素白，釉色也寡白平淡。窑门闭合，可控的是温度，不可控的是火焰的自由游走、热力的散布、气氛的形成与变化、釉的兀自流淌与神奇窑变。于是，每一次停火开窑，都是让人屏息的揭秘时刻。

无数次的黯然失落，无数次的惊喜欢悦，她的心已被锤炼过万千次，还是会在"人造天成"的美妙造物面前，惊叹不已。

这些孩子被她珍藏在景德镇邓希平颜色釉陶瓷艺术博物馆内。美轮美奂的局部，雅致炫美的整体，在灯光下熠熠闪光。

离艺术博物馆几步远，有一幢两层楼的房子。推开铁门，小院里迎面一棵树下，林立着残破的瓷瓶，密密挨挨，一直铺排到墙角。整个小院被一丛丛瓷器占据。他们，与展厅中那些光彩照人的孩子，有着紧密的亲缘关系。同样的工序，同样的配料，同样的施釉方法，同样的烧制环境，同样诞生于她的手中，可命运在窑火中截然分野。

车间里，摆满高低错落的木架，架上一排排形状各异的粗坯，小木凳上装满釉料的碗碟，还未进行配置的矿物原料，半成品和正待修整的成品，隆隆作响的球么机，显示温度已达1050摄氏度的在烧气窑，处在轮休期的气窑和设备……这一切构成了邓希平真实的工作环境。实验室里的配料研究阶段，是建造王国的流程之一，更多的时候，她穿着粗布工作服，在灰朴、简陋、光线不算明亮的车间里忙碌，选坯，施釉，烧制，或长或短地等待。

辛丑年盛夏，当我走过流光溢彩的博物馆展厅，再跟随邓希平老师走进这座车间，忽然看清了五十多年间她走过的那条路。可见的荣耀和光环，都是以日复一日的脚踏实地、步步艰辛铺垫。一路走来，她凭恃的，是学院里练就的扎实功底、严谨求真的治学态度、富有韧性的探索精神，还有历五十年不曾褪色的挚爱与执著。

真正属于她的"秘境"，不是那个七彩幻美的王国，而是这里。

二

二十三岁、刚从武汉大学毕业的邓希平，坐着一辆白色救护车抵达轻工部景德镇陶瓷研究所。那是三天两夜漫长报到行程的最后一段。

当满身尘灰、难掩疲色的她，走进四野黑寂、亮一盏孤灯的研究所值班室，值班的师傅惊诧地望着她。问明她的身份，值班师傅又惊又喜："早接到通知说你要来报到，我们等了三天，怎么路上走了这么久？"

那是 1965 年盛夏，蓄短发、穿白衫的邓希平按照武汉大学学生处老师的规划，先从武汉坐船到九江，为了节省两元一夜的住宿费，她在九江火车站的候车室过了一晚，坐慢吞吞的绿皮火车到达南昌后，又在汽车站过了一晚，赶一早的头班车去景德镇。

坐在开往景德镇的班车上，携带热力的风卷起尘土扑进车窗，车轮搅动的沙粒将车身拍打得"啪啪"响。路边的风景越走越荒凉，车一径向着大山深处、夜色深处行驶，全然不顾邓希平忐忑的心情。她没想到以瓷器闻名的景德镇，竟然这么偏远。

车上还有一位学生模样的男孩，穿着印有"湖南大学"字样的球衣，是来景德镇瓷厂报到的，车上的一位医生听说他们是分配到景德镇的大学生，热情搭话："陶瓷研究所在东郊，这车到站很晚了，医院里安排了车接我，你们就坐我的车，负责把你们送到……"

车开了整整一天，直到夕阳沉落在远山背后，收尽最后一线霞色，才望到景德镇的影子。

于是，邓希平坐着救护车，抵达了轻工部景德镇陶瓷研究所。那晚，她被安排在女生宿舍，托运的行李还在路上，是同事借给她衣裳。洗完澡一身清爽的邓希平，这才有了细细感受这个新地方的心情。山里的空气似有丝丝甜味，比大城市的洁净、清新。她躺倒在床，很快进入了梦乡。

次日一早，邓希平在所里转了一圈，竟是个遍布花草林木、公园般的所在，两层楼房和数座平房散落其间，静雅端丽。第一天上班，邓希平被领进了化验室。实验是绕不开的"日课"。两位组长都很和蔼，其中一位组长周熙颖老师年过五十，待她有母亲般的煦暖。

武汉大学化学系的实验课占总课时的三分之一，都是学生自己动手，注重培养学生的实际操作能力。邓希平在同级的两百多名学生中算是佼佼者，才有资格分配到轻工部研究所（原在上海，又称"玻搪所"），不想分配刚定，该研究所的陶瓷室就与景德镇陶瓷研究所合并成了轻工部的陶瓷研究所。命运就这样将邓希平引到了景德镇，赣东北的一座小城。

眼前的实验设备，邓希平都不陌生，只有酒精喷灯她没用过，在学校做实验都是使用煤气灯。周组长问她："能上吗？"她迟疑一下，指指喷灯，"能！就是这个，我不会用。"

"我点给你看。"酒精喷灯需要二次点燃，先点酒精灯，促使贮罐内酒精气化，再用火柴点燃酒精喷灯。"嘭——"，高温火焰伴随一声轰响升腾而起。邓希平吓了一跳。看过一次演示后,邓希平就走上了试验台,她和另一位同事将进行平行样品实验,结果在误差范围之内,实验有效。

调配试剂,分析样品,整理结果,实验的每一步骤和细节,都将实验者的水平、态度、严谨度和专业度展露无遗。这无疑是一场考试,邓希平顺利通过了。

对于刚入职的大学生,所里没有压重担,只是让邓希平做做简单的平行实验。日子无波无澜,平淡无痕地滑过。很快中秋节到了,这寄放思亲之情的传统节日,让从未离家这么远、这么久的邓希平,忽然陷落在了浓烈的思乡情绪中。

她的父母都是民国时期的大学生,现在武汉高校当老师,七个兄弟姐妹构成的大家庭,让她从没体验过孤单无依的感觉。可是现在……周组长看出了她低落的情绪,邀她去家里过中秋,月饼、板栗、柚子,还有景德镇特有的碱水粑,围坐赏月的暖融融氛围,天上那一轮玉色明月,融化了邓希平心中淤积的思乡之结。

中秋过后,科室遇到了一个难题。所里做分析实验的样品来自全国各地,样品粉碎后一般都要取出大部分分为等量的三份,其中两份做平行实验,如果结果核对不上,再使用第三份。当时有一个样品,三次实验的结果都比对不上,且误差很大,需要分析的九种元素中,始终有几种元素的分析数据不正常……分管理化科室的副所长组织大家开会分析原因。在会上一遍遍问大家:"样品有没有问题?实验过程有没有问题?"

科室已经自查多遍,都没找出问题所在。坐在会场的邓希平默默听着大家的汇报、议论、分析，散会后她去了图书室，终于在书中找到了"答案"。她大着胆子和副所长说："是上面指定的分析方法有问题！"

样品中有几种元素含量过低，用指定的方法无法一次性得到这些元素的分析结果。这种样品的分析要分两步走：第一步分析出部分元素的含量。样品分离后，用另外一种分析方法分析出另几种元素的含量。果然，沿着邓希平的思路再进行实验，所有需测元素的含量一一清晰浮现。解决难题后副所长露出了笑容。专业、细致、沉稳，善于查找资料解决问题，所领导看到了邓希平这个学生娃的优点和实力。

按照惯例，刚参加工作的大学生都要下乡参加社会劳动实践一年。来自大上海"玻搪所"的政治处主任却不走寻常路径，将五位新分来的大学生留在了所里的实验工厂劳动锻炼，而且为他们专门配备了四位经验丰富的工程师，分别传授陶瓷工艺中的原料、成型、烧制、装饰的课程。

一年结束，其他四名学生被分到了科室，担任工程师助理，只有邓希平被分到了颜色釉组，当学徒。对颜色釉还一无所知的邓希平，心里那个难受，不解，"为什么单单是我做学徒？！"

政治部主任给她讲了一个发生在十年前的故事。就是这个故事，为邓希平打开了颜色釉王国的大门，让她找到了属于她的奇妙"秘境"。

三

故事发生在 1954 年。新中国成立初期，我国迫切需要德国的精密仪器制造技术来发展工业，德方提出用景德镇颜色釉技术交换。

景德镇有几个家族祖传颜色釉技艺，但基本是一个家族一种颜色釉，靠父传子续的方式传承。新中国成立后，当地政府为了传承珍贵的颜色釉技艺，将几大家族的当家师傅都集中起来，由政府提供工作岗位，每月发放不菲的工资，希望将这一传统工艺恢复并发展。

老师傅们都是行内高手，知道怎么找原料，怎么加工原料和配制釉料，在什么窑位烧制颜色釉瓷，但要形成文字材料，他们一则文化水平低，有的连字也识不得多少，二则缺乏分析和整理资料的能力，无法拿出一套完整、科学、严谨又规范的科研资料。国家只好请来上海硅酸盐研究所和玻搪所的陶瓷专家和工程师，到景德镇陶瓷研究所来帮助颜色釉师傅们整理技术资料，同时又为师傅们配备了一批大学毕业生和年轻技术人员做助手。

师傅们按照祖传的工艺制作颜色釉瓷器，学生和技术人员则天天跟着师傅，将每个工艺过程用文字记录、整理出来，再交给上海硅酸盐研究所进行测试，最终形成关于原料、制坯、配釉、施釉、烧成各环节的研究性文本资料。历时半年，终于完成了这份"中德技术合作资料"，为中国换回了珍贵的"德国精密仪器制造技术资料"。这次国际技术交换，让景德镇人第一次深刻地认识到，景德镇传统颜色釉陶瓷制作技艺的重大价值。

景德镇，偏安赣东北的小城，因为出产一种名为高岭土的特殊泥土，成为瓷业发达的重镇。这座"千年瓷都"，有两千多年冶陶史、一千多年官窑史、六百多年御窑史，陶瓷是这座城市的肌肤与骨骼，也构成这座城市的精神钙质，塑造其国际形象。意识到陶瓷的价值与意义的景德镇人，从1954年开始，每年选派几位大学生和年轻技术人员进入颜色釉组当学徒，希望这些不断注入的新鲜血液，能让颜色釉瓷拥有生生不息的活力。

一批批学徒走进颜色釉组，但真正留下来的不多。有的不喜欢和泥巴打交道，有的觉得颜色釉单调乏味，有的在技术上始终无法提升，有的有更"远大"的志向，他们都成了颜色釉王国的"半途走失者"……邓希平是这些年轻学徒中的最后一位大学毕业生，她留了下来，并坚持到今天。

一个师傅只懂一种釉，通常一个师傅带一个学徒，而邓希平跟着两位师傅聂物华、陈鸿高学习，同时掌握了两种颜色釉。

两位老师，一个擅长宋钧花釉，这是一种以青、红、蓝釉色交错如兔毫纹的窑变花釉；另一个擅长青釉，尤其是孔雀蓝釉色如梦境般迷人。

每一种高温釉，都是由几种，甚至十几种天然矿物按照一定比例调配而成。那些配料"密码"，储存在家族记忆和师傅的大脑里、指尖上。古有"若要穷，烧郎红"之说，因为郎红的成品率极低，百难成一。不只郎红，许多颜色釉因其流动、不稳定性，很难烧制出精品。而每一种颜色釉，对坯体的要求又各不相同，只有能与坯体紧密、和谐、完美结合的颜色釉，才能最终在窑火中蜕变成"瓷上宝石"。

老师傅们在多年的烧制实践中，不断经历失败与成功的反复捶打，才拥有了娴熟精湛的技艺。即便如此，他们还是不能保证每一次出窑都是百分百的精品。学徒们掌握配方后，就进入实践环节，从制坯、配料、施釉到烧制，全程独立做完。烧成了，就再按此方法重复一次、两次、三次；烧坏了，就琢磨原因何在，加以改进。实在不懂的，师傅也不懂，那就去图书馆查找资料。偶尔出现一件精品时，那喷涌出的喜悦有着极强的冲击力，它可把反复制作颜色釉瓷器的单调、乏味、辛苦、劳累冲得无影无踪。

组里常用的矿物原料有二十多种，看起来样子差不多，而所里有一条铁定的规矩：不贴标签。用这种方式，逼着学徒下功夫去认、去识、去记。眼看，手摸，舌尝，只有细细体察，才能分辨出矿物原料之间的不同，它们有的是白偏黄，有的是白偏灰，有的质感细，有的质感粗，还有舌尖舔过时，能感受到不同的味道。有的学徒怎么也记不住、记不全，几次考试不过关，就面临被踢出组的结果。也有学徒想歪点子，偷偷做记号，一旦被发现，就是不留情面地踢出组去。

除了矿物原料不贴标签，颜色釉组还有许多有形、无形的规矩，学徒稍有不慎触犯了，就会被踢出组。

师傅们脾性不一，进入颜色釉组多半是被动的。原本这是家族拥有的足以养活一代代子孙的独有技艺，现在不能父传子承（按规定其子女不能进颜色釉组。但师傅的工资很高，足以让一家人衣食无忧），还必须拿出来与外人分享，等于砸掉了家族的"金饭碗"。

师傅之间，存在无形的壁垒，原来他们相互间绝不交流互通，各据一方不越界，才能在景德镇的地面上共生共存。如果有学徒不识趣，在师傅间随便走动，会被认为是在捣乱，也面临被踢出组的危险。

邓希平无暇他顾，学习两种颜色釉已经是双倍难度。而且，有那么多工序、环节、细节需要掌握，还要在传承的基础上有所创新。但她丝毫不以为苦、累，她彻头彻尾迷上了颜色釉。

十几种矿物原料，含有丰富的微量元素，可以实现无穷无尽的组合，但只有一部分是有效组合。配料的过程，邓希平感觉像是中医的"望闻问切"，中医握有古已有之的配方，但那只是别人的经验，行医诊病仅仅靠现成的方子不行，世间多的是庸医、少的是良医，只有将这些方子与个体经验充分化合，在面对千差万别的病患时灵活调配，才能行之有效、药到病除。颜色釉也是如此，配方看似恒定，哪怕是一毫不差同样配比，可因为天然矿物的成分并不是均衡稳定的，配料中的微量元素存在差异，加上施釉的手工环节差异，窑火的任性不羁，必然与偶然结合，让结果无法预料——每一次制作都是一程"探险"，每一次出窑都是一场"揭秘"——无穷无尽的可能，为循环往复的颜色釉陶瓷制作过程，增添了难以言喻的魅力。

各种各样的矿物原料，只有深谙它们的特性和釉料配方的科学原理，才能遵循化学的规律自如地驱策它们，进行不同的组合、配比。由此，可以复原许多古已有之、但失传多年的釉色，也可以创造出前所未有的新的釉色。

为了摸清烧成温度曲线（温度曲线、压力曲线、气氛曲线），她独自跑去柴窑安装测试管。旧时景德镇有女人不得进入窑房、以免倒窑的说法。进入新时代，为了学透学精颜色釉陶瓷制作技艺，柴窑成了邓希平绕不开的学习现场。

颜色釉王国，一个让人越深入越觉辽阔无垠的"秘境"，令邓希平迷而忘返，乐而不疲。

四

有几年时间，深爱颜色釉的邓希平，却不得不远离颜色釉。

那是"文革"动乱时期，她响应政府号召，随"五七大军工作团"去到江村公社，种稻、采茶、摘棉花、教书、制作农药……可一旦机缘让她回到景德镇，她就毫不犹豫地选择了陶瓷，选择了颜色釉。1972年，陶瓷研究所还没完全恢复，市政府委托景德镇陶业公司安置原陶瓷研究所的干部职工，邓希平主动要求调到景德镇十大瓷厂之一的建国瓷厂，因为那是唯一可以做颜色釉的瓷厂。她的调令上特别注明了"颜色釉"三个字。

久别重逢，一往而情深。来到建国瓷厂的邓希平和两位颜色釉老师傅一起，成立了厂里的颜色釉实验组。建国瓷厂以钧红瓷为主打产品，有技艺纯熟的师傅、成熟的工艺流程和生产线，但邓希平想在建国瓷厂开辟更广阔的颜色釉天地。

一间泥坯房，没有窗户。三张办公桌，没有实验设备。颜色釉实验组从零起步，一点点建构。邓希平年轻，怀有巨大的热情，是组里的主力。每天在各个科室间来回地跑，矿物原料、仪器设备陆续到位，可还缺少测试用的瓷坯。邓希平跑去成型试验组拿试验用坯，工人看她年轻，觉得她就是一个"给领导拎包的""开会时写写材料的"，做不成什么事，随手挑了两块残次坯给她。那时"文革"还没结束，知识分子依然在社会上得不到应有的尊重。邓希平没有争辩，就用残次的瓷坯做实验。在心里，她认定：总有一天，厂里的工人会改变对颜色釉实验组的看法，会改变对她以及广大知识分子的态度。

没想到，机缘来得很快。

建国瓷厂二车间专门生产钧红瓷，这一年车间进行成型技术革新，变原来的手工拉坯为灌浆拉坯，成坯的效率大大提升，可新工艺实行后的第一窑瓷器开出来，令全厂震惊：满窑钧红花瓶全碎了！

这可是重大生产事故。二车间立即停产，查找原因和寻求解决办法。不解决技术上的问题，继续生产等于加大损失。

原因不难找，方法却难求。机器灌浆的坯体厚度只是手工制作的坯体的一半，无法承受钧红釉在烧制过程中自然形成的应力。这再一次证明了：颜色釉只有与坯体完美结合，才能蜕变为"瓷上宝石"。

技术革新必行，用灌浆方法生产的上万件瓷坯摆满了厂房和仓库，现在只能重新调配釉料，以适应灌浆坯体。厂里每天找"钧红"组工作人员开会，人人心焦气躁，却始终找不到解决办法。这一事故不只惊动了建国瓷厂，整个景德镇都被震动了。有人将之命名为"钧红犯破"事件。

建国瓷厂面向全市贴出"招贤榜"，承诺只要是能解决"钧红犯破"的人，都能得到国营指标的奖励。在上世纪70年代，这可是非常有吸引力的。于是，献计献策者蜂拥而至。

邓希平负责接待来访者，记下他们提供的方法、思路，一一进行测试。有人拿来了祖传的秘制"白粉"，有人写了十多页材料，有的拿来了新的配方……起初，大家的思路往"减少应力"的方向走。既然是应力太大，那就追求钧红无裂纹，可烧制出来的红色变得很浅，根本称不上是钧红。改而追求少裂纹，配方改了又改，还是不行。

忙着接待的邓希平，也在思考解决之道。如果无裂纹、少裂纹解决不了问题，那可不可以换一种思路——让裂纹变得更多，像蛛网一样均匀铺展，以减少单位面积所承受的应力？就好比，用针尖去戳气球时，所有的力集中于一点，气球轻易就被刺穿。而用双手挤压气球时，气球反而因受力面大，不容易破裂。

思路有了，可心里没底，她没有声张，夜里加班加点进行试验，不断调整改变釉料配比。终于有一天，打开窑门的一刻，呈现在她眼前的是裂纹遍布、瓷身完好、钧红色匀亮的瓶体。邓希平的心一阵狂跳。她静静地坐了一刻，待兴奋过去，又进行第二次试验。连试三次，都成功了。她这才将试验结果汇报给组长。

厂里得知消息后，决定不进行中试，直接重启生产。厂里停产数日，损失巨大。可不进行中试，就意味着试验阶段并不完备，一旦出现问题，谁来承担责任？这时，组长站了出来，他得保护年轻的组员邓希平。他提出方案：为确保顺利重启生产，必须全厂各部门、各环节全力配合，不能稍有差池。厂里组成一个临时投产组，

❖ 瓷上宝石

组长由分管业务的副厂长担任，保卫科、技术科、供应科、生产车间负责人参加。以前的原料、釉料一律打上封条，供应科严格按照邓希平提供的配方，派人和她一起去进原料，待釉料球磨完成后，先取出三桶釉料，一桶交保卫科封存，一桶交技术科封存，一桶由邓希平亲自上釉进行对比试烧，剩余的釉料交二车间正常生产。

全厂三座柴窑，全部满窑。柴窑从满窑、烧窑到开窑需要四天时间。那四天，每个人的心都仿佛被烈火烹烤着。开窑时，厂领导全部来了，现场围了二百多人。邓希平也站在人丛中，眼睛盯着窑门，大脑异常兴奋却又像是一片空白……

那天，爆竹声震天炸响。满窑钧红瓷器，一个都没破！

这消息迅速传遍了整个厂子，也传遍了景德镇的角角落落。

转天，厂里召开总结大会，厂长在台上说："读了书还是有用的……"

短短的一句话，让坐在台下的邓希平，顿时泪流满面。

这句话，应和着她的心声。远离颜色釉的这几年，来到建国瓷厂的几个月，有一种力量从未从她内心离开过。

这一刻，它被一句话在台上宣示，明证，令她百感交集。

五

景德镇有四大传统名瓷：青花、玲珑、粉彩与颜色釉。

颜色釉是最独特的一种。釉料由天然矿物配比组合，进入柴窑后，随着火焰的跃动、气流的回旋，她便"活"起来，动起来，形神莫测地蜕变。"不能去改变它，只能去适应它。"这些年，沉迷于颜色釉的邓希平，所做的就是尽量去摸透每一种矿物的脾性，再以精准的组合，赋予每一种颜色釉华彩绽放的可能。

没有完全一模一样的颜色釉瓷。每一件颜色釉瓷的烧成，就如同一个新生命的诞生。而她，是这个新生命的创造者、孕育者、呵护者。

在颜色釉王国里，邓希平不断挑战既有的难题，又不断自设难题。她相信每一个难题，都有破解的方法，只是还没有被世人找到而已。只要解题方向正确，终有一天会拨云见日，水落石出。

1975年，轻工部将一项科技创新项目——"零号柴油烧制钧红釉"，下达给建国瓷厂，并拨付了十五万元科研款。厂里专门成立了科研组，由邓希平主持研究。

在此之前，景德镇用煤、酒精、发生炉煤气等多种燃料进行过烧制钧红釉的尝试，都未成功，这一次邓希平的科研小组选用0#柴油做燃料，低压喷嘴倒烟式1立方的方形窑炉烧钧红，通过几十次配方试验，用一年时间，终于试制成功62#无铅钧红釉配方，烧制出了丝毫不比柴窑逊色的钧红釉瓷器。

古有"无铅不红"的说法，铅是可以让熔融点降低的金属，可以保证红釉稳定发色，被用于多种釉料配方中。传统钧红釉中，铅是重要元素。但铅对人体有害，尤其是一线工人长期接触铅，会引发职业病。这次科研在改变钧红釉的配方时，将铅含量降为了零。不只是钧红釉，邓希平沿着这个方向，继续向前探索，使之扩展到所有颜色釉配方，结束了颜色釉含铅的历史。她研制出的"无铅钧红釉"，在1978年获得了江西省重大科技成果奖。

郎窑红，是颜色釉中的珍稀品类。其色泽比钧红更为鲜丽纯粹，近乎透明的莹润质感，诞生于康熙年间的御窑。

郎窑红的熔融范围在 5 摄氏度之内，一旦超过这一范围，就会发生器损、色偏。旧时柴窑烧瓷，控温难度本来就大，烧制郎窑红瓷器，简直像是在钢丝上行走，在针尖上旋转。郎窑红的这一特性，限定了其瓷体无法高大。即便是保持高水平管控和高品质追求的御窑，也难以生产大件郎窑红瓷器，遑论民窑。罕有烧成的珍品，都是娇小器型，作为皇宫特供，只能由皇家品赏。

没有人知道邓希平经历了多少次失败，又为这种醉人的红，魂牵梦萦了多少日子，她硬是将传统郎窑红只有 5 摄氏度的熔融范围，扩展到了 80 摄氏度——只要窑火温度在 1290 至 1370 摄氏度之间，郎窑红就能蜕变成理想的模样。

郎窑红釉瓷器，由此得以拓展。1979 年，高至 62 厘米的大件郎窑红瓷器在柴窑中烧制出来。凭借这项技术，邓希平获得了国家科技进步奖。她运用这项技术烧制出的三百件郎窑红釉美人肩瓶，被外交部礼宾司定为国礼，携带着中国人的深情厚谊和传统文化因子，飞向了世界各国。

1984 年，邓希平以其出色的专业能力，升任建国瓷厂的副厂长、总工程师，在她的推动下，实验组扩容变身为"颜色釉科研所"，在颜色釉科研之路上发力奔跑。建国瓷厂的另一件经典国礼——三阳开泰瓶，诞生于这一时期。其名取自《易经》中的卦名，寓"冬去春来，阴消阳长，万物复苏，吉祥之意"。釉彩由郎窑红釉和乌金釉组成，红与黑的强烈对比，两色交混处自然窑变形成流金色泽，使得整个瓷体明艳大气，又雍容端方。三阳开泰瓶作为国礼，被赠送给多位外国元首。当时三阳开泰瓶的一级品，单件（件，是瓷器特有的体积单位）价 4.2 元、100 件的三阳开泰瓶售价 420 元，供不应求，基本是还没出窑就被订购一空。

不断推陈出新的颜色釉瓷新品：凤凰衣釉、羽毛丝釉、翎羽釉、彩虹釉……赢得了一个又一个奖项，也将建国瓷厂推向了最辉煌时期。

十年辉煌之后，转折到来。改革开放的政策，市场经济的逐步铺开，让建国瓷厂和其他国营瓷厂一样，逐渐显现出无法与之匹配运行的种种弊端，积重难返，求生艰难。

1995 年，邓希平再次面临人生的重大关口。她为之倾注了二十年时光的建国瓷厂，全面亏损，已经几个月发不出工资，不得不进行改制，突围求生。一个拥有三千多职工的国营大厂，如一面镜子碎裂开来，分解为四十多个独立核算的经济体。每一实体的承包人，利用原来的厂房、设备分头组织生产，自负盈亏养活实体内的工人。

厂里的领导干部，必须响应国家的政策方针带头承包。这一年，邓希平五十三岁。作为厂领导，她没有选择的余地，而且，她实在放不下一手创建发展起来的"颜色釉科研所"。如果她不承包，科研所就面临解散消失的命运。她之所以犹豫，是因为深知这是一处"老大难"，所里的研究人员年龄偏大，长期脱离生产一线，而且，科研所自身没有厂房，没有设备，这意味着一切又得从零开始。能够在激烈的市场竞争中存活下来吗？

许是千百次失败炼就的韧性，许是专业自信带来的内心力量，邓希平拒绝了很多外来单位的邀请，迈出了至为艰难的一步——承包"颜色釉科研所"。

自负盈亏，意味着一切都得靠自己了。没有设备，她就靠自己在厂里积攒的人气、影响力，找其他实体借，约定以分期付款的方式偿还。还有泥料、矿物原料，她都靠这种方式先借来。

厂里给了他们一个两百平方米的废弃油库，但油库里还有一个50吨重的大油罐，只能动用大吊车移走，可吊车费一千元，厂里也已经拿不出来。邓希平想了个办法，请来一些朋友买走厂里库存的瓷器，才凑够了这笔费用。

八天时间，终于将简易厂房中的一切准备就绪。选择什么样的首发产品，才能一步打开局面？邓希平想到了曾经俏销的三阳开泰瓶。

但三阳开泰瓶是两种釉在同一坯体上一次烧成，其难度是双倍的。且所里的研究人员年龄大，手上技艺欠缺，只有反复测试、调整，在一次次试错中寻找最佳方案。他们也没有自己的窑房，只能找别家的搭烧，这又增加了一重难度。一开始，根本烧制不出一、二级品，三级品也不多，四级以下的在市场上根本卖不出去。产品卖不出去，就意味着没有收益，支出却在不断累加。转眼，第一个月工资发放的日子临近，可账上的钱根本不够。为了不让这批跟着自己的老职工寒了心，邓希平将家里仅有的一万多元存款都取了出来，将第一个月工资如期发了出去。而她家里，还有两个正在读书的孩子。

没有退路，只能向前。三年时间，处在巨大的生存重压之下，所里的人没有歇过一个星期天，没有安心度过一个节假日。为了搭烧别人的窑炉，除夕那天满窑，日夜守在窑房里，同事们和邓希平一起度过了最艰难的时期，有别的单位想挖人，所里的研究人员一个都没离开。

三年后，所有的债务还清，经营走上了正轨。他们的优势逐渐显现出来，不断创新的实力，让他们推出的每一种颜色釉瓷都能受到青睐。在看似光亮顺滑的表象之下，只有所里的人知道，每一样新产品，从设想到研发，再到形成成熟的工艺，那鲜亮夺目的釉面之下铺垫着多少艰辛。

六

"九秋风露越窑开，夺得千峰翠色来。"拥有千峰翠色的"秘色瓷"，隐现于唐朝诗人陆龟蒙的诗句中，世人却无缘一睹其芳容。

传说，"秘色瓷"诞生于唐时的名窑越窑，在五代时达至工艺的巅峰，却在元代以后隐匿了踪迹。仿佛冰雪消融于无形，一千多年间，只闻其名不见其踪。

直到 1986 年，陕西宝鸡法门寺的十三层石塔在雷电轰击中倾坼，隐秘的地宫进入世人的视野。仿佛历史的地层翕开了一道缝隙，无数稀世珍品曝露于天光之下，令世界震惊。其中，就有色如冰玉的十余件秘色瓷器。"无水现水"，无论从哪个角度凝视，碗中都仿佛盛有半盏清水，莹莹如澈。

1990 年，邓希平一行专家团来到法门寺地宫参观。工作人员在讲解中提到"秘色瓷"，引动了邓希平内心的好奇。地宫出土的秘色瓷，已被列为国家一级文物，陈列在展柜的顶层，在她的再三央求下，工作人员终于让他们一见真容。

那时，邓希平还不知道什么是"秘色瓷"，只觉其釉色匀净清透，似乎那碗中还装有半碗清水。面对她的疑问，工作人员微微一笑，用戴着手套的手将碗拿起来，翻转，没有水滴下落。再将碗放回原处，莹莹水光又出现碗中。

瓷器竟有如此神奇的光效？这一见，让邓希平与一种失传千年的颜色釉——秘釉结下了情缘。

对秘釉的探索，持续了十多年时光。一切都在狭小的实验室中进行，那是邓希平不肯轻易示人的探索。其间，她制作出一个蓝色窑变碗，依稀可见秘色瓷的神采，"无水现水"，光效神奇。邓希平没有声张，她知道方向对了，但秘釉瓷的成品率太低。秘釉似乎有多色的可能，她还要继续探索，直到洞悉秘釉的奥秘。

又几年，一个电影剧组慕名找到她，请她制作电影中的重要道具——流霞盏。流霞盏是明代景德镇制瓷大师吴昊十九创作的一种名瓷，薄胎如蛋壳，又似蝉翼，流彩霞光于一盏中飞泻流淌，色泽奇幻，有的在盏心窑变出瑰丽的花朵，堪称瓷器史上极品。流霞盏的制作工艺和釉料配方，随着吴昊十九离开人世而遁为绝响。

如此高难度的颜色釉名瓷，邓希平并无十足把握，但她答应一试。头发已然斑白的邓希平，与颜色釉痴缠半生，也与失败劈面相逢过无数次，即使她穷尽此生也无法研制出流霞盏，那也不过是增添了失败的次数而已，如若她获得成功，她的颜色釉王国将增添又一个奇异的生命……

许是上天成全，就在她一次又一次失败，几近放弃的时候，一个集秘釉的纯净和流霞的异彩于一体的碗盏，自窑火中端然浮现。奇异莫测的窑变，在盏心，凝结为一朵绿蓝交融、红霞环流的"花朵"。

人造天成，这犹带有余温的碗盏，被邓希平握在手中，凝视良久。心潮如无风而静阔的海面，一种沉缓的力在深水处涌动。她为之取名"秘釉流霞盏"。

2013年，在一次国际瓷器展览会上，邓希平带着自己的颜色釉瓷参展。一位来自日本的朋友来到展区，看到她的作品，感到惊艳，问工作人员："这些是低温颜色釉吧？"他不知道这些颜色釉瓷的制作者就在现场，邓希平没有言明身份，回答他："这些是高温颜色釉，在1370摄氏度以上的温度中烧成……"那位日本人不相信，打电话给自己的老师——日本一位制瓷大师，老师告诉他：你不知道，在中国有一位大师可以烧出非常精美的高温颜色釉。他转而问邓希平："您认识颜色釉大师邓希平吗？"邓希平笑着回答："我就是。"

经验的丰富、技艺的纯熟，与依然蓬勃的创新意识和能力，催生了颜色釉王国里一个又一个美妙的生命。2012年，邓希平被批准为国家级非物质文化遗产项目景德镇传统颜色釉瓷烧制技艺代表性传承人。

辛丑年初，一头埋首抵角向前、前腿稳伫、后腿倾斜发力的"拓荒牛"，浑身灿红莹润，身披如毫纹理，被邓希平托举在手中。这是她献给挺立于大疫流年中的国人的一份礼物，那埋头奋进、砥砺向前的形象，深契国人的精神写照。

秋风已至，夏暑尚未消尽时，坐在我面前用沉缓的语速讲述往事的邓希平，一头银发，仿佛诸多荣誉堆积成的耀亮光环——高温颜色釉女王、国家级专家、高温颜色釉国家级代表性传承人、唯一高温颜色釉国际金牌得主、"中国好人"、庆祝中华人民共和国成立 70 周年纪念章获得者……

可我知道，在聚光灯照耀不到的那些时刻，光环淡隐，邓希平还原为那个坐在灰色简陋工作室里，埋头制坯、调釉、上釉，紧盯气窑温度显示屏，内心充满期待，眼神中又流露出些微不安的匠师。

每每在窑门开启的一刻，失意与欢喜的光影依然在她脸上交替闪现……五十多年来，她从不曾放弃这样的时刻，让自己不断与失败劈面相逢，也偶尔领受成功的喜悦，以探索的热忱、不泯的好奇和对生命的炽爱，不断拓展颜色釉"秘境"的疆域。

那一个又一个让世人惊异的生命体，无疑是天赐的奖赏。

那尖的淡淡灰色，那隐隐在坯堆中一埂埂……釉，隐在那一室阴暗中，灯光照耀不到的那耀环那光，还原，调釉、刻，紧时平简陋，在希色制……

与莲俱老

　　莲，是姚西村古老的注脚，至少比村名古老，比栽种这村子的人古老。

　　莲，是姚西村绕不开的修辞。在关于它的定语和长句、古诗和新辞中，隐现。

　　我愿意将一座村庄看作一株植物。它与一片水土发生关联，从最初嫩芽一般仿佛风雨皆可动摇的模样，到向着泥土深处衍生出庞杂的根系，年深月久，它就与水土融为了一体，成为这片水土的一部分。

　　莲，这已经与姚西村相伴相生千余载的物种，寄生在姚西村的躯体之上，用她的气息、芬芳浸透了姚西，同姚西一起在光阴中老去，又随着四季的更迭、轮回，年年如新，绽放美丽，流溢清香。她构成了姚西村的肌骨和脉息，在姚西的昼夜吐纳间，摇曳出一片明媚，也落下层叠的暗影。

　　我们到时，并不是莲最美的时候。她们在午后的薄阳与稠热中，纷纷敛眉端坐，偶有风来，便有几朵身姿慵懒地，以袖掩面，像极了午睡即起的少妇，鬓发还凌乱着，却有风情在不经意间流曳。面对这一塘姿态各异的莲众，还有护卫般的莲叶阵，间杂在花与叶间的或俏皮或稳重的莲实，我们实在收束不住内心的惊喜，一头扎入浩大连绵的莲塘中，急于捕捉一幅幅异美的画面。

这惊喜，实在酝酿了不短的路程。

从汽车驶进广昌地界，路边就开始涌现一大片一大片的莲塘。莲，是我自小见惯的物事，家乡位于素有"鱼米之乡"之称的江汉平原，湖汊密布，一到夏天，湖沟河渠中就摇曳着亭亭玉立的莲。赏莲，吃莲子，炒藕片，冲藕粉，炖莲藕排骨汤，于我都不陌生。可如此阔大的莲塘，我还是首次看见。同行的小英，更是按捺不住狂喜，时不时发出惊叹声，大有叫停班车狂奔向莲阵的架势。同车的多是当地人，镇定如常，告诉我们姚西村有全国最大的莲塘，那里的莲才叫壮观。

驶过雕有"莲花第一村"几字的石头牌坊，道路就与莲相伴了。莲塘从路边一直铺排到远山脚下，且沿着山势和村路一直蜿蜒伸展，不知何处才是尽头。

喜欢摄影的小英，拍莲的念头滋生已久，太久的渴念之后突遇盛宴，顿有如梦之感。担心这只是一晃即逝的梦境，她端着相机一头扎进了莲塘。

当地一年一度的国际莲花节已降下帷幕，时值午后，又非周末，浩大连绵的莲塘仿佛为我俩独有。我和小英各自为政，端着相机"咔嚓"不停。透过密密匝匝、齐人高的莲阵，时不时瞥见她的一抹身影，转瞬，又只剩了密密实实的莲。薄阳和稠热，将莲的气息蒸腾在低空中，紧紧地包裹住我。莲塘一边是一溜沿路而建的白墙青瓦徽派风格的房屋，另一边是在日光下如墨似黛的山影，莲塘半腰处有几幢头顶黑瓦的老宅，而整片莲塘若从空中俯瞰，想必如一块夹杂细小花纹的翠玉。

莲开有时，幸而不是整齐划一的节奏。莲塘中，既有尚在含苞的莲，粉红间白或嫩白抹红边的花瓣密实地抱紧，仿佛羞涩的少女；早上刚刚开放的莲花，此时收束了身姿，但有掩藏不住的风情弥漫在眼角眉梢；那些已开放二三日的，花瓣松敞开来，露出嫩黄的莲实和莲须，一有风来撩拨，就迎风摇曳，广袖掩面，似迎还拒。

荷叶也是千姿百态，大大小小，高高低低，错落有致，俯仰生姿，残黄与碧绿相映或共生一叶。有的掌心尚存一滴圆滚滚的水珠，旁落粉红嫩白花瓣，天然一幅好景。莲实有的嫩黄娇弱模样，有的抱实紧密，有的舒张欲裂，还有的莲实鼓突，一副桀骜不驯的古怪造型。

进入如此浩大连绵的莲塘，你就知道莲是拍不完，拍不够的，在那里消磨一日、一月、一个夏天，都是不够的。如同天上的云影，简简单单的造物，却是千姿百态，无法尽摄眼中，也许用一辈子也看不够。

近黄昏，天色突然昏蒙，四周泛起细碎的"滴答"声，方觉飘起了细雨。雨，渐密，落在荷叶上窸窣有声，落在整片莲塘上，便如淋漓而下的鼓点，声声叠映又错落，内敛而紧密，细切又浩大。我走出莲塘，往村巷中漫步。

在一座砖石土垒、木头搭梁的老屋前，有几个孩子在嬉戏。他们看见我，主动问"来旅游的吗"，我含笑点头，"看莲花"。

一位老妇闻声出来，皱纹丛生的笑容，朴素温暖。无论老人还是孩子，眉眼间都没有一丝戒备，仿佛我是他们家的熟客。在用柴木生火做饭的土灶旁，老人告诉我，她的儿子在南方打工，女儿住在广昌镇上，和她一起在老家生活的只有读初中的孙子。她是姚西村未种莲的人家之一。姚西种莲的历史从唐代开始，年年岁岁，世世代代，姚西村人都种莲。"你家为啥不种莲？""太辛苦了，我一个人莳弄不来。"

我奇怪，看起来莲长于塘，寄水而生，出淤泥而不染，似乎不需要费多大功夫莳弄。但老人告诉我，每年四月，种莲的人家就要下塘了，踩着高腰雨靴从淤泥里清出莲藕，埋下种实，莲子的生长也需要施肥，到了花开结实的季节，种莲人家更是辛苦。每天早上，家家都要派人下塘摘莲蓬，莲蓬若不及时摘下来，很快就老了，不复有新鲜莲子的清香甜嫩。不仅是暑热难熬，水塘里的蚊虫、蚂蟥成灾，采莲时还要提防被莲叶、茎刺割伤。摘下的莲子，也得赶紧加工，脱粒、剥壳、褪皮、通芯、烘干，所有的工序都得靠人工。每一粒清爽的莲米，都是经过一双双手辛辛苦苦做出来的。每年的六、七、八、九月，整个姚西村都以莲为中心，家家户户、老老少少齐上阵，到处都是几人围坐在一起剥莲、褪皮、通芯的景象。即使没有种莲的人家，也会加入到莲米加工的队伍，每剥出一斤干净的莲米，有三四元的收入。种莲的人家，还会养蜂，制作花蜜、花粉、莲子饼干、莲芩面、莲子罐头、莲子汁、莲芯茶、莲薏茶、藕粉等，但因为只有一季，一年的收入不过万余元，难以维持一个家庭的生计。有些人家，还会种泽泻和烤烟。田里刨食，说起来就是两个字"辛苦"。收获的每一粒果实，都是汗水浇灌出来的。

我这才想起，难怪一进姚西村，路边随处可见一堆堆剥去了莲子的莲蓬壳。但凡坐着的村人手里都捧着莲米，或在去壳，或在剥去薄衣，或在用铁杆去芯。白天剥好的莲米，连夜用莲蓬壳、柴火烘干，这样第二天端出的就是最新鲜漂亮的干莲米。

从老人家里出来，一路遇见水池边浣衣的老人，收拾柴垛的老人，都是皱纹覆面，一律和善地冲我微笑，耐心地回答我的问话。也有奔跑嬉戏的孩子，稚嫩的脸上看不见一丝忧虑。只是不知夜深人静时，在奶奶爷爷的怀抱中坠入梦境的他们，有没有在梦呓中唤一声妈妈、爸爸，而他们在远方谋食的父母会否遥遥地听见。

初见莲的喜悦，在细雨中渐渐淡去。眼前的姚西村，一座与莲俱老、散发莲香的村庄，依然没能留住那些年轻人。和很多村庄一样，这里挺立着古旧的老屋，也散立着一幢幢簇新的楼房，它们见缝插针地镶嵌在村庄中。在老宅里留守和在楼房里出入的身影，多是老人和孩子。那些年轻人，纷纷远赴他乡。

此时，穿行在姚西村石头铺就的老巷中，蝉声如瀑，虫鸣欢跃，鸡群在路边闲散踱步，屋缝间可见后山幽谧的竹林。远山清朗的轮廓环抱着阔大的莲阵，有着亮眼爽心的绿意，微风徐来，莲花淡淡的清香在空气中弥漫，如此惬意而悠然的生活场景，还有比城市慢了不止一拍的生活节奏，何以留不住那些年轻人？也许，这样的离乡远走，与生活的贫富无关，与生存环境的优劣无关，只是一颗年轻的心，本能地对陌生的城市生活充满向往；只是一颗怦怦跳动的心，对远方的风景怀有灼热的憧憬。

然而，无论走出多远、多久，莲这个自小熟悉的字眼，这个与生活肌理融为一体的亲人般的物种，依然会在他们的舌尖上浮现，滚动，不经意间脱口而出，或在酒意酣畅时，在失意沮丧时，在孤独苦闷时，勾起一抹思乡的怅惘，勾起一腔骄傲的意绪吧。

莲与这片水土的缘分，确实比姚西村的历史更为漫长。

据明朝正德年间《建昌府志》记载："白莲池在县惠安寺禅院之东，唐仪凤年间，居人曾延种红莲，数载忽变为白，花瓣中得金范观音像，延乃舍宅为寺，后数年又变为碧。宋熙宁间，长老智依重修院寺，池中后产瑞莲花，因建堂于池上，以表其瑞。"

而在传说中，莲是由莲花仙女带来这里的。她化身为绿裙素服的女子，或从一朵莲花中飘然而出，或顺河而来，在不同的版本中演绎与人间小伙子的爱情故事，让莲花开满了这里的山野。

四五百年后，至宋仁宗时期，姚氏祖先才迁徙来此，在血木岭流出的一脉清溪旁定居，仿佛一枚种子落土，生根。至今，姚西村村头还保留着先祖种下的 15 亩竹林，仿佛一道绿色的帘幛护卫着村落。

外来的姚西村人沿袭了本地的习俗——种莲。又因自然风土的成全，以青山为屏障，以盱江为活水，将莲种出了非同寻常的气势。知莲者，莫过于姚西人。他们在年复一年的劳作和确认中，谙熟了莲的习性，给予莲最恰切的体贴和欣赏。

当夜我们宿在姚西村，为了一天中看莲的最好光景。次日天光泛白，小英就起身了，背着相机没入莲阵。从高处望去，远山背后一抹隐约的淡红。近处，她仿佛一点红在翠绿中浮动。

前日的雨，让晨光越发清亮。早起看莲的人不止我们，莲塘里比前日多了笑语声，也有扛着竹竿、麻袋的采莲人，踩着高腰雨靴从塘的深处归来。他们比游人起得更早。清晨的莲，果然美得不寻常。一朵朵白莲、粉莲都在晨光中尽情舒张了花盏，花瓣和莲芯犹带有晨露的润泽。露珠在荷叶上莹莹滚动，风一吹，忽滚向东，忽滚向西。最添彩的是蜜蜂，它们三五只围着一朵盛放的莲花。成千上万只蜜蜂飞舞在阔大的莲塘上，享受着它们一天中最甜蜜的时光，以全心全意的态度对待着一朵莲。那应该也是一朵莲此生最幸福的时光，在盛情绽放中奉献出自身全部的蜜意。

忽然，一阵奇怪的声音从荷叶深处传来。细看，却是采莲人在过膝的塘水中采摘莲蓬。听姚西村人说，传统品种的莲，叶生于花上，结实少，但广昌现在广泛种植的是"太空莲"，曾经随人造卫星去太空遨游所培育出的新品种。

1994年7月3日，经过优中选优的广昌白莲，搭载我国"940703"号返回式卫星，在绕地球旋转238圈后于7月18日11时35分返回，科技人员经过反复实验培育出"太空莲"。"太空莲"的花开在叶上，观赏性更强，结实的产量也提升到亩产两百斤。莲生得密，过去用于采莲的腰盆、莲船都派不上用场了，只能人工下塘采摘。

古有广昌白莲是被皇帝赞誉的"贡莲"之说，今有广昌白莲是"太空莲"培育基地之说，也就难怪广昌赢得"中国白莲之乡"的美誉了。而姚西，以自己阔大的莲塘、优质的莲实、古风犹存的淳朴，成为名副其实的"莲花第一村"。

莲，与姚西相伴千年，可眼前的姚西村却难寻古意。我们如此渴望探触到岁月深处延伸过来的历史根脉，从中或许能找到一些联通古今的线索？在村人的指引下，我们去往离姚西村只有十分钟车程的驿前古镇。

这个倚靠武夷山脉、临古时官道驿站的小镇，至今存留有五十多座特色鲜明、价值独具的明清古建筑，果然没有让我们失望。

踏过一座木板桥，迎面是一幢古色苍苍的老宅，高高的马头墙扬起翘角挑着灰白的天空，色泽斑驳的院墙上蔓生着丝瓜藤，竹制的晾衣架上几件衣物静穆，安详。离此不远，临河而立的是著名的"船形屋"。门额四字"清吸盱源"，寄寓了修建者的人伦理想。

整座屋子的造型宛如逆水停靠的一艘"官船"，围墙高耸，与溪水中的倒影虚实互映。进入屋内，光线陡然暗沉几分，空荡荡的堂屋窗下摆放一桌，桌上陈列着蜂蜜、莲芯茶、花粉，立时有了现世的烟火气息。守摊的中年男子是此屋现在的主人。这座老宅刚刚由政府拨资修葺，屋中只住着他年迈的老母亲。走进侧门，一股洗发水的香息扑鼻而来，光线幽暗的屋内，一位老妇在俯身洗头。这浓烈的香息，散发着浓郁的现代感，却又与这座光线幽暗、空寂的老宅并不存在隔膜。中年男子问答间谦谨有礼，热心地为我指点游览古镇的路线。

蜿蜒于镇中的鹅卵石小道，连接起一幢幢古意盎然、原汁原味的老宅。不少老宅中还有人居住，日常生活的形态在凝固的建筑中得以延续，使之平添生动可感的气息。而莲，以各种各样的形态，散布于古镇的角角落落，也镶嵌在古镇的生活形态中。

镇中居民以赖姓为主，据说从唐代开始在此聚族而居，世代种莲，小镇因而有雅名"莲花古镇"。和姚西村一样，这里的莲蓬壳随处可见，有的大大咧咧摊陈在进门的石板上。许多人家，老少围坐一圈，都在剥莲子。

细细端详，莲的图案端凝在每一座老宅的门楣、瓦当、檐头、门窗、雀替、石础上，隐现着古镇人的内心尊崇和审美理想。而古镇尚未被旅游开发的热潮席卷，街巷古朴，镇民淳朴，与莲的气息浑然相合。

在姚西村未能晤见的，终于在驿前古镇得以弥补。姚西村未能诠释的，古镇作了恰切的补充。

莲，这唯一忠贞的线索，贯穿了姚西村的生命史、生活史和精神史。

她与姚西不离不弃，年年如期赴约，倾情绽放……

魏小英 摄影

❖ 与莲俱老

辑三

海昏谜色

一

青铜制酒蒸馏器、雁鱼灯、火锅，铺排如阵的金饼，敦实的马蹄金与精致的麟趾金，编磬、排箫、伎乐俑，玉璧、琉璃席、带鞘玉剑，镶嵌玛瑙、绿松石的铜镜，腐烂如泥的麻织品，徒具骸形的车马，枕藉堆叠的五铢钱，坍塌散碎的漆木盒、竹简、漆画屏风，两排积压在一起、却依然形态完整的牙齿……它们，一起承受了两千年时光的冲刷、涤荡、席卷和摧毁，幸存下来。在一个极具传奇色彩的汉废帝——刘贺的墓园中，被淤泥、木椁、泥土、草木层层裹覆。待挖掘、整理、清洗后，它们分门别类躺进了命名为"海昏侯国遗址公园"的数个展厅，被一道道追光映亮细部。

一团团光亮之外，是浩大深沉的暗影。一批批观看者进入展厅，停留，定睛打量，悄声议论。它们，默然与万千流转的目光对视，完成隐秘的倾诉与对话。

十年前，一次不成功的盗墓留下的一个黑洞，被江西南昌新建区观西村的村民发现，仿佛揭开一条时光隧道，连通汉代与今时。一座在传说中时隐时现、神秘莫测的古墓，就此进入考古挖掘的视野。待一枚印章从万余件文物中浮现而出，考古专家终于认定这是第二代昌邑王、汉废帝、第一代海昏侯刘贺的墓园。

这并非刘贺唯一的墓园。在信奉"事死如事生"观念的汉代，王侯将相早早地开始建造自己的墓园。刘贺分别在他生活过的领地，昌邑郡（今山东巨野）、海昏国（今江西南昌）留下墓园，一空一实，遥相呼应。两点之间的空白，埋葬着巨大的历史荒诞。

展厅一角，一字排列的图示，清晰地标明了海昏国与鄱阳湖位置关系的变迁。鲜红一点与蓝色水泽，对应着海昏国与鄱阳湖。西汉、三国时期、魏晋南北朝、唐、宋、元、明、清、现代，时间在飞速滑移，蓝色水泽在聚合、分裂、移位，仿佛一个动态的生命，消消盈盈。一度，海昏国位于大泽之畔；一度，海昏国沉入大泽之底；再一度，海昏国脱离了水泽；又一时，海昏国隐没于大泽。正是在大泽的盈消、地壳的起伏中，刘贺的南方墓园反复经历着外界力的撕扯、水的浸润、风的吹剥、细菌的蚕食，逐渐蜕变为考古学家们看见它时的面貌。

有多少因素，多少种外力，参与了这场蜕变？只有天地和天地间轮回的时间明了。

二

短短三十三年生命，却以急剧的升降浮沉，隐现历史的荒谬无情。

父亲刘髆去世那年，5 岁的刘贺继承昌邑王位。作为汉武帝与宠妃李夫人（宫廷乐师李延年的妹妹）的孙子，刘髆唯一的儿子，刘贺自小浸泡在溺爱的汁液中。饱和度过高的汁液，渐渐催生出乖张恣肆的枝丫。若偏安于巨野的昌邑国，刘贺或可度过衣食无虞、任性自足的一生。可十九岁那年，一份诏书如金灿灿的太阳从天而降，那炫目的光亮，比天上的太阳更加耀眼，直刺得他目盲神迷。一直在远离京城的小王国中成长，刘贺全然不知朝廷中风起云涌的争斗、血腥的较量，在短暂的晕眩之后，被狂喜席卷的他带领二百名随从，向长安奔去。

万众之上的尊崇，似乎与无限恣肆的权力相连。植根乡野、耳目闭塞的刘贺，耳边尽是奉承的嘴、阿谀的脸，即便有一二清醒的仆从，好言劝诫，刘贺也一句不曾入心，他完全忘记了圣贤书上的教导，一路上嬉闹寻欢，任性而为，临进京城，他也不肯敛容含悲前去祭拜先帝。从昌邑到京城的一路上，有多少耳目在暗中窥探，一道道密报先于他抵达京城，分流向京城内的各处府邸。种种有悖常理的乖张行径，在刘贺踏入京城之前，已传遍朝野。霍光自然是情报的集大成者，当权力集于一身，天下便遍布他的耳目。作为汉武帝的托孤大臣之一，过去的十三年，他成功地完成了驱逐和剿灭其他权臣的斗争，在软弱无能的汉昭帝高居帝位时，实现了天下大安，同时也实现了众权归一。一度，"政事一决于光"，朝廷大事尽在霍光的掌控之中，包括对这位继位者的选择，也完全依从他的心意。

听到刘贺的种种行径，不知霍光是喜是忧。似乎，一个只知纵情玩乐的君主，更有助于他继续牢牢地把控全局。但此人恣肆妄为，会像软弱无能的汉昭帝那样，甘于隐身幕后一味听从吗？……只待二十七天，骤然见分晓。

这段史实在《汉书·霍光传》中有所记载。数不清的史书执笔者，用文字记录，也塑造着历史。人性的局限，个体见识的局限，个人观念的局限，都构成了笔下文字的局限。是谁说：历史是任人打扮的小丫头。我们今天从文字中窥见的历史，不过是各种局限共同导向的"历史"。

根据史书记载：登上帝位的刘贺，仅任性妄为二十七天，就从梦幻的云端直坠深渊。关于这二十七天，史书累累不休地列述了刘贺一千一百多桩劣迹、罪行，不学无术，不务正业，淫戏无度，荒唐至极。最终，霍光带领群臣向皇太后力陈刘贺"行昏乱，危社稷"，由皇太后将刘贺废黜……

一千一百多根芒刺，插栽在这个名叫刘贺的古人身上，令他体无完肤，被钉上历史的耻辱柱。但史册以文字定格的这段史实，有着太多罅隙，需要想象与智慧去填充，或可抵达历史的真相。

当车轮辚辚作响，碾过二十多天前逆向而行的大道，想必车上的刘贺笑颜难展，心内悲凉。进京时一路洒下的骄纵笑声，似乎还在山野回荡，他却已完成了生命中唯一一次跃升，之后将是无尽的坠落。此时，他形影孤单，带入长安的亲信随从，已被霍光以"亡辅导之谊，陷王于恶"的罪名，诛杀殆尽。传说中，他们中的谁和谁，临刑前大叫着"当断不断，反受其乱"受死，痛彻肺腑之音，迅速被风吹散于闹市、旷野。归途漫漫，每前进一步，身心都如滚过一道锋刃。凌迟之痛，将如无法忘却的记忆，在此后的岁月如影随形。

数年后，当霍光病逝，在位的汉宣帝让刘贺重拾侯的身份，只是大幅削减其食邑，将他从山东巨野迁至长江之南，偏安在鄱阳湖边一方小小的圈地中。海昏，字面的意义解释为"大湖之西"。汉代将大湖称为海。昏，《说文解字》释为"日暝也"，太阳落山处，即西也。在远离京城的大泽之畔，镇日吹拂着浩荡透骨的湖风，刘贺度过了郁郁寡欢的最后三年多时光。他唯一热衷做的事，是按照自己的心意修筑墓园，将不如意的生之缺憾，化为对死后安乐的渴盼。那是对心中的巨壑，徒劳而绝望的充填。

修筑墓园的过程，如同重新修复坍塌的此生，并塑造全新的一生。刘贺将自己的心爱之物、国库之珍，尽数纳入墓中。2011 年，进入考古视野的整座墓园，占地四万平方米，错落分布有以刘贺墓为核心的大小墓葬九座，还有一座规模不小的车马坑。近八百米长的墓园墙、祠堂、陵寝、便殿、厢房，钱库、粮库、衣笥库、乐器库、武库、文书档案库、厨具库、酒具库、车马库、乐车库、娱乐用器，四通的道路与完善的排水系统……规制周密完备，显见的是对生之世界的虔诚模仿。

多年近乎囚禁，且内心郁结的生活，必然在身体留下看得见或看不见的损伤。《汉书》记载：刘贺"身体长大，疾萎，行步不便"。在刘贺墓中，有两张床榻，专家分析：其中一张是他躺着接待客人和办公之用。墓中还出土有五味子、虫草等药物。如果墓中世界，果真是对生之世界的仿照，这些物品也隐现出刘贺最后几年的身体状况。从干燥的北方来到湿热的南方，他想必经历了艰难的适应阶段，而他的身体，也在这被动的迁徙中愈发孱弱不堪。

这个被命运残酷蹂躏的人，不曾想到，他精心打造的墓园，寄予厚望的死后世界，会在两千年后，以朽烂的面貌曝露于天光之下。那些身外之物，哪怕残损，仍有迹可觅。而他，几乎朽烂殆尽，如泥，如水，仅一副牙齿佐证着他的存在和消亡。

这些牙齿中的两枚，被中外科学家们借去做科学研究，视如珍宝。在它们小小的躯壳里，隐含着关于生命的 DNA 密码，隐含着关于汉代的未明之谜，兴许从中可以提炼出许多被时光掩埋的秘密，修正被后人误读曲解的历史的"真相"。

三

　　半人高的木架，躺在湿黑软滑的一摊泥泞中。起初，考古人员以为是一架屏风。逐步清理，它的真实面目显露，原来是一架带木框的穿衣镜。

　　铜镜内置，隐身于对开木门的后面，木框的正面和背面漆色斑驳剥脱，隐约可见文字与图案。

　　用现代工艺还原穿衣镜的斑斓本色后，考古专家惊异地发现：木框正面的对开门上饰有凤、虎、鹤的浪漫瑰丽图案，背面有上、中、下三幅图，绘的是孔子与弟子画像。长身素袍瘦面短须的孔子，是迄今发掘的文物中最早的孔子形象，而两旁的文字进一步描述了这个影响后世两千余年的圣人的生平与故事。

　　"鲁昭公六年，孔子盖卅（三十）矣……"一句，让既有史册中关于孔子的出生年份，被标上一个大大的问号。这与《春秋公羊传》《春秋穀梁传》《史记·孔子世家》上记载的孔子生年，相隔十余年。哪一处记录更真实，或更趋近于真实？孤证难明，依然存疑。

　　时空浩瀚，即便备受后世景仰的孔子，其生平、形象、言论、行止，依然在时间的波光中漫漶不清，飘忽不定，难以定形。更何况籍籍无名的广大众生，他们如风过无痕，如滴水入汪洋，匿于历史深处，再寻不见丝缕印迹。

多少曲折有致的过往，成尘，成雾，成谜？

五千余枚竹简和近百版木牍，自污泥浊水中被小心翼翼地捡拾出来。经过科学处理，《悼亡赋》《论语》《易经》《礼记》《孝经》《医书》《六博棋谱》次第浮现……其中，专家发现一篇《齐论》曾记载、但无版本流传于世的《论语·知道》。如此多的竹简，不止填写了古籍阵营的空白，也对史书勾勒的刘贺形象做出了"反证"——一个不学无术、不务正业、淫乱无度者，会将这么多论述天地之道、人伦之理的古书带进古墓？在生的世界里都不肯依循道理而行的人，会甘愿在死后的世界继续被"束缚"？抱着"事死如事生"的观念，刘贺将生活中的一应物事照原样搬到墓穴中，这些古书是否他从小习见熟读过的，而他，也在熟读中将圣人前贤的劝诫，多多少少装纳于心，规束于行？

关于谋划废立皇帝一事的经过，《汉书·霍光传》有详细记载：霍光为刘贺的荒诞表现、累累不端行径深感忧愤，找来老朋友大司农田延年问策，田说："将军是国家柱石，如果觉得此人不配帝位，何不向太后建言，再选贤君拥立。"霍光问："想这么做，但古代可有先例？"田延年便举出伊尹大忠的例子，说："将军如果这样做了，就是汉代的伊尹啊！"

这段对话，让霍光下定了决心，于是，他找来丞相、御史、将军、列侯、中二千石、大夫、博士等大臣，齐聚未央宫开会。霍光提出："昌邑王行径昏乱，恐会危及社稷，怎么办？"群臣乍听此言，都惊愕失色，不敢发言，只是嗫嚅而已。新帝继位才二十多天啊……

这时，田延年起身离席，手按剑柄，慨然说了一番话，大意是：霍将军奉先帝之命，辅佐新帝治理天下，今天面临社稷将倾的危局，将军有何脸面见先帝于地下……而且，他仗剑威胁道："今天的议题，大家不能后退，如果有谁犹豫，我请求挥剑斩之。"众臣纷纷叩头表态道："万姓之命在于将军，唯大将军令。"于是，霍光带领众臣，马上去见白太后，陈述刘贺不可以担当社稷大任，就此改写了刘贺的命途。

不难看出，刘贺被罢黜一事，由霍光的意志主导，田延年最先赞同，并一力护航，众臣由惊愕失色到齐齐下跪赞同，再到说服太后，他们与太后不过是被霍光摆布的棋子。

同样是《汉书》，还记载有刘贺被废黜后，霍光亲自送他回到原来的封地昌邑郡，哭着告别："王行自绝于天，臣等驽怯，不能杀身报德。臣宁负王，不敢负社稷。愿王自爱，臣长不复见左右。"好一句"宁负王，不敢负社稷"，正大光明的言辞，掩盖了多少微妙的内心婉转与血腥的幕后计较。

书写再缜密，所塑造的历史表面再光滑，总有破绽、罅隙、沟壑，会成为反证的证词。海昏侯墓中成堆的竹简和木牍，仿佛是两千年前那个被钉上耻辱柱的古人，为自己留下的一份辩解书。从中，或可窥破些许被文字遮蔽的历史的真相。

四

不锈不腐不萎的金，以煊烈的太阳光的色泽，成为世人心中永恒的象征。它与古人长生不老的痴梦交缠一体，与质坚而纯净的玉一起，铺出肉体不腐、灵魂飞升的成仙之路。这是一条谎言之路，一再被跨越百年千年的棺椁实存所印证。

可它确实不锈不腐不萎，比丝绸、木器、铜器，比人、动物、植物，甚至比石头，更经得起时间的冲刷和空间的挤压。它躺卧在海昏侯刘贺的身上身下，满足他成仙的幻梦，在地层的跌宕浮沉、水泽的涨涨落落中，哪怕肉身已朽烂坍塌，而它虽披一身泥污，却端然静穆如初始之态。

海昏侯墓中，共出土了十余吨近二百万枚五铢钱，二百八十五枚金饼，二十块金板，三十三枚大大小小的马蹄金，十五枚麟趾金……是迄今发掘的汉代墓穴中，数量最多者。有的金饼上，标示"海昏侯臣贺元康三年酎金一斤"字样。

元康三年，汉宣帝在位。这年的四月，春寒已薄，暖意渐升，宣帝下诏，封刘贺为海昏侯，移居偏安一隅的豫章郡。标明"海昏侯臣贺元康三年酎金一斤"的金饼们，是刘贺怀着虔诚之心铸造的，但没能献抵当年朝廷大祭的现场。最终，它们被望长安喟叹、郁郁余生的刘贺带进了自己的坟墓、棺椁，再越两千年，重新袒露在天光下。我看见它们时，展厅的几束追灯将它们映亮，加重了那阳光般色泽的刺目度。

汉代对金的重视，始于汉文帝。在汉文帝心中，赤金与赤忱呼应。每年农历八月，他在都城祭高祖庙，除了供奉从一月开始酿造、脱胎于粮食的醇酒，还有成色足够纯粹的黄金。它们被各地诸侯王、列侯下令铸造。在大祭这一天，一枚枚圆形金饼铺排成轰轰烈烈的太阳光阵，向长卧不起的汉高祖表达赤忱的怀想与祈福。

不知道那一刻，率众匍匐在地的汉文帝，是否相信长生不老的成人童话。但这一幕，无疑是他死后辰光的预演，他一定相信酎金制度一旦设立，就会常演不衰，而在他百年之后，也会和汉高祖一样安享后世帝与臣的隆重祭拜。由赤金构成的太阳光阵，这无可言喻的辉煌景象，会在每年八月重演，助他飞天修仙。而大汉，也会绵延无尽，直至永恒。

实际情形却是，汉文帝在位二十三年，死时四十五岁。西汉延续二百一十年，只占据漫长历史的微渺段落。没有永生、永世，唯有黄金和些微遗存的古物，还在诉说远去的历史，语句断续。

史料记载，元鼎五年（前112年），因没有列侯愿意从军赴南越，汉武帝借酎金成色不足为由，削夺一百零六位列侯的爵位。令武帝恼怒的，实是他看不见列侯的忠诚。成色不足的黄金，配不上赤金之名；不够忠诚的王与侯，是帝国隐匿的危险，也不配享有荣尊。

借黄金之名，酎金制成为套在诸侯王与列侯头项的丝绦。金有杂质，心存不良动机，这丝绦就变为索命的绳。而沦落为海昏侯的刘贺，曾经的帝，却是连佩戴这丝绦的机会也没有了。

神爵三年（前59年），刘贺南迁四年后，他又因"坐故行淫辟，不得置后"的罪名，被剥夺了其子孙继承海昏侯位的资格。直到汉元帝即位后，才重新封刘贺的后代为海昏侯，直至东汉时期……

从高高在上的权力视角看去，一个被废黜的曾经的帝，恐怕是比王、比侯、比小吏，甚至是比一介庶民更危险的存在。汉宣帝不时派官吏去打量、窥视围墙之中的刘贺，探察野心是否已在他体内削减、消泯殆尽。离开长安后的十余年，刘贺被圈禁在属于自己的小小王国里，竭力让享乐消泯内心的哀愁、屈辱和凌迟之痛，但那是附刻在他生命之上的晦暗文身，是再多的金银珍宝、锦衣玉食也无法消除的。因为无力抵抗，他便选择顺从，耐受，让身心麻木，苟且绵延余生……直到一切在他三十三岁那年画上句号，一切荣辱皆归于虚无。

在离金饼不远的展柜，同样铺排的阵势，陈列有同样太阳光泽的马蹄金和麟趾金。与憨厚的金饼形态不同，麟趾金有着秀气雅致的外形，模仿麒麟之足，沿口环饰金丝雕琢的花纹，有的多达七种。无疑，它们是荣耀的象征，来自帝的恩泽与荣宠。

金饼、马蹄金、麟趾金，一室共存，安静排列，与我寂然对视。那一种目光，耀亮，凛冽。

荣与耻，在一个人的命运里交融，铭刻；在黄金的身体里寄放，共存，同样散发太阳般的光泽——那悲伤又虚无的恒久暖色，依然耀亮在人世间。

冬月看戏

夜色奔腾的南方冬野，贯通天地的一派暗寂中，远远地出现了一个梦幻般的灿亮之境。我猜想那便是此行的目的地——正唱夜戏的鄱阳芦田乡徐家村。

果然，车拐向大路边的小道，穿过田野、参差排列的房屋，偶尔一两点灯光撑不起夜色，隐约有戏音缭绕而至，像夜色深处伸过来一根莹莹发亮的手指，为我们指引着方向。

"不是春草是秋花，叫秋花卷湘帘召唤春光……"戏音渐明晰，随鄱阳文友转过一处平朴的屋角，眼前霎时炽亮、喧腾，仿佛一步跌入了梦境。虽然来前听闻了鄱阳一县蓬勃独特的乡村戏曲生态，但还是心神一震。这被四下里暗寂的田野紧紧包裹、掩护的梦境，洋溢着暖色光亮，有炭火的热度，像来自寒冷冬夜的秘密馈赠。

戏台隐在梦境深处。我不急于前往，在梦境里四处游弋。几个孩子围在插满棉花糖、糖人儿和动物糖果串的小摊前，烧烤、拌粉、汤面、糖炒栗子、瓜子花生，玩具、图书、彩灯、服装……细看之下，这梦境里有浓浓的尘世气息，温贫暖俗，体贴着看戏人的身和胃，也抚摩他们的心和神。角落里缓缓转动的旋转木马，橙黄色顶棚，悬垂七彩光带，黄身绿鬃的木马转出一片幻影，颇像旧时马戏团一类带给乡村惊喜的闯入者。软蓬微鼓的气垫游乐场里，几个孩子在攀爬，嬉戏，想必已脸颊绯红，额头冒出了热汗。

两尊木神像，安坐在离他们不远的地方，一个临时搭建的雨棚下，比人高的木架上。在所有观众的身后，他们面目安详地注目着戏台，一个玉面红唇，一个枣色面容，是村中徐氏尊崇的神主。观众一排一排有序地坐在长长的雨棚下，铺排到离他们脚下几步远的地方。戏音越过层层观众迢远地传来，不知会否被近旁的孩童嬉戏声掩盖……这一刻，灵幻世界的神和尘俗世界的人，有着同样安详沉浸的表情，一同享受着戏音的缠绕与抚慰。

芦田徐家村今年唱的开谱戏。在有着绵厚悠久唱戏传统的鄱阳县，凡村中新建或整修戏台，必唱三年大戏，头年唱破台戏，次年唱开谱戏，最后一年唱平安戏。村人对戏的看重、钟情，对生活的大小祈愿，都安放在这接续三年的大戏中。每一场大戏，足足唱响三天四夜，戏金不菲，由村里筹资、村人捐资，家家参与，家家享受。每到哪一村唱大戏时，村人的亲戚朋友会从各地赶来，凑一份热闹，享一顿眼福与耳福，村人会乐呵呵地招待四方宾朋，日日流水席，杯盏碰响。那三天四夜，不只戏音缭绕，鞭炮声也接续炸响，村庄铺一地红屑，似着红装，披锦衣。

乡村戏曲的活态，意味着台上有角儿、台下有人儿。而那高不过人头的戏台，仿佛一个门槛，分隔着尘世和一个更加迷离灿亮、韵味悠长也阔大的梦境，让台上的人、台下的人在某一时段同时陷入恍惚痴迷，忽悲忽喜，如度另一番人生，在万般因果情缘中翻滚历练一回。这梦境，必得由台上的人和台下的人共同营造、维护。他们因戏而结一个盟约，这盟约透明、自由、清澈，来去随心，却也可以不离不弃，绵延一生三世。

在饶河流域，这紧邻古代彭蠡大泽的古老地面上，水泽的丰沛，水路的通达，引来了弋阳高腔、昆腔，也漫流来南词、北词、梆子、浙调的屑羽片音，坐地化合乡音，形成独特的饶河调，赣剧的一脉，被一世世鄱阳人守护，至今葳蕤繁盛。在鄱阳，几乎找不到没有戏台的村庄，近五百个村，却拥有七百四十六座戏台，其中十二座从明、清朝延续至今。那些木制的翘角飞檐，精描细刻的雕梁画栋，裸露在时光的尘沙中，须得多少人用心呵护，才能葆有鲜亮如初的面目。

据说这满场的摊贩，多是跟着戏班跑的，他们清楚哪一乡哪一村在唱大戏，也有的是某一剧团或戏班的忠粉，跟随着四处转场，既过足了戏瘾，又赚到了养家安生的钱。不知这是否是痴爱看戏的鄱阳人独有的智慧，由遍地戏班衍生的"流动经济"。那戏瘾，是痴，是病，得靠经年累月的耐心去喂，去养。也有附近乡镇的，骑行十里百里路赶来看一天戏，早出晚归，饿了就地嗦一碗粉，咶（qià音，赣地方言"吃"的意思）一碗面，来几串烧烤，吃完接着看戏。夜半戏散，骑着摩托回家，呼呼刷耳的风声里，忍不住吟味戏音，哼一段唱词，也消散在了野地的风里。寂寂暗夜中那一点灯光，自有一种飞翔的圆满。

今夜，已是大戏的最后一夜，唱《春草闯堂》的是鄱阳县赣剧饶河戏传承保护中心的演员。戏完，连夜拆台装箱，明天一早从万年赶来的卡车会将一应物件拖到下一场大戏的演出地。从农历八月十五开始，这个鄱阳县唯一的专业赣剧团就排满了演出档期，没歇过几天。不限于鄱阳县，附近的万年、余干、德兴都有人来请戏。而这一波演出的高峰期通常会延续到明年正月十五之后，在短暂的春耕期后，再次迎来又一波演出高峰，直到农历五月歇暑，三个月后再度开启演出大季。年复一年。甚至次年、后年的"大日子"，佳节、吉日，都已被下订金预定了。

这是有"戏窝"之名的鄱阳人对戏的滋养。不只建戏台唱大戏，也不只红白大事请戏班唱戏，村中若有几位老人同过五十九或六十九、七十九、八十九岁生日，那也是唱大戏的理由，家人会以"孝"之名联袂请来戏班唱上三天四夜"祝寿戏"。以前这是男性的专有福利，现在也有女寿星加盟进来。风习浸润，一些在外地打工腰包鼓胀起来的三四十岁的年轻人，也兴起了回乡合请戏班唱一场"同庚戏"——这简直有为过足戏瘾生造理由的嫌疑，却也是年轻一辈借助戏音回报生养自己的家乡及父老乡亲的表现。鄱阳人骨子里由痴戏迷戏而来的看重，反哺着属于他们自己的戏曲。

剧团的掌门人张钰唱花旦。初见时，她着深色长袍、红色尖帽，和几位演员坐在后台的箱子上，年轻得让我意外。这一身装扮，是准备上台充当皂隶一角。每个剧团都印有自己的"戏单"，九本大戏、四个小戏撑满的三天四夜，通常是在前一天才由村里的点戏人敲定后一天的剧目。每接大戏，剧团基本是在职演员全体出动，可总有临时缺人的情况发生，她这个年轻团长就得顶上去。与她作别后回到宾馆，翻看当地办的一本杂志，恰见封二古装扮相的白素贞，玉面朱唇，凤眼含情，一身素衣兰花，有令人惊艳之美。正是张钰。再一天，看鄱阳文艺演出，穿着红衣满绣"宫装"的张钰扮演升平公主，唱了《打金枝》选段，高音处婉转脆亮，也甚是惊艳。

唱作俱佳的张钰，才三十来岁，与搭档一起将这个在职员工有五十多人的大团管理得井然有序。那晚，后台的箱笼已大半归置妥当，冠饰、纱帽摆放在累叠多层的柜子里，戏服悬垂一旁，道具刀剑、马鞭一字列开悬在架子上，几只敞开的箱子里堆放着小衣和家常衣物，官靴、朝靴、绣鞋与运动鞋、皮鞋躺卧一旁。候场的演员散坐在箱子上，最年轻的是来团学戏的两位十五六岁的妹子，年龄最大的一位扮老生，还有一位拉胡琴的乐师，都已年过七旬。他们与戏台缠绵了一辈子，老来依然无法割舍。

戏台一角架设着一部手机，正在抖音平台同步直播。这是去年新冠肺炎疫情期间无法演出时，张钰想出的一招——借助网络平台传播的力度，推广鄱阳饶河戏之美之魅。大半年时间收获万余名粉丝，其中不少是外出打工的鄱阳人。熟悉的戏音里有大泽的辽阔、湖水的灵澈、水草的丰茂、芦花的摇荡、波漾的流光。哪怕路途迢远，哪怕异乡孤寂，哪怕夜色深浓，那一束梦境般的光亮也会穿越远途、穿破黑暗，让眼前的时光变得柔软、迷离、灿亮，那是来自故乡的深情馈赠……

戏分迷阔

头更加也

的门槛，

人一个

不过一个

他世，韵味悠长

高仿佛

那世

而台隔着烛

离火的梦境……

燕翼围的表情

　　燕翼围，在所有的照片中呈现为端穆、稳定、渊深又孤寂的表情。仿佛什么也不能再将他从时光深处惊醒。我们或轻或重的语声、脚步声，惊叹的目光或犹疑的表情，故作姿态的留影，蹑足而行的好奇和小心翼翼的惶恐，不经意间手指拂过木栏惊动的尘埃，搅乱的光线，都不能将他惊动。

　　四层楼，一百三十多个房间，建筑面积三千四百多平方米的体量，四百多年时间的长度，之中曾经容纳、叠加的身影，附着其上的爱恨情仇，都成为这座老宅沉甸甸的私藏和回忆。相比之下，我们的身影是那么匆促、轻飘，可以不落痕迹。

　　燕翼围之名，据说取自《山海经》中的"妥先荣昌，燕翼贻谋"，有深谋远虑、荣昌子孙之意。可这座费时二十七年修建的围屋，毫无燕翼的轻盈之感，他庞大、坚固、深邃，呈方方正正的口字形，外墙环堵，高达十四余米，让人恍惚觉得，燕子一旦飞入他的场域，就再难展翅飞走。

　　与他庞大的体量不相协调的，是一扇内敛而窄小的门。作为整座围屋唯一的进口，门有三层，外铁制，中闸门，内木质，将围屋里热气腾腾的生活景象轻而易举地锁闭在高墙之内，让窥探无门，让侵略无路，让逃逸无法。

　　此刻，门收敛了森严、坚硬之气，显得平朴无奇。在门旁陡窄的楼梯口，我们遇见了一位穿蓝色布衣的老妇。她拿着锄头和铁桶，是还生活在这围屋里的屈指可数的几人之一。她从我们身边走过，始终半埋着头，面容仿佛藏匿进岁月深处。唯有她弯驼的背，恍如一个僵硬的问号清晰地呈现给我们，触目，惊心。她，仿佛是这座庞大而渊深的古宅的遗存，带着时光灰扑扑的呛鼻气息。

如同时间在一个人身体中缓慢地沉积与流失，留下一些同时带走一些，渐渐地，一个人就成了这般模样，一座围屋也成了这般模样。

我踏木楼梯而上，穿行在空寂的长廊上，从不同的角度探触这座古宅，平视、俯视、仰视，凑近某一细部察看，从半敞的窗棂眺看全景，目光越过鱼鳞般的屋脊，那层层叠叠间潜伏的无数褶皱，是我的目光难以抵达的……我总对一座老宅抱以深深的敬畏，尤其是这样一座曾经将一个家族的日常吐纳、恩怨情仇都包含其中的庞大老宅，之中积淀了太多时间的碎屑，细切，深邃，繁杂，我匆匆探触的目光实难洞彻。

在一些房间的门侧，挂着福字和用大红纸写就的春联，一块面目素净的搓衣板，干枯失水的丝瓜和柚子皮。柱上垂挂下来的竹簸箕里，晒着干萝卜丁或空空如也。旧家具随意堆弃在走廊上，残碎的桌椅板凳，漆色剥落的木沙发。竹竿上一件件晾晒的衣物在微风中轻轻摇摆，仿佛还滴着水。底层一只两只鸡在卵石地上踱步……这细细碎碎生活的影迹，却又因人的空缺而显得愈发空寂。四层楼，更多的是一间间被锁闭的屋门，内里光线幽暗，任由灰尘堆积。

再无喧腾的人气，将这一座庞大的围屋充实，填满。如同骨质流失的老人，燕翼围宽大的骨架，不可避免地会在某些时刻"咔吱"作响。

可是这座围屋有过自己的好时光。他将赖姓子孙环护在自己的翅翼之下，让他们从中原颠沛流离而来的身体、惶恐不安的心，得以歇息，复原，重新获得能屈能伸的弹性。让一个在迁徙中变得松散的家族，重新紧紧地抱拥在一起，在南方之南、一处名龙南的山野之地，继续繁衍生息。

十四余米高的外墙，筑基是宽厚的麻石，两米的厚度足以让任何入侵成为徒劳。加上四角凌空高伺的炮楼，顶层环设的五十多个枪眼，还有窖藏食物的旱井和蓄水的水井，用糯米粉、红糖、蛋清搅拌粉刷的内墙，可在危急之时剥落煮食……整座围屋在设计上如同一个严密的防护系统，足以让客居南越之地的北方家族，安心落户，扎根，繁衍。它的形态将一群客居者的心态和智慧展现无遗。

从顶楼石垒的枪眼望出去，四周散落现代形态的民居。一栋新修的红砖楼房，刚刚搭起骨架。更多的新屋在建造中，它们不复围屋庞大的体量，独门独户，自我圆满，也自我孤立。越来越多的年轻人远走他乡，追寻更加自由自主的生活之路，传统家族的凝聚力在现代社会日渐式微，成为传说。

围屋的石壁间，长出了郁郁的青苔和草叶。草叶一蓬一蓬，见缝生长。像一簇长而密的睫毛，搭在燕翼围的门楣之上；或将凌乱的影姿，倒映在井水之中。柔软与坚硬，青葱与古老，蓬勃与端凝，彼此映衬，平和地镶嵌在时光之中。

听当地人说，每年端午时节，围屋前因建房取土而形成的水塘里会举办龙舟赛，而围屋内会摆置千人宴席，短暂地恢复喧腾的景象。这一天，子孙们云集而来。燕翼围仿佛睁开了眼睑，表情肃穆又温和地注视着流进淌出的人们，这些曾受他荫庇而得以繁衍生息的子子孙孙，似石壁间、井沿上的青草，郁郁葱葱。

那一刻他的表情，我们或许曾在自己年事已高的祖父脸上看到。

余响

　　车，仿佛嵌在三条并行的巨蟒中。蟒身在缓慢地、没有规律地向前蠕动着，时停时歇，将时间抻成难熬的长度。

　　我们已经被堵在江西遂川通往广东的高速路上一个多小时了，这是正月十一的午后。雨意充盈着每一朵云。天空灰白，映衬着远山的轮廓线，单调乏味。此时，若从高空俯拍，这绵延在中国南方近乎凝滞的长流，想来是非常壮观的。

　　多年城镇化的进程，让无数人离开村庄入驻城市。回家不再是一个日常的词汇。家成了树上分离的枝丫。只有在传统节日春节，回家才成为一个浓墨重彩的词，一个意义指向明确的词。在宽宽窄窄的高速公路、国道、省道、县乡公路上，奔波着回家的人们。他们提着大大小小的行李，拖家带口，沿着枝丫回归他们的根——老家。几天之后，他们再一次提着大大小小的行李，拖家带口，奔向自己在城市搭建的另一个家。

　　这是独属于中国的年的余响。

　　说实在的，城市的年抵不上老家的年。可老家的年，也已抵不上记忆中的年。那一份红红火火的喧腾，货真价实的喧腾，被鞭炮声充盈和覆盖的喧腾，正走在消逝的路途上。我不知道，那些攮着烟尘奔回老家的人们，有多少是因为舍不得这份喧腾，念想这份喧腾。

　　我们此行不是回家，而是去追赶这份正在消逝的喧腾，将其摁进自己的记忆，或者也输送进别人的记忆。这一被命名为"田野调查"的工作，本质上就是追赶那些正在消逝的事物，逆着时间的方向，逆着生活的方向。生活总是依循着时间的方向，向前，义无反顾地向前，一些事物被刻意地或无意地遗落在了她的身后。之中有一些是理当被淘汰的，有一些却是珍稀的，只是当我们意识到她的价值与美时，她已消逝不见。比如，以每天一百座的频率消逝的古村落，之中不乏珍贵的美丽，可他们木质、土质、石质的形态，注定会被时光腐蚀、消磨、吞噬。还有许许多多乏人传承、难以延续的民俗，所携带的文化密码、文化基因，构成了他们独异的美质。但植根于农业文明，与农业生活方式相匹配的他们，一旦进入工业文明建构的时空，也就踏上了一条朝向消亡的路途。如我们者，能记录下多少，挽留住多少，抓握住多少？

次夜，踏着暮色，我们走进江西于都银坑村。在这个以萧姓人家为主的村落，还保留着正月里跳甑笊舞的习俗。自正月初六开始，每夜在一个屋场跳一场甑笊舞，直到九个屋场轮完。这一夜，轮到了上营和下营。

我们到时，红烛和高香已在屋场的空地上点燃，五座神像并排安坐在烛火之后，神态安详。腊月和正月也是他们一年一度的节日，其余的日子他们被封存在祠堂的阁楼或龛笼中，抱持着他们的神秘与神圣，不问这村庄里的纷纷扰扰，也不惊动村人的日常吐纳。只不知，年复一年在此时被迎出供奉的他们，可洞悉了村庄那无可挽回的改变。越来越多的年轻人奔赴城市生活，留在故园的老人与越来越少的孩子，还有那些无法挪动的古老的树木和房屋，支撑起一个村庄，日见寥落。

孩子们是最雀跃的参与者，他们早早地就聚在了空地上、烛火边，追逐，嬉戏，伴舞着道具四处游逛，将一场在老辈人眼里敬神娱神的神圣仪式，视作一场难得的游戏。他们有的刚刚随父母回到老家，几天后又将离开。这一场甑笊舞的余响，不知会否留在他们的记忆中。

今年上营牵头的是一位萧姓青年，从南方打工回来，尚未婚娶。当其他人家都沉默的时候，他站了出来。从小与村里跳甑笊舞的萧老师傅学的招式，他不想遗失在飞速流逝的岁月中。在能坚持一年的时候，就坚持下去，哪怕自身力量微渺。

萧老师傅斜背着一个土布包袱到场，八十多岁的身子骨，精瘦却硬朗。关于甑笊舞，他是一众后辈的师傅。自古而来的那一脉线索，随着诸多老人的离世，都牵系于他一身了。整场仪式中那些微小而琐碎的程式、规矩、细节，一一由他框定和传授。而今，还有萧姓青年们热心于这一传承，他们将成为今夜舞蹈的核心力量。而那些在烛火边雀跃欢跳的孩子中，还有如他们一样的热心传承者吗？

我望着兴头十足敲响鼓点的萧老师傅，猜度着他平日里的模样，会否也这般神采飞扬？今夜这场狂欢无疑是奢侈的，对一座清寂的村庄而言，对这个平凡度日的乡人而言。

燃香，喝酒，唱船歌。几位老人在萧老师傅的带领下，对着一本纸页泛黄的唱本，用方言吟唱起了船歌，一人唱问，众人唱和。烛火前，不时有女人带着孩子、供享的食物，点燃高香和红烛，低首合目。在她们微微翕动的唇齿间，含着她们诉说给诸神的心愿。

那些心愿微小琐碎，却涵盖了她们和家人全部的生活、全部的热望。一旁，孩子们顾自玩着他们的把戏。年轻人在一旁准备舞蹈的道具和服装。整个屋场，像那一蓬蓬被暗夜映衬的烛火，缭乱而炽烈。

待老人们唱完一段，鞭炮声炸响。随后，锣鼓声起，年轻人手持竹制的甑笊，在空地中间围成一圈，边击打甑笊边划动舞步，呈逆时针方向跳起来。甑笊发出清脆的撞击声，伴随着舞者的吆喝声，整个屋场似有一股风在回旋，在奔腾。在场边观看的村人中不乏年轻的面孔，先前被锁闭的表情此时也松敞开来，仿佛被场内的节奏带动，被缭乱的烛火映亮，沉浸在酣畅欢腾的舞蹈中。

我调转目光，望向身后，那一排顶着红色绸布的神像，依然安详地注视着沸腾的人群。他们的"视线"，被众多的围观者挡住了。他们金色的脸庞，被烛火映照出清晰的轮廓。

这场狂欢般的舞蹈会持续到深夜。唱一段，舞一段，直到唱完全本船歌。在每一环节相接处，都有鞭炮声炸响，为村庄铺一地红屑，散一天硝烟。我们就踏着这红屑，闻着这硝烟，听着这烈响，离开了银坑村。

没走几步，即落入乡村浓稠的夜色中，唯耳边传来鞭炮的余响，渐远。

这鞭炮声，颇像一个惯于沉默的村庄发出的啸叫。这个村庄或许已经静默了一整年，或许已经空寂了一个夏天和一个秋天，或许已不习惯发出如此恣肆的声响，或许不再拥有明年或后年；又像一个讷言的村人忽然间喋喋不休起来……这个人或许存储了太多委屈，或许积存了许多念想，或许在内里饱含了祈愿，或许只是需要短暂地将自己点燃，燃成一地灿红的热望。这热望，可以捂暖此后的不少日子。

那一夜，以一幅幅画面的形态定格在我的相机里。黑暗中凸显的烛火，缭乱而热烈，带着仿佛可以触摸的暖意。这画面携带着鞭炮的余响，惊醒了我笔下的文字。

纸
上
万
物

浮
现
如
初 ❖ 136

那一排顶着红色绸布的
神像，依然安详地注视
着沸腾的人群……

木质的村庄

溯流而上，大致可以发现，木质的多寡，是判断村庄古老程度的一种标尺，也决定着一座村庄由内而外散发的气质。

南方的传统村庄，多木。木是建构房屋的主体，构造实用的部分，也镶嵌于修饰的部分。木的包容、温和质感，渗透于宅屋的角角落落。我喜欢这样的村庄，除了天然的草本木本植物四处见缝生长，数人才能合抱的大树栖息在村头村尾、桥边河沿，还有一座座进去就能感觉清凉与妥帖的老宅。

这样的老宅经过时光的沉淀，墙体泛出斑驳之色，复杂得难以用颜料描述。木质的部分也无预期地残损了，有人为的破坏，也有岁月随性的手笔。但它安详，如同村头的老树，似乎可以承受一切，布满疮疤，依然无损它的安详。我固执地以为，这些老宅，可以安妥地、舒展地放置身心。

村中那些老树，巨枝虬结在半空中，如巨大的手掌托住了流转不定的时光。树下，总有一群群不知疲累的孩子玩耍着，捉迷藏、抓蚯蚓、滚泥球、抓沙包……他们一茬接一茬地长大，老去，最终消匿了身影。而树还在那里，成为村庄不离不弃的陪伴。

有了这些树，再寂静人稀的村庄，也有了安慰。在江西宜丰采风时，去过一个叫坪上的古村。绕村半壁的石垒古墙上，散布着数十棵八百至千岁的古树，大多为樟树，看起来三四人方可伸臂合围，还有生长极缓慢的石楠和罗汉松，腰身紧致。它们与村庄的年岁相仿，一路绵延成环抱的姿态，护卫着这个村庄。村民出门抬头便见它们的身影，一年四季被它们荫庇。它们仿佛一条隐秘的时光通道，连接着村庄的源头。

盛夏，慕名至婺源，随古村落立档调查人员走访古村。这里古村密集，因被群山抱持而得以保持本真生态。

同行的当地女子有个男儿气的名字，显峰。她家在一个尚未被旅游开发的古村，村内老宅不少。她家的宅子建于十九世纪后半叶，在族谱上可查找到源头。在这些上百年的老宅里，每一年都有木质的部件在悄悄地裂变、腐烂、风化，在眼睛看不见的地方，直到坍塌碎裂才被惊觉。

木质的物件，有自身的寿限。这样的老宅牵系着久远的祖先的脉息，在岁月的起承转合中不断存储着生活的细节、时光的重量，即使有人居住其中，镇日小心翼翼地维护，还是有人力难及之处。而且，真实的生活，有着凸凹粗糙的质感，哪里可以做到周全无遗地呵护？

老宅里，愈是繁复的细部，那些镂空或雕花的雀替、柱础、窗框、飞梁、翘檐，有着目光和手指难以触及的细微转折和深部空间，却可以被粉尘、虫豸、风雨、阳光轻易抵达。这些来自自然的物事，在漫长的时光中，随性出入，耐心地对这些部件进行二次雕琢，直到它面目全非。

每走进一处老宅，当我们留意着那些难以复制的精美细节时，显峰却专注于询问房主如何保全，如何维修，如何保持品质地仿旧。她与古宅是一体的，即使她已经搬进县城，住进水泥楼房多年，只在年假时偶尔回一趟老宅，但她与老宅有过相同的呼吸节奏，成长的记忆渗透着被老宅过滤的光线的质感，生活习惯也延续着对老宅的迁就与贴合。无论离开多久，她对老宅始终怀有亲人般的牵挂和担忧。与我们说起老宅，她的语气里有些许骄傲，也似连缀着无声的叹息。那是时光的馈赠，也是无法挽留的遗憾。无法，却又拼力想去挽留。

在虹关村，詹姓老人正在翻修老宅。三米长的横梁是精挑细选的好木，前一日进屋时，因为老宅低调的门脸、高耸的板壁、紧凑的结构，木匠师傅们想了很多种办法。此时，它安卧在老宅正中，比周遭的木色都新、都亮，却有一股安妥的气息。似乎有它稳稳地坐镇一方，这满屋的狼藉躁动之气，都不足为虑了。不远的天井一角，堆放着比人高的沙土、瓦当，瓦当是从老宅屋顶上揭下的，有着让今天的匠人称羡的结实质地。梁的下方，几位木匠师傅正在赶活儿。进门的一侧厢房里，也有木匠师傅在忙，木屑散布在老人稀疏的头发、圆眼镜片和脸颊、鼻端。他端举着一张被木屑粉尘"装饰"的脸，好奇地探出头来打量我们。

在上海工作退休的詹老，对这座老宅念念不忘，对这座古村也是。街头巷尾的粉墙上，都能看到墨色涂写的巷名，这都是他的作为。他乐此不疲地将时光打发在这些事情上，全然出于自觉自愿，似乎想在老年一气偿还远离古村的那些时光。

也是在虹关村，我们路过一处只剩支离骨架的老宅，颓败的脏腑隐没在半人高的草木中。野草恣肆地横逸斜出，疯狂滋长，改写了老宅原本封闭自洁的空间。已经没有门扉的木框上，挺立的杂草丛中，悬有一枚蓝色簇新的门牌："浙源乡虹关村 100"。新与旧，如此突兀地组配在一起，颇为触目惊心。不知这老宅是无人居住而自行毁败的，还是主人主动地放弃，在他处改建了新宅。

在古村，你会不断地与呈现颓态的老宅相遇。颓而不败的它们，支撑着骨架，挺立在同样古老的街巷与树影中。你也会不断地与形态如旧但质地簇新的新屋相遇。人们改善生活空间、生活质地的渴望，是无法阻挡的。老宅的好，老宅的亲，老宅的贵，老宅的不可复得，只能在懂得、体恤、珍惜它的人那里，才能得以保全并延续。

也有老宅被移植。人挪活，树挪死，那么老宅呢？它们被从埋入土中的基础上挖掘而出，远离了自己植根多年的村庄，整体标记后迁至新地，再按标记组装起来。移植者，多是承包了某一村落旅游业的投资者。他们出于打造景区的目的，将一座古村的村民迁空后，再添置进一些移植来的老宅。看起来整个村落的古宅生态更加丰美，可被抽空的村庄，还能葆有多少本真的活泼泼的生气？

那些老宅在被移植的过程中，也被修复。朽败的骨架，用水泥框架支撑。门头檐角，借用日益高端的修旧如旧的技术，老的与新的、真的与假的，混淆一体，看起来面目无异，可气息不对。那种走进老宅可以闻见的，从老宅骨子里、木缝中散发出的天然木香，被生硬粗暴的水泥气取代。

我静静地望着这些被拆骨又接骨的老宅，不知它会否在夜深人静时发出压抑的呻吟，又会否在体内留下反复发作的伤痛。这些，都只有老宅来默默地承受了。

颓败的老宅与簇新的门牌，存留在相机里，那一点亮蓝和一片深暗的木色之上，有挺立的生气勃勃的草茎。在按下快门的一刻，我记得有风吹过，轻轻摇动它们。这一切构成了某一时刻的记忆，留于感觉，留于影像，留于文字。但，这不是完结。

在凝定与流动之间

在匆匆地行走中，想把握一座城的精神脉络不易，况且是赣州这样一座有千年古韵与积淀的城。好在，与时间的流动相仿佛，一直被章江、贡江载浮的赣州，在流动中消泯了无数的人与事、光与影，却留存有可供后人驻足缅怀的些许岛石。

这座城，与我的家乡荆州相仿。星散的、可追溯至数百上千年前的遗存，仿佛尚未被岁月磨逝的纹饰，佩戴在他的额际、腰部、眉端、指尖，仿佛一个历经沧桑的人，随手一掬就是一把故事，可是不轻易言说，一味地沉默，将过去和未来交付流水。

曾经这样书写我的家乡，"作为一座被时间层层掩埋的古城，与周围年轻的城市相比，它没有弹性十足的肌肤，咄咄逼人的青春气息，飘忽飞扬的眼神。面色端凝，眼锋沉郁，肌骨虬结，悠远的历史，成为古城最荣耀、也最沉重的背负……"

而眼前的赣州，不知是否我止于游历、而未生长于斯的缘故，在我看来显得轻盈许多。古意无处不在，但不是钝意入髓的古，而是沉静舒雅的古，仿佛某一个朝代的特质太过深刻地沉湎在他的骨血中。

那，自然是宋。一个各向度都发育得饱满丰实又经历山碎河倾的朝代，一个既可以将文字调度得柔媚生姿又可以铿锵悲怆的朝代，也是一个让许多文人至今思慕渴望寄生的朝代。而我的家乡荆州，源于古楚，那于原朴粗粝中衍生出瑰奇灵异之气的国度，信奉剑戟鸣击逐鹿旷野。潜隐在骨血里的不同的基因、不同的精神密码，造就了两座城的不同。

对于赣州，我有一种亲切感。仿佛他是我家乡的一个兄弟，被时光分散在了两处。那青砖垒砌、糯米灌浆贴缝的古城墙，砖石上岁月灼痕的斑驳，瓮城墙幔间还没散尽的刀光与火影，还有古城楼翘飞的檐角、城堞上摇曳的草叶、墙体上附生的累累藤蔓，都给我亲缘般的触感与视感。没想到，这些我自小习见的事物，会在这个夏天，在南方更南的地方等着我。

熟悉之中也有陌生。即使是兄弟，也有差异。环绕着家乡城墙的护城河，在这里拓展成了章江与贡江，两条结实而天然的河流，这让赣州的古城墙不得不有抵御水患的筋骨。在青砖之下，是糯米与铁粉浇筑的墙体，异常坚固。城墙上的五个炮台，是清朝咸丰年间为抵御太平军添设，使之又带有了热兵器时代的印记。

暑热在青砖墙体和江面上蒸腾，透明的水雾奔向蓝天，而墙体反射也吸纳着这酷暑之热，岿然不动。野草葳蕤，映衬着亮蓝的天空，摇曳得目光有些微迷离。有多少城墙在时光的水流中建起，又倒塌。有多少城池在时光的水流中关闭，又敞开；攻克，又沦陷……这一段城墙，和那一段城墙，有什么不同？

他们都是时光予我们的馈赠，仿佛流水中的岛石，供我们在某一时段驻足，不过为了感觉时间如流水般的无尽与强大，以及那水涡中旋转着的让人无法洞悉的玄秘。

浮桥，被水流轻轻晃动的路。它长在水里，而非空气中或泥地上。当身下的百多条木舟与铁浮船一起被晨光勾勒出轮廓时，浮桥像极了一条凌波的百足龙。它似乎分外享受这一时刻，慵懒地摊开足爪，由着流水轻漾。龙背上，穿梭往来的人们，挑着担，担子里是时蔬、河鲜、瓜果；推着车，车上是叽叽呱呱的娃娃或沉默不语的货物；也有空着两手的，或是将手妥帖地窝在另一只手里的……他们从东郊穿过浮桥，穿过城墙，穿过建春门，进入赣州城的腹地。

这样的画面，大约八百多年前就开始了，像一匹流水的长卷，一直漫卷到今天。

据说，是写《容斋随笔》的洪迈架设了最初的这座浮桥。从那以后，日日，桥应时而开合；年年，桥应时序而长短。三舟一系，百舟一体，渡了这贡江两岸无数的人、物、事。

水波永动，可这一带浮桥却始终凝定在这里，在贡江的某一部位，在赣州的这一方位。桥上承载了数不尽的来来去去的生命，栖落过描不完的晨光与暮色。我们到的时候，正是天色转阴的午后，阳光收敛了锋芒，但暑热尚在，渗透在丝丝缕缕的江风中。浮桥显得有些空疏，只有三三两两的过客，而江边的生活如常而有序，建春门前卖河鲜的摊点，水盆里伏着乌龟、江鱼、细虾，竹竿上晾着鱼干。木制的桥板，走起来有轻微的声响，还有水波的荡漾，仿佛踩着远古吹来的风。近岸的江水里，伏着几个男孩和一个将头发挽起的少女，他们安然在江水里，仿佛与水是一体的。岸上造木船的男人，埋头工作着，偶尔抬头望望江面。几只大船上卧着硕大的铁锚，不知是用来定船还是定这浮桥的。

这画面我仿佛早已熟悉，在关于浮桥的照片还是文字里？我知道那些被蒐缆连成一体的木舟，会在每天定时开启，让江流中的竹筏与船只通过，那时岸上站满驻足等待的人。偶尔，一只木筏莽撞地冲击一只载桥的木舟，那木舟便借势顺着风顺着水流而去，仿佛贪欢的孩子。而真有贪欢的孩子，早等着这一刻，悄悄攀上出溜而去的木舟，领略那一阵临风顺流的快意！

管理员驾着机动船，"突突突"地追赶上来，将木舟牵住，仿佛领一个淘气的孩子回家。木舟上的孩子赶忙出溜到江里，听着责骂声在水面冒出一串笑声。很快，敞开的浮桥又严丝合缝成了一体，仿佛一道关，一座城门，重新锁住了贡江。可锁不住贡江的水流，她昼夜不息地流淌，奔去了远方。

客家人是流动的群体。他们从中原向南流淌而来，流进赣州，流过梅关，漫向南方之南。流经之处，不断地析出支流，析出一群群的客居者。他们在异地安住下来，或者停留一段继续漫流。

在一幅描绘客家聚居地的地图上，那用土黄色标示的一块，覆盖了赣南、闽西、粤桂，甚至跨海而去，登上海南岛。

南方之南的荒僻地，以群山阔荡的怀抱收留了他们。但客居的日子，土著的侵扰、流寇的袭击、野兽的窥伺，会让日常的光阴随时化身为危险的箭镞，骤然逼近，防不胜防。

围屋，不只是寻常意义的家。它是客家人为自己建造的城池，自做的堡垒，凝定的巨大盔甲。厚达两米的土石垒砌的外墙，像青砖城墙的内部一样，用糯米、黑糖、纸条、篾根加上土，铸成水冲不垮、枪捅不透、炮打不穿的筋骨，这样的屋子才能安放他们漂泊太久、畏惧太多的身心。三进连环、几横几纵的院落，共同簇拥着围屋最中心的祠堂，如一个忠诚的怀抱环护着对先祖的尊崇，也如永远注目眺望着血脉的源头。

不论流徙多远，客家人都会怀抱着先祖的牌位上路。正是远离，持续着对他们忠诚的考量；正是流动，让他们在内心凝定了一脉褪不了色、斩不断根的思念。

赣州处在远离繁华的偏僻边缘地，却有着通往更迢远处的唯一通道。曾经，梅关是一道川流不息的关，让赣粤两地的人交互物资、信息、声气与习性。很多客家人就是从梅关走向更偏远的南陲。

这条曾因军事需要，由秦军的马蹄踩踏出来的群山中的路径，在唐朝由张九龄提出修建流通货物的通道，于是，将坚硬的花岗石岩体凿挖二十多米，碎石铺砌，点点前伸。于是，有了长达三十余华里的驿道，有了扼赣粤间唯一通道的梅关。

因山势造型，时有台阶的驿道，只能由挑夫一步步丈量来去。

一位生在赣南于都（旧称雩都）的朋友，还记得小时村人经常往来梅关运送货物，南去的多是山货、土物，北来的多是洋货、舶来品。村口有间屋子，用来关狗，狗吠声充斥晨昏。每隔一段日子，就有村人赶着一大群狗上路，每条狗的脖颈上套一根麻绳，绳上绑缚一个长过狗嘴的竹筒，不知是哪位先辈发明的这一办法，足以让两三人顺利将四五十条狗顺利赶过梅关。很快，生猛的狗吠声就静默成了粤人餐桌上的菜肴。

今日的梅岭驿道，在绿树环绕之中，山幽林静，已与多年前川流不息的繁盛景象相去甚远。十数文人，谈笑而过，摄下的是梅花还没开放的梅关，雪花还没洒落的梅关，看不到挑夫迅疾的身影、听不到喧声的梅关。梅关，曾经高筑关楼的梅关，已经太静太静了，静成了一种回想，静成了一道凝定的风景。可回想是流动的，赋予这风景沧桑流变、静中生动的韵致。

想当年，被贬广东的苏东坡走过这里时，不知身边可有流流沓沓的挑夫，同样徒步的他面带微笑还是眉头微蹙。"日啖荔枝三百颗，不辞长作岭南人"的诗句里，隐埋着真实的欢喜还是为了遮蔽淡淡的惆怅。当年，文天祥遭缚后被元军押解着从这里走过时，不知身边可有埋头赶路的挑夫，那一种源于山野的生猛劲儿，可引动他对自由的慨叹……

流动的生命，充满活泼泼的生息。可凝定之中，又何尝没有流动；流动之中，又何尝没有凝定，如同欢欣与忧愁、渴望与绝望、覆灭与新生可以杂糅与转化。这世间本没有永恒的隔阂与阻断。

盏上与灯下

　　浑圆的黑中浮一片孤叶，叶片褪尽鲜色，只着喑哑褐黄，叶柄处微泛金黄，细密的纤维如丝结网，呈斑驳之态。待茶水充盈，叶片仿佛重新被灌注生命之力，水中轻晃，似伸手可拈取，犹带有时光淋漓的水滴。

　　其学名，木叶天目盏。天目，黑釉之别称。木叶，通常为桑叶或菩提叶，古人云"桑叶能通禅"，而黑蕴万物、收万色，木叶之烬凝嵌在坚硬的黑瓷中，便逾越自然圈定的四季轮回、春发秋凋规律，抵向永恒之境。她似拈指默言的使者，泅渡时间的长河，不着一语，却道破世事轮回之尽与无尽。

　　不知她如何漂洋过海、跨山越谷，抵达了遥远国度，成为大英博物馆或日本东京国家博物馆珍视的"世之神器"。可知的是，她大约诞生于七百年前中国吉州（今江西吉安市）的一座窑炉中，在一双温热的手中捏塑成形，经历了1200多度的窑火烤炼，木叶未消隐于高温，其中的无机元素与天目釉发生奇妙的化合，原本骨肉饱满的叶片只剩丝网状筋骨，但依然保持叶的形廓不散，不碎，不堕其神，将属于草木的精魂严丝合缝地含嵌在瓷的形神中。

　　木叶天目盏乃蕴含五行之器。金、木、水、火、土聚合，经历粉碎与塑造，融化与火炼，抗拒与化合，流动与凝定，方有那一盏不动声色又惊心动魄的玄美。其创烧历史，在漫长的陶瓷制作史中只占据短暂的时光，最精湛的工艺当在宋代的吉州窑。

蓝浦《景德镇陶录》云："江西窑器，唐在洪州，宋出吉州。"再往后，自然是景德镇的瓷天下了。吉州窑在宋代攀至鼎峰，那时衬托白色茶汤的黑盏流行，吉州窑的木叶黑釉盏有醇厚朴拙气息，木叶入水却有灵动曼妙之影，如复生之幻象，与枯茶遇水复苏的美妙相匹配，想必绮丽过那一时的饮茶光景。

一方水土养一方器物，吉州窑沿赣江岸边铺展，一度窑包密布，窑火兴旺，盛产的黑釉瓷，"采用当地含长石的瓷土及伴生的铁矿石，还渗入了棕榈叶、棕榈毛、蒲草、芝麻梗、黄麻梗及竹子等植物烧成的草木灰……"，其沉穆玄秘之色源出于此，形成其他瓷种难以模仿之器性。

曾随一群作家走进永和镇的古吉州窑址，沿坡而上的一座龙窑半敞开肚腹，窑火已冷却数百年，木叶天目盏依然是这座城言说不尽的光彩。离窑址不远的赣江，穿吉安而过，是少有的由南向北奔突的河流之一，自然是大地起伏的形势规塑了其走向与形态，但江河自有其生命力，是贴着大地倔强生长的巨木，在其或粗壮或细弱的茎干上，结满了乡镇村庄。

古老的村庄，必然贴河而生。集市也是，依靠河流延伸它的臂膀，拓展远行之路。在一幅老地图上，吉安仿佛叶尖朝下的一片桑叶，而赣江是居中贯通的叶脉，连接着叶柄。按照图示，那时先生的家乡莲花县还未划归萍乡，尚属吉安。心理上，先生一直将自己归属为庐陵文化体系的后学，自认传承其精神谱系。对此我曾不以为意，近年间数次行走吉安，方感知到其精神谱系的根脉与特性——如木叶嵌烧于黑釉瓷上，骨性中有慨然赴火、向死而生的不屈气节——翻动历史的册页，庐陵大地上有太多名人志士以一己生命，为之印证。

读书启智明理，庐陵素有重教尚学的传统。比如偏安赣江左岸的钓源古村，有近千年的建村历史，系唐代末年欧阳氏的一支，自北方避乱迁徙至此，逐渐繁衍出"仁、义、礼、智、信"五派，派名即见心明志。元末，战乱再起，欧阳修的直系后代欧阳腾辗转来到庐陵，过继给钓源"仁"派，改名欧阳胜。在欧阳氏的族谱中，录有四句祖训："以忠事君，以孝事亲，以廉为吏，以学立身"，至今为钓源孩童启蒙时诵读的警言。这祖训植根于钓源，如绵延在S型长安岭上、站成村庄绿色屏障的2万多棵香樟树，在一代代子孙的传习中凝练为钓源欧阳氏的精神盔甲，使得他们经历战乱兵燹、动荡年月而始终如岭上的株株樟木，各呈秀色俊姿，与挺拔之态。

与钓源隔赣江斜望的，有一座800余年历史的古村，名渼陂。初到渼陂，就为门头高昂的"翰林第"、总宗祠——永慕堂的古雅高轩所震撼。走进去，在中堂两边的墙壁上耸立四个大字：忠、信、笃、敬，字有两人高，结体敦实，笔力浑厚。想来渼陂梁氏族人在一次次祠堂议事、春祭秋祀的行礼如仪中，亦将这四字刻于了脑海心魂。这个村庄拥有数座书院：敬德书院、明新书院、振翰学舍、养源书院、文昌阁书院、地藏阁书院，成为文化在家族传承中的重要载体。

两座古村并非特例。在一张宋代书院分布图上，标示庐陵县有书院6座、万安县7座、泰和县9座、吉水县16座……这些书院，

❖ 盏上与灯下

让会讲之风吹拂乡野，将传统伦理所崇尚的美德、文明理性的种粒散播民间。虽然因为观念与视野的局限，时人追求的是致仕，是求取功名，但自小诗书浸染的涵养，足以支撑他们一生。当他们主政一方时，多能恪尽职守、清廉有为，造福一方百姓。当他们遭逢人生困境、诬陷迫害而跌宕浮沉时，亦能清醒自守，坚韧秉正，不改其志。正是拥有这样的人文土壤，从庐陵山水间才走出了文天祥、胡铨、周忱等众多脊骨挺立、精神焕然的人物，铿锵之音不绝如缕。

传说吉州窑的终烧与文天祥有关。始兴于唐朝晚期的吉州窑，经五代、北宋、南宋，终烧于元末。有研究者指出文天祥义兵抗元、举旗勤王时，吉州窑数千名窑工跟随；当他兵败被俘后，窑工纷纷远走他乡，害怕元兵追杀，赣江边曾连绵一片喧腾不熄的窑火，渐渐隐匿于历史深处。吉州窑终烧的具体境况，已难以详察，透过历史册页我们看见的是文天祥的悲壮北上，听见的是他在惶恐滩头洒落的叹息，读到的是他三年不降、头颅高昂写下的明志诗句。《宋史》记载，文天祥幼时看到学宫供奉的欧阳修、杨邦乂、胡铨像，分别谥"文忠""忠襄""忠简"，心生敬慕，慨然道："没不俎豆其间，非夫也。"他果然一生以"忠"为行为准则，以舍身赴火的刚烈全其名节，得谥"忠烈"，跻身大丈夫之列。

两度为朝廷主张议和拍案而起的胡铨，宁折不弯，忠耿无二。绍兴八年，还只是一介八品小官的胡铨不惧秦桧的位高权重，上奏《戊午上高宗封事》，怒斥秦桧软弱求和卖国之举。这篇奏章被一位进士刻版印刷，散播民间，世人争相捧读，称之为"天下第一奇书"。宵小之徒绝无雅量，胡铨被贬至南方之南的天涯海角处，他身处偏荒之地，依然高吟"一丘狐冢寄穷岛，千古高名屹泰山"。隆兴年间，朝廷再次"议和"声起，受到宋孝宗器重、年事已高的胡铨，并未吸取前次教训，依然挺身而出，以一己之力对抗朝廷上下，反对议和。

吉安山前周家村的开基祖周忱，巡抚江南时整顿税粮，实施"平米法"，设置"济农仓"，解百姓疾苦，触动了地方强豪和官吏的利益，屡屡被诬告，但他自觉秉持的是公正之心，施行的是爱民之举，向皇帝磊落陈辞奏明自己的举措根由，坚持惠民之政……待他离任后，虽然皇帝命令继任者"不得轻易忱法"，但"济农仓"还是被撤销，待得又一年大水袭来，江南陷入饥馑之灾，无可依附的百姓倍加思念周忱的良政，纷纷自发修建生祠祭祀他。宣德八年，帝诰命："（周忱）授命以来，孜孜恪勤，殚心致力，敬于体国，厚于恤下，民妥事济，朕甚嘉之……"

忠义高于安乐，名节大于生死。行走吉安乡间，常常与历史上的忠烈名士相遇，他们的故事依然在民间传扬。他们与木叶天目盏同出于这片水土山川，木之生机，水之柔韧，火之刚烈，土之包容，金之坚硬，含蕴一身。即便生命脆如木叶，以身赴火化作灰烬，端嵌于质坚的黑色瓷盏中，依然筋骨不碎，丰神不堕，遇水生动，精神焕然，成为他们共同的精神图谱。

壬寅年夏月，再至吉安，傍晚时分的后河灯光水影相映，岸边、桥头人影交织，河畔高耸一架光彩烨烨的九龙灯塔，其独特的造型引动记忆，似曾在吉安博物馆见过。一问，果然是。"九龙灯"的龙身不是熟见的盘绕圆曲之态，而是以宝剑柱为轴心，弯折而上，形成锐利的转角，散发铮铮然之气息。同行者告知，"九龙灯"古时常见于庐陵书院、祠堂，龙身安置九盏灯，寓智慧、富贵之意，被视为庐陵崇文重教的重要标志。此灯闪耀于庐陵乡野，照亮晨昏黄夜，将塑德之祖训、明理之智识、处世之规矩、做人之原则，沿着光路送入一代代庐陵人的意识。

光亮如水，此时夜色中的吉安城，仿佛茶水浸润的一方木叶天目盏，光影幻美，粲然生动。

辑四

在时间的长河，彼此世养
万寿菊：来自故乡的深情护佑
一脉清音越山川
大雅扶轮 千年后万
梅关千里雪香来

在时间的长河，彼此供养

这年春天，我们一次次出发，寻访散落于乡间阡陌中的宗祠。我们在惊讶与叹息中行进，为那些曾经精美而今残缺的木刻与石雕，为那些曾经高耸而今倾圮的古建筑，为那些我们唯恐消逝的物事，心怀祈愿——从这些由古代延续而来的线索中，或可以看清我们从何而来，为何而在，凭何而行。

报本堂、四勿堂、崇本堂、心远堂、原本堂、训义堂、萃涣堂、彝伦堂……仲春，我们行走在南昌县，这片比南昌市区更古老的土地上，寻古访祠，搜谱求源，与它们相遇。

罗氏"报本堂"

据《汉书》记载，前202年，汉高祖刘邦命大将灌婴修筑城池，初具规模，所立南昌县隶属豫章郡，为十八县之首。柏林村的罗氏族人却有另一种说法：南昌城的实际修筑者是罗氏先祖罗珠。

"灌婴正在规划筑城之时，奉诏北调。汉惠帝三年，罗珠出任九江郡守，奉命修筑豫章郡治南昌城。"（罗贤访主编《豫章罗氏祖基——柏林》，武汉出版社）罗珠率领当地军民奋战三年，终于"缮完城郭"，城池周围十里许，辟有六门。罗珠便在此安家，自此豫章有了罗姓。《太平寰宇纪》载："豫章五姓，罗第一。"

延续至今的柏林罗氏，开基之祖为罗瑭，系罗珠的第十三世裔孙，生于东汉建安年间。古时，柏林风光秀美，东面不远是南北走向的岱山，山上绿植如盖，雄溪河如一条玉带依山向北流入赣江。西面越过平野就是赣江，北面是碧波万顷的象湖，南面是陌陌铺展的良田。柏林遍植古柏，一条驿道穿村而过，车马驰奔。村边的染湖（今为银湖）连接象湖，船帆点点。据史书载，柏林最繁华时期在晋至宋朝。当时曾有过三条商贸大街，一条布满专门经营农产品的米店、豆类和豆制品店、干货店、农具店等，一条林立专门经营布类和布制品、服饰、珠宝的店铺，一条多是餐饮、茶座、小吃、娱乐店铺等，此外还有一个牲口交易市场，集市常年热闹喧腾。商贸大街从清朝开始逐渐衰退，改为每月三、六、九日集市，一直延续至今。昔日的三条商贸街道也已经萎缩成一条。

罗氏瑭公在柏林开创基业后，据《隋书》《旧唐书》《新唐书》《宋史》及地方志、宗族族谱记载，柏林被当朝或后来追封为王爵的有四人，位居仆射（丞相）的一人，封侯爵的三人，封公爵的两人，封伯爵的一人，封男爵的两人。从柏林还走出了四十九位进士，都为族谱所记载。走上仕途的罗氏子孙中，也不乏忠孝节义的典范。

唐元和七年（812年），曾任长安府尹的罗氏后裔罗绍慎首建柏林罗氏大宗祠——"报本堂"。报本之名，有何深意？据《罗氏报本堂记》（宋代光禄寺少卿老翁同邑人钱朗所写），"罗公绍慎建堂曰'报本'，是谓人生本乎祖考，奉先崇孝者也，故思报本"。

"天下之道二，出处而已。出仕于国，则惟致君泽民，为一国之政。处隐于家，则惟敦睦九族，为一家之政。"（宋代程元风著《〈豫章罗氏要略〉序》）家是社会的细胞，家族构成古代宗法社会的基础，其内部架构涉及政治、经济、宗教、教育等多重功能。

家族得以团结紧密、有序发展，有赖于每个家庭的每个成员对共同的规矩准则的遵守。"知善之可慕而必为，不善之可辱而必去，则家政立焉。盖子孙之从欲，如水之趋下，不堤防之不止也。故家政立，而奸邪止者，堤防完也。家政不立，而奸邪肆者，堤防坏也。"《〈豫章罗氏要略〉序》中的这段文字，阐述了家政于宗族管理的重要性。"为登记善恶，创建祠堂"，在祠堂里供奉和祭拜的都是宗族中有德行、功绩的先辈典范，祠堂也常常是执行家法族规之地，意为在列祖列宗面前，惩戒后世不良之徒。

在柏林罗氏《家训》篇中列有二十个条目："奉先祖，孝父母，睦兄弟，和夫妇，严闱闺，亲宗族，敬师长，信朋友，力耕种，勤诵读，存忠厚，尚勤俭，习礼仪，戒淫恶，戒为非，戒赌博，戒酗酒，戒争讼，戒溺女，戒洋烟。"从敬慕祖上到与亲朋相处，从农作到读书，从品性到言行，都立下了规矩，甚至连戒洋烟也专门用一条目来提醒、告诫族人。凡此种种，若每一族人都谨守，各安其位，各行其是，各尽其责，一个家族即使再庞大，也不必担心难以治理。

吴氏"崇本堂"

春日午后，淡金色的光线漏过丛生的草木枝叶，在红石建基、青石铺面的墙壁落下斑驳的光影。风拂之际，光影晃动如荡起时光的涟漪，带我们的脚步探向蚕石村深邃的历史深处。

这是一个处处有文化、步步有历史的古村，有九十九条青石与红石铺就的巷道，还有一座集宋至民国多代风格的宏伟壮观的"吴氏家庙"。蚕石吴氏，南宋时开基，始祖是与孔子并列称圣的"延陵季子"季札公。诗书传家，忠厚为本，自宋至清，八百余年，蚕石吴氏贤官名士众多，百业人才俱全，富庶人家多如牛毛，留下众多旧闻佳话。

清代，蚕石吴氏是江南一带的名门望族，拥有百户千丁，数百座深宅大院，有私塾学堂十所、房族堂会十所、房族支祠十所。"进士第"巷、"大夫第"巷等九十九条巷子纵横交织，巷道、小路的地面全铺上了青石或红石。士、农、工、商百业皆有。耕作者，良田肥沃物阜年丰；捕鱼人，河泽密布水产丰饶；养蚕人，丝绸之路畅通四海；仕途上，达官显贵层出不穷；经商路，富豪人家多如牛毛。

而今，九十九条巷道依旧纵横交错，构成老村的骨架，苔藓似有形的时光攀附其上，时浅时深。已经空寂的深院，依然高墙耸峙，飞檐挑空，只是木质的梁柱经不得风雨虫蠹，半倾半立，勉力支撑，不复完整。村中寂然，唯阳光与草木葳蕤，巷道足音深深。

为祭祀祖先，蚕石吴氏开基之祖吴天民建立吴氏宗祠，称"吴氏家庙"（南宋理学家朱熹《朱文公家礼》立祠堂之制，后只有做过皇帝或封过侯的姓氏才可称"家庙"，其余皆称"宗祠"），祭奉祖先，经数代子孙维护、扩建、修缮，历八百五十多年风雨至今，有"江南最大的祠堂"之誉。

蚕石吴氏家庙整体气势恢宏，前有一红青石码边的大湖，背靠一片山林，可谓山环水抱。进入一侧的偏门，入眼是一片宽阔的红石铺砌的广场，对面亦有门与亭，构成对称之美。家庙坐西朝东，三间四柱正面大门上悬挂着"吴氏家庙"牌匾，下挂对联"长感先远创业维艰 启迪后生继往开来"。短短数字尽述立祠本意，追远慕先，启迪后生，与祠堂内第二进两边侧门上悬挂的"继往""裕后"相呼应。

家庙有三进二天井，轩敞高阔，两旁设有耳房、厢房、厅堂、钟楼、鼓楼及南亭、北亭，组成两个四合院落。越天井，进入第二进大殿，悬挂有两块牌匾"延陵世家""萃涣堂"，再越天井，便是最深处的大殿，高悬"崇本堂"匾牌。三大殿，每一殿高三级台阶，成步步高之势，寓意显然，也供三拜九叩祭祀之礼。全殿抬梁穹顶结构，殿高八米、宽四十米，轩敞高阔，飞檐飘角，风铃长鸣，气势恢宏，处处雕花如画，花鸟栩栩如生。

庙堂宏大，可容家族集会。家庙内，悬挂有《吴氏家训》："孝亲敬长，以笃人伦；尊祖敬宗，以奉祭祀；教子训弟，以守典型；夫义妇顺，以正家道；勤劳敬业，以昌家运；尊师重教，以培书香；诚实守信，以敦品行；安分守己，以保身家；好义行善，以绵世德，凡我子孙，不忘家训。"

1988年，电影《牡丹亭》在蚕石村选址拍摄，古味盎然、气象庄严的吴氏家庙声名传扬。之后《状元老表》《子夜枪声》《乔老爷上轿》《惊涛骇浪》等十多部影视作品在这里取景拍摄，蚕石村的九十九条巷道延伸进多部影视作品画面，成为回到往昔的通道。

钟氏"原本堂"

郭上村钟氏拥有"一钟双祠"，其中一座宗祠名为"原本堂"。"原本堂"初建于清康熙十八年（1679年），后经几次扩建日臻精美。其规模之大、设计之巧、气势之宏、雕刻之精、装饰之美、占地之广，在江西全省也不多见。

呈长方形的"原本堂"，南北长、东西窄，内有四进院落，四个大厅、六个天井、八道直通石门、十间休息室。祠堂主体为抬梁穿斗式木结构的徽派建筑，祠堂外围三米之外建有围墙，围墙正门上端为拱形，站在门外即可望见里面的"钟氏宗祠"石刻门头。

走进去，须抬起头来，方可望到高耸的门楼全貌。围绕"钟氏宗祠"四字的，是一圈精美石刻。整个门头系三开间三顶牌楼式，雕刻着精美繁复的图案或花纹，据说是由二十余位工匠耗费三年时间精雕细刻而成。巧夺天工的郭子仪拜寿、木兰从军、牡丹亭、岳母刺字等经典戏文浮雕，二龙戏珠、二凤朝阳、鳌鱼翘立、神狮抢球等吉祥如意浮雕，文武曲星各站两旁、神仙腾云驾雾等浮雕，栩栩如生，气派又精美。

祠堂的墙体由青灰砖砌成。门楣上石刻阴模的"原本堂"三字，笔触清晰可见。进入祠堂正门，迎面一眼可望到底的四座轩敞大厅，摆放有礼、义、廉、耻四字家训。前厅有三门，中门上刻着"通德公祠"四字，字下有四个凸出的石柱头，显示钟氏宗祠光耀的门庭。两边的门头亦雕刻精美，分别刻着祖训"循规""蹈矩"，告诫后世子孙本分做人。

厅里悬挂有两排宫灯，宇顶上盘龙翔凤，墙壁上雕画着福、禄、寿等吉祥花纹。八根白玉石柱呈顶天立地之势，六根石柱上雕刻有对联，其中一副曰：

历览前贤光耀门楣昭穆有序长幼有分看你们同辈尊祖敬宗

彰显颍川名门望族风范

　　祈望后代英雄辈出聪慧读书朴实耕作愿子孙若辈劳心费力宏扬郭上文武世家声誉

　　历史上，郭上村钟家有万亩良田、千顷荒山野地，十八个庄每年都可收到丰厚的地租。除做公益事业、敬祖祭祀开销外，还用于族内敬老爱幼济贫。每年正月初一，族人相互拜年后，各坊抬谱敲锣打鼓巡村，然后齐聚宗祠挂吊谱，隆重举行祭祖敬宗仪式。祭祖完毕，新丁上谱，凡"原本堂"子孙男丁皆可得一份谱饼，上了花甲之人可多领一份谱饼，此后每加十岁增领一份谱饼。春节期间，对村中贫穷人家发放相应的救济物资。平时对遇到灾祸的人家、子女众多生活困难人家，也会救济谷米帮他们渡过难关，所谓同族共济，敦睦永和。

颜氏"四勿堂"

　　在大洲村颜氏宗祠里，除供奉有颜氏始祖友公外，还并排供奉着"颜氏基祖"颜绍公、"大洲支祖"颜麟公，和"颜氏一始祖复圣颜回公"的画像。

　　颜回，孔子最得意的门生之一。他跟随孔子周游列国，过匡地遇乱，在陈、蔡间遇险，其他弟子对孔子的学说心生怀疑，唯他不改其志，始终坚信不渝。从没有哪个学生得到过孔子这么多的赞美——"好学""贤哉，回也""一箪食，一瓢饮，在陋巷，人不堪其忧，回也不改其乐……"（《论语·雍也》），颜回一心一意安于清贫，心地纯净，端正自守，向往着"君臣一心，上下和睦，丰衣足食，老少康健，四方咸服，天下安宁"的理想社会。自汉高帝始，颜回被列为七十二贤之首，孔庙四配之首，也是颜氏子孙无比敬仰的祖先。

大洲颜氏宗祠始建于清乾隆五年（1740年），属徽派砖木结构建筑，坐西朝东。大门素朴内敛，木质出檐，红石镶边，青石上镶嵌红石四字"颜氏宗祠"挂于门头，其上还有一块木质匾额"东鲁名家"。站在门前，一眼可望到后厅门首悬挂的匾额"绍儒"。

越天井，须迈上六级台阶进入后厅。最里正中悬挂的"四勿堂"牌匾下是四幅颜氏祖先画像和一排祖先牌位。黑底棕框木匾"四勿堂"，悬挂在后墙横梁正中。"四勿"源于颜麟公的"四勿家训"：非礼勿视，非礼勿听，非礼勿言，非礼勿动。

承祖先之训诲，颜氏子孙一直奉行立身格言："圣贤之书，教人诚孝，慎言检迹，立身扬名。"世人皆知的《颜氏家训》，是汉族历史上第一部体系宏大而全面的家训，成书于南北朝时期。作者颜之推从个人经历出发，以思想为经、学识为纬，涉及治家之道、乡邻相处、读书求学、为人处世、经世济国、音辞杂艺等，对家人的生活和精神修养都细加评析框束。

陈氏"训义堂"

南昌县陈姓多属九江义门陈氏。唐宋时期，江州义门陈氏家族创造了十五代不分家，阖族三千九百余人、三百三十二年和谐共处的家族奇迹。唐中和四年（884年），唐僖宗旌表"义门陈氏"；

宋至道二年（996年），封义门陈氏为"天下第一家"；宋太宗御封"真良家"，次年又赠"聚族三千口天下第一，同居五百年世上无双"。义门陈氏以"忠孝节义为本，耕读奉公传家"，誉满华夏。

邓埠村陈氏宗祠始建于明代中期，距今六百余年，是邓埠陈氏为纪念祖先而建，也是商议宗族大事、兴修家谱、教化后代的场所。

宗祠坐西朝东，门前有一片场地，原有一大一小两口水塘，今已被淤塞。大门、偏门的红石长条石柱为明代的原始建筑，上面饰有浮雕，可惜大部分已在"文革"中被凿毁。

大门门楼高耸，白墙嵌红条石，门楼正中嵌竖排"义门"二字，下有横排的"绪缵江州"四字匾。进入大门，抬头可见正厅中的"陈氏宗祠"大匾，周围木墙上环挂祖先群像。门柱上有历代留存的楹联。正厅的南、北墙上有八个大字——礼、义、廉、耻，孝、悌、忠、信，字体遒劲，是明代建祠时的遗迹。这八字乃陈氏宗祠的祖训，也是教化后人的道德行为准则。祠堂内还有一块牌匾，上有三字"训义堂"，亦含训导子孙忠孝节义之意。

整座祠堂木梁、门头、雀替上都有雕花，一些残存的遗留红石上也有古老的雕饰。在一块遗存的石匾上，清晰可见"义门世家"四字。

陈氏宗祠在乾隆七年（1742年）冬季重修过一次。抗日战争时期，陈氏宗祠成了日寇的维持会的所在地；新中国成立后，宗祠曾先后作为村小学校舍、富山乡政府、翻砂厂、仓库、机米间、染织厂车间等，整体建筑显得破旧不堪。距第一次修缮二百七十三年后，残破的祠堂于2015年再度重修，但祠中很多古老的遗迹已然消逝，或正在消逝。

不变的信仰

散落于乡间阡陌中的宗祠，千百年来成为族权与神权交织的载体。一代代子孙在宗族祠堂里序昭穆，崇功德，敬祖尊亲，追远睦族，遵族规循家法，犹如花叶吸纳来自树根的精神滋养，自茁壮，自明媚，自坚强。

它们有着不同的轮廓眉眼，却有着相仿的神态与表情。在被书写的时刻，它们如在显影液中晃动的一帧帧模糊底片，竭力从被滤去了燥气与贼光的时光深处，浮现出真实的光影、细节乃至早已消隐的声响。年复一年，它们在庄重的仪式、叩拜的身影、喃喃的低语、静寂或轰烈的尘烟中，接受跨越千百年而不渝的供养。这供养看似是单向度的逆时光而上的反哺，其实却是双向度的，蕴含在简单的供养之中的是逆向而来的、绵长丰厚的滋养，这是另一种意义的供养。

战火、动乱、水患、人祸、迁徙、流离，似汹涌的江流波涛，暴虐时可没人头顶，窒人鼻息，瞬息间毁灭世间万物，却又无法全然毁灭。人们在动荡之流中竭力求生，挣扎、浮沉、泅游，愈是艰难，对宗祠的供养便愈虔诚。每一生死瞬间，浮于脑际的信念，无不出于祖先那闭合多年的喉头，于无声间传递，于骨血中沉淀，拍打濒临危境的肉身与意志。

一座座初建于汉唐至明清的宗族祠堂，少有挺立不朽的，木质构件和砖石躯体，抗不过风雨的剥蚀、虫蠹的噬咬、时间粉尘的掩埋，还有朝代更迭、兵燹炮火、人间动乱。但残存的就是珍贵的，不只是可见的雕花、壁画、匾额、字迹，还有寄于其中的那些飘忽的影像、记忆、追念，以及意志、训导、劝诫。

中国古代，人们聚族而居，姓氏如一根不断衍生的链条将有着血脉亲缘的人们维系在一起。哪怕他们在不断的迁徙、繁衍中，逐渐遍及世界各地，支系庞大，子孙繁多，姓之一字、派之一脉依然是彼此"相认"的依据，可以跨越国界的阻隔，跨越语言的沟壑。他们祭祀同一祖先，在每年重要的时间节点从天南地北聚集在一起，以仪式的庄重、肃穆表达对先祖的缅怀和敬仰，对贤德的认同与追慕。这是每一宗族绵延千百年不变的信仰。

祭拜祖先的处所，往往是人们自小依傍的家族宗祠，也有到祖先最初开辟基业的宗祠里祭拜的。一座座宗祠，承载了子子孙孙对祖先的思念之情，也延续着从古至今的关于天地人伦的朴素之理。我们的每一次归来，每一次祭祖，都如清水洗尘，洗去精神的尘垢，让心再一次获得力量。

几乎没有长盛不衰的宗族，也没有长衰不盛的宗族。除开外在的因素，于一个宗族内部去找寻原因的话，兴盛的背后隐含的无不是最基本的人之美德，是对人伦秩序的信守，是向善求真的信念，是奋发上进的精神。它们在宗族的血管里流淌，滋养着每一族人。无论子孙们离家多远，都能收获这来自祖先的供养。

魏小英 摄影

万寿宫：来自故乡的深情护佑

十九世纪末，德国地质学家利希霍芬来到中国考察，以一位敏锐且游历广泛的外来学者的眼光，捕捉到了毗邻的湘人与赣人的不同：江西人与邻省的湖南人明显不同，几乎没有军事倾向，在小商业方面有很高的天分和偏爱，掌握长江中、下游地区的大部分小商业。湖南人没有商人，而军事思想十分突出。江西人则缺乏军事精神，取而代之的是对计算的兴趣和追求利益的念头发达……

那时，距离历史上几次人口大规模迁徙、"江西填湖广，湖广填四川"的旧事已过去数百年，无数迁徙异地的江西人足履遍布湖南、湖北，又蔓延至云南、贵州、四川、广东及中原腹地，融入当地的人文生态，扎下根基，开枝散叶。可若溯源而上，他们缘于江西土地、河流、历史、文化、生活特有基因滋养的性情，嵌入骨髓血液的意趣偏好，依然呈现出清晰鲜明的特征，而这正是他们得以在或富饶或贫瘠、或繁华或荒寂、或平原或山地、或民风淳朴或性情彪悍之地都能打开局面，为自己开创出一片生存空间的根柢所在。勤劳又隐忍、本分又精明、忠厚又踏实、耐心又坚韧的江西人，或独自跋涉上路，或携家带口迁徙，被迫也好，自愿也罢，沿着他们的迁徙轨迹、脚步所涉，就会发现江西人有一种本事：将悲辛含泪的背井离乡之路走出旖旎可观的景致。

一旦江西人在异乡安居下来，攒起家业，形成规模，必会筹资兴建属于他们的会馆——万寿宫。仿佛一个鲜明的标识，万寿宫浓缩寄放着生活在异乡的江西人的乡愁，也于日月轮回中凝聚着他们的心神。

万寿宫内供奉的主神，是备受江西人尊崇的人格神——许真君许逊。这位晋代著名道士，道教明净派祖师，在民间传说中聪颖博学，力斩妖魔，为官清廉，治水患除瘟疫，福佑一方百姓，最终得道升天，在民间信仰中获得了极高地位。南昌新建区的逍遥山南有一座万寿宫，今人称之为西山万寿宫。它始建于东晋太元元年（376年），曾名许仙祠、游帷祠，后被宋真宗亲赐"玉隆"二字，升观为宫。宋徽宗时期，更是因重视道教的徽宗梦见许逊而被正式定名"玉隆万寿宫"，当时仿照西京（长安）的崇福宫进行大规模扩建，形制恢宏气派。由民间世俗崇拜到国家层级的确认，许逊由人而神，安享世代尊崇。西山万寿宫算得天下万寿宫的始祖，现存格局基本保留清朝光绪年间重修时的形态。每年农历八月十五前后长达一个多月的"庙会期"，宫内香烟缭绕，宫外鞭炮轰响，平素清净的西山仿佛一个喧腾的涡旋，崇信许真君的人们蜂拥而至，在通向宫门的小道上三步一拜、九步一跪，他们心怀虔诚，匍匐在福主的神像前，将内心隐秘的期盼一一诉说。

生活在异乡的江西人，拥有一座近在咫尺的万寿宫，就仿佛拥有了明心定神的皈依之所。他们在万寿宫内聚议大事、祝祷祈福、看戏娱目、欢会娱心，在福主许真君的注目下，就如依然被故乡抱拥怀中。这里似有隐秘的根系与故乡的山水与灵脉联通，身在异乡的漂泊之叹在这里被稀释冲淡，生存不易的艰辛之感在这里被抚慰化解。

于是，一座座万寿宫标示着江西人向外探索、开拓的边界，不断被刷新，被改写，而形成了江西人独特、辽阔的生存版图。

据说，在云南楚雄地区流传的一部彝族民间史诗《梅葛》，第二部《造物》提到将蚕丝带入他们视野的是江西人："江西挑担人，来到桑树下，看见了蚕屎，找到了蚕种。"第三部《婚事和蛮歌》唱道："江西货郎哥，挑担到你家，你家小姑娘，爱针又爱线……"

岁月深处，数不清的江西货郎哥从家乡出发，仅凭一副单薄的挑担闯天下，却敲开了异域偏乡闭锁的大门，为当地人带去新异和方便，也为自己赢得了新的生存空间。

几年前的盛夏，我随"三江笔会"作家采风团走进长沙的太平老街，造型古雅的"江西会馆"吸引了我的注意。古朴的木质门脸，走进去院落深深，自烈日下带来的暑热迅速消散。我们仿佛走进亲友的家宅，坐下来纳凉饮茶，拍照留影。阳光透过雕花木窗格，在木质桌面和兰草上落下依稀光影，端坐其间的我们，面目顿时有了古雅的端庄。

馆内墙上有一文记载太平老街上"江西会馆"的历史渊源。历史上的几次大迁徙，加上水路通达，江右商帮散播四方渐渐壮大，涉业广，人数多，繁衍成天下三大商帮之一。明朝时，江西商人在许多地方建立万寿宫，那是"江西会馆"的形态之一。

毗邻的江西和湖南，渊源深厚绵长。一度，来自江西的商人活跃在太平街、下河、坡子街几处商贸繁盛地，经营药材、烟草、大米、茶叶、纸张、夏布等物资，景德镇的瓷器、临川的毛笔驰名长沙。当时的"江西会馆"，层楼高耸，流丹叠翠，分外耀目。

偏安湘西的凤凰小城，东门外风景秀美的沙湾山水间，伫立着一座万寿宫。它无疑是明朝中后期流传的"无赣不成市"的绝佳注脚。

尚武轻商的凤凰人心慕远方，渴望成就大业，他们背着布包袱走出小城，乘船沿沱江去寻梦。与此同时，一些背着布包袱的江西汉子沿着山路、水路，沿着清澈不息的沱江来到了凤凰。他们的布包袱里装着针头线脑、烟袋、木梳，这些不起眼的物什为他们换来初到异地足以果腹和茅屋栖身的资本。他们散布在沙湾一带，如沙积聚，在时光的流转中，渐渐形成了一个群落。靠本能的生存智慧驱动，靠踏实憨厚的本性，靠童叟无欺的经商原则，这些异乡客小心翼翼、步步为营，逐步扩大经营的范畴，一点一点将根基夯实。不知不觉，沙湾成了江西人的"家园"，《凤凰厅志》地图上新添了"江西街"。

江西人依傍凤凰丰富的土特产和畅达的水路，坐地收购桐油、牛皮、烟草、苎麻、水银、生漆、鸦片，用船送至繁华地带，再顺船带回花花世界的绸布、金银、珠宝、淮盐、浙醋、面粉、白糖、煤油、药品。一去一回间，物资转换间，财富悄然积聚。腰包鼓胀起来的江西人进了城，在凤凰最繁华地段盘下一二店面，开办起商号。自然，他们忘不了一件事——修筑万寿宫。

沙湾万寿宫门脸开阔气派，正殿左侧有尚公殿、晏公殿、财神殿，右侧是雷祖、轩辕、观音神殿。正殿对面的品字形戏台，十二根粗壮圆木耸立，三层翘角飞檐，两厢的钟楼、鼓楼，满布精雕细刻的彩饰。虽偏安城外，万寿宫却仿佛一种无声的宣示，宣示着一贯低调的江西人骨子里的那份自足与骄傲。那也仿佛是一声传自故

❖ 万寿宫：来自故乡的深情护佑

乡的弋阳高腔，自胸臆而出，破空的嘹亮之音。

在我的家乡，长江岸畔的湖北沙市，一个历史悠久的江岸城市，也建有一座万寿宫。在 1942 年绘制的《沙市略图》上，万寿宫位于城区最中心地带的便河西路。黑白照片上，定格着万寿宫翘飞的几重屋檐，宽阔的门脸，门前昂首的一对石狮。对面自然少不了戏楼。

来到江西后，我才明白万寿宫关乎江西商帮的历史，关乎江西人的现实生存和精神谱系。查找资料得知，"江右帮"在沙市十三帮中算得大帮，他们经营药材、绸缎、纸张、银楼、金箔、钱庄、川烟、山货、盐、糖、漆店、鞭炮……清朝时，江西人办的"大兴隆药号"颇有名气，枳壳、栀子等江西盛产的中药材在此热销。后来药号不再景气，老板更名为"兴盛隆纸号"，转而售卖江西有名的连史纸、贡纸、玉版（俗称毛边纸）。一度，江西人营销糖、盐、烟的商号，不仅垄断了沙市市场，还控制着周边县市的集镇，在潜江、沔阳、监利都设有批发的客庄。在老沙市的拖船埠一带，曾聚集着许多以锤金箔为业的江西人，黄澄澄的金箔主要贴在神像和招牌上。开办"裕成美钱庄"的老板廖如川还办过绸缎号，投资过沙市纱厂。新中国成立后，沙市一度是全国知名的轻纺工业城市，便与这民间发展起来的纺织业不无关系。新中国成立前，活跃在沙市的各帮各业共同推举商会会长，江西人担纲过好几届，其中一位老板何瑞麟担任商会会长近二十年……

兴教重学的传统，也被江西人带到了全国各地。1946 年，江西同乡会在沙市创办豫章小学，校址就在便河西路，万寿宫那儿。

戏楼是万寿宫长情的陪伴，源于赣人爱看戏的传统。戏音娱神亦娱人。赣鄱大地上的子民，大多从出生就浸泡在悠扬的戏曲声中。明初兴起的弋阳腔，与海盐腔等三大声腔齐名。鄱阳的饶河戏、广昌的孟戏、修水的宁河戏、赣南的采茶戏、南昌的采茶戏……都是经过江西这片土地孵化、孕育的戏种，有着鲜明的地方特色，成为乡人农忙间隙最为美妙的心灵慰藉。

小暑那天，我穿过盛夏的雨幕踏进抚州市区的玉隆万寿宫，心神一震。只见五纵八仙桌贯穿一进、二进厅堂，一直铺排到"旌阳殿"三字牌匾下。桌前凳上，坐满了看戏的人，戏台上正在上演采茶戏《方卿戏姑》。看戏的老人居多，仰起满头白发，双目紧盯住戏台，一张张脸上的表情随剧情变换。有戏台的地方，戏音绕梁是生活的常态。这一刻，玉隆万寿宫如一个盛大的梦境，戏音如柔指抚慰着人们的耳朵、眼睛乃至心魂。

在离沙市不远的松滋县城，有一座西斋万寿宫，对面的戏楼建得气派，长百米、宽三十米，内置有化妆室、休息室、更衣室和行头存放室。据一份资料记载，最兴盛时，外来剧团每年在这里演出不下二百场，本地"自乐轩"的演出不下一百场，几乎日日笙歌不断。1935年盛夏，国民军二十六路军总指挥孙连仲在万寿宫耽溺一个月之久。每天黄昏时分，宫内的乐队就从万寿宫出发，经过上街和柴庙巷，一路演奏，躺卧在宫内太师椅上的孙连仲闭目聆听。到了晚上，就移步对面的戏楼，在糯软迷离的戏音里沉溺至深夜……

那缭绕如丝的戏音，终抗不过历史的风云变幻，消散在了时光深处。唯有一座座万寿宫存留下来，依然挺立着，在世间继续宣示和护佑一代代江西人关于探索的勇气，关于忠正无欺原则的坚守，关于美好生活的向往……现代社会的开放与畅达，让越来越多江西人走出家门，走出故乡，走向世界。他们会与一座座万寿宫相遇，那是来自祖辈的召唤和叮咛，也是来自故乡的深情注目、护佑与祝福。

一脉清音越山川

一

　　那一天，想来清风拂面淡无痕，大团大团亮洁的白云，在蓝天上缓慢踱步，在连绵山岭落下蓬松的阴影。黄帝的一名乐臣伶伦行走在梅岭（现属南昌）的洪崖脚下，他正带着特殊的使命云游天下。清幽山谷中，崖壁陡峭，自高崖上悬一飞瀑，瀑下汇积墨绿色的渊潭。瀑流不停地撞击岩石，时急时缓，时粗时细，铿锵沉郁之音与不远处泉流涓涓脆亮之音相融相合。他不禁驻足，闭目坐定，静心听悟……山中一切有音，谷内一切皆韵，万千音色交混一体是那么悦耳、美妙。一连数天，伶伦流连在梅岭山野间，从万千音色变化之中悟出音的规律，提炼演化为宫、商、角、徵、羽五个基本古音。

　　又一日，他忽听见一脉柔细又空灵的声音在山谷里回荡。这声音不同于山谷里的其他声音，他循声找去，只见一位老者正吹着一支两头空空的小竹竿。好奇的伶伦向老者讨要过来，将竹竿放在唇边试吹，也吹出了动听的声音。受此启发，伶伦取山中之竹，截成长短不一的十二支，音色各异。他按照声音的高低清浊，分出黄钟、太簇、姑洗等六阳为律，以大吕、夹钟、仲吕等六阴为吕（即十二音阶，也叫十二律吕），中国古典音律就此确立。

　　这是至今流传在南昌洪崖一带的传说。最初上古的音乐只是单一声调，没有韵与律，是古人在生活劳动中无意迸发之音。《庄子·齐物论》云："音"分天籁、地籁、人籁。人籁为人所制造的乐器之发音；地籁指大地上的山河林泉等地理众窍之发音；最上者为天籁，包容万物、充盈宇宙，乃天地人合一之音。《世本·作篇》（雷学淇校辑本）记载：黄帝"命伶伦造律吕"。《史记》记载："黄帝使伶伦伐竹于昆溪，斩而作笛，吹作凤鸣。"音律——以美妙的韵律愉悦世人的音乐赖以衍生、流传的根基——由伶伦创建，经后世不断完善，逐渐形成各种调式与高中低，升、降、跳、间隔、滑等一系列变化的复杂的音乐体系。

隋朝开皇九年（589 年），改豫章郡为洪州。唐朝诗人王勃在《滕王阁序》中，开篇就有"豫章故郡，洪都新府"之句。而今，在洪崖的崖壁间还留有众多摩崖石刻，刻录着古今文人墨客来此的感叹与绮思。其中，最引人注目的当属清代康熙丙辰年（1676 年）笑堂白所书"洪崖"二字，历三百年时光侵蚀，依然清晰如初。而在四五千年前曾激荡伶伦耳膜的那道飞瀑，依然悬挂在陡峭的崖壁间，身形壮观，激石声嘹亮，滔滔不绝地诉说着发生在这里的古老往事……

洪崖飘音，中国音律的最初源头，诞生了中国传统乐器之一——笛子。这一脉清音，随时光的漫流而日渐恢宏、壮大，衍生出无边无际的音乐的水系，覆盖了大地的角角落落，也渗透进生活的支支脉脉，成为人类心灵不可或缺的陪伴。

二

笛，一管不起眼的细竹竿，却透过空气的流转与激荡，骤生出

"凤鸣"之音，空灵、脆亮、悠长。笛取材简单，体形微小，工艺也不复杂，似乎上不了多大的台面，可自诞生之日起，它就在民间生活中扮演着不可小觑的角色。

赣鄱大地上，延续了千余年的"傩舞"风俗中，就悠荡着一脉笛的清音。笛音，在铿锵强劲的锣鼓声中，灵动地流转、衔接、点染，时时让人生出出离怀远的思绪。

赣西北婺源县长径村年关上演的"傩舞"，自古就有笛子伴奏，历千年而不曾改变。是否，这是对先祖的一种追念？笛音，仿佛绵长而柔韧的丝线，从时光深处漫溯而来，从音乐的源头漫游而来，贯穿了年复一年如期而至的民间这一场虔诚而隆重的狂欢。

地处吴之头、楚之尾的江西，受到崇奉鬼神、巫觋之风盛行的吴与楚两地风俗的影响，成为"傩舞"繁衍壮大的优渥土壤。

"傩"，源起于古代中原先民一种以面具喻指神灵，以驱鬼逐疫为功事，寄托迎祥纳吉之意的宗教仪式。早在《论语》中就有"乡人傩，朝服立于阼阶"的记载。《汉书》《乐府杂录》《东京梦华录》等书也详细记述了汉、唐、宋三代宫廷上演"大傩"的场景，铺排的阵容，肃穆的氛围，古拙夸张的面具，处处透着庄严、隆重与神秘。傩祭风俗传到江西，与这片红土地一旦融合，就迅速扎下根来，渗透到乡野的角角落落，代代相传，繁衍不息，并形成赣地所独有的仪礼与程式，世称"赣傩"。

每年农历新年前后，在江西跌宕起伏的山峦间，在偶尔舒展的平原地，在江绕溪牵的村庄里，在粗粗细细、曲曲直直的田畴上，奔跑着一群群狂欢的队伍，他们以虔诚的信仰、庄重的仪式、奔腾的脚步、激越的鼓点，和一颗庄重之心，与震天的鞭炮声，与灿亮的烟火一起，渲染出一种既乡土又恢宏、既整饬又狂野、既喜庆又肃穆的乡俗景象。

长径村的"傩舞"，从每年农历十月中旬拉开序幕。伴随着秋霜的日渐浓重，傩班成员忙起了"开箱"仪式——打爆竹，鸣锣鼓，村中长者打开尘封大半年的箱、橱，取出傩面具，拆封清洗，插上羽毛，分挂在厅堂两边的照壁上，"八十大王""蒙恬将军""柳郎菩萨""夜叉先锋"……案上点燃的香火，将接续不断。乡人纷纷前来跪拜于前，在袅袅烟雾中寄放林林总总、大大小小的祈愿。农历十二月二十四日"小年"那天，第一场盛大的演出在漫长的铺垫之后正式开演。

长径村所在的婺源县，无论城乡，只要有人的地方都会跳"傩舞"，民间又称"鬼舞""舞鬼"。与舞狮同演的叫"舞回回"。既演"鬼舞"又演"狮舞"的傩班，称为"狮傩班"。即使是同属一个县城的各个村子，也有各自的傩舞程式和形态各异的傩面具，都是自祖辈一代代传承下来的。代代傩班怀着虔敬与敬畏的心情将之接续，又继续传递下去。

长径村，这座开基于南唐的村子，至今珍藏着四件颇有传奇色彩的傩面具——其中最为著名的是"八十大王"，它看起来毫无狰狞之气，反因浑圆的脸型、饱满的额头、圆睁的双目和嘟起的厚嘴唇而显得憨态可掬。四十年前的一天，它与另外三件古傩具被拎在长径村傩班一位艺人手中，正值破"四旧"风潮愈演愈烈之时，上面专门派来工作组深入长径村发动群众，势将"四旧"横扫一空。

这位艺人此行就是将这四件古傩具送去销毁。这趟行程本非他的自愿，这四件年复一年被傩班艺人清洗、佩戴、敬拜、珍藏的傩面具，是他心中无可替代的宝物，想着它们即将被销毁，艺人的脚步迈得越来越沉重、滞缓。满心的不忍，终于让他在经过一处水沟时横下一条心，将四件古傩具扔进了田埂下的水沟……众多的傩面具、傩舞服饰都毁于那个疯狂的年代，"八十大王"等四件古傩具却幸存下来，至今装点着长径村年年上演的精彩傩舞。

江西作家刘华曾在《乡村的表情》一书中写道："那些历经沧桑的傩具，以神性的光芒穿透了时间，逼视着乡村的内心，它们可以轻易地唤醒人们的信仰，因为傩神信仰始终沉睡在人们的血脉里。"人们在傩舞的仪式中，在对傩面具的膜拜中，表达着对天与地，对那些神秘而无法全然洞悉的力量的敬畏，表达着对自身生命与生存的祝福与祈愿。

初二上演的"搜好"是重头戏。迎神、拜神、舞鬼、扮王、追王、搜好……程式一环接一环，环环相续。线香燃起猩红的火头，皂角的异香从炉中氤氲而出，大红的鞭炮碎屑四处飞溅，众人一起朝向东方躬身膜拜，这是"迎神"仪式。神旗在冬日脆薄的阳光下飘拂，人们默声呼唤众神降临。抬起神箱的傩班，跟随着神旗的指引，在铿锵的锣鼓和笛子的清音伴奏下，走向古老仪式的深处。

"拜神"仪式一般在祠堂旧址进行，不少乡村祠堂只剩大门处的两堵旧墙，但它们依然坚硬地挺立在风中，仿佛就是为了接受每年此时乡人的施礼膜拜。神箱的盖子被打开，领头的艺人从箱中捧出一尊仿如孩童的全身塑像，用热水清洗。这尊神像，在南丰傩中叫傩太子，而在长径傩中却是戏神杨六郎。杨六郎被安放在神龛正中，他的左边和右边分别是八十大王、蒙恬将军，在这两件大傩具下面还套着两件小傩具——柳郎菩萨和夜叉先锋。众傩具的前面是一柄铜斧，这柄铜斧在这场仪式中至为重要。

神像们被拂去经年的尘灰，焕发奕奕神采。村人一户一户聚向坪地，一起点燃鞭炮，在震天的轰鸣声中倾诉对神的敬意。此时，傩班的艺人们换上了傩服。待鞭炮燃尽，他们将在坪地上表演《开天辟地》《魁星点斗》《舞小鬼》《闻药酒》《饮毒酒》等传统节目。这一时刻，他们是进入特定角色的演员，一招一式，透露出对传统的敬意。

"舞鬼"过后是"扮王"。敬过天地之后，"八十大王"全身穿戴齐整，他将率领众神为全村的一百多户人家驱邪逐疫。"八十大王"奔进一户户敞开大门的农家，用铜斧在门扇上象征性地左右各劈一斧，表示斩断了一年的孽根；在村人的身上象征性地刮上一斧，表示消灾祛疾……早已破除迷信、不信神鬼的人们，却全身心地沉浸在这程式化的表演中，每一个人的表情都是那么肃穆、庄重。

整个乡村成了一座喧腾的戏台，乡人既是全心全意的观众，也是全情投入的参与者、表演者，他们与村庄的房屋、树木、牲畜、田野一道，被内心幻化的光芒照亮。

笛音，是这光芒中的一缕，由耳入心，纤细而柔韧地穿越而来，又奔向未来……

三

在有限的娱神时光之外，是冗长的自娱时光。"文中有戏戏中有文识文者看文不识文者看戏　音中有琴琴中有音懂音者听音不懂音者听琴"，这是江西抚州广昌县大路背村一座戏台悬挂的对联。

悠悠琴音，婉转戏文，让日常的时光多了几分柔曼韵致，多了几分跌宕起伏，多了几分有滋有味的念想，多了岁月沉淀的柔暖包浆。

赣鄱大地上的子民，大多从出生就浸泡在悠扬的戏音中。"原来姹紫嫣红开遍，似这般都付与断井颓垣……""梦回莺转，乱煞年光遍，人立小庭深院。炷尽沉烟，抛残绣线，恁今春关情似去年？"……行走赣地，随时随地，会与这样婉转的曲音相遇。这里有明初兴起的弋阳腔，曾与海盐腔等三大声腔齐名。还有饶河调、孟戏、宁河戏、采茶戏……经过江西这片土地孵化、孕育的地方戏曲，成为乡人躬耕之余美妙的慰藉。

位于赣东北信江中游的弋阳，地处闽、浙、皖、赣的交通要津，得地利之便，而极具包容性、融合性。南宋中期，勃兴于浙江的南戏顺着信江的水流传入弋阳地区，"辗转改益"，终于在元末明初形成了以佛道故事为核心，融南曲戏文与当地音乐、方言于一体的新的地方剧种，时称弋阳腔。它与昆山腔、余姚腔、海盐腔并称"四大声腔"。

一方戏曲浸透着一方人的脾性。元末明初的弋阳，陷落在无休止的征战与连续不断的灾荒夹击中，既有对金人入侵的激烈抵抗，也有因为压迫深重而激起的不屈抗争；既有对挽救民族危亡的大义凛然的聚义，也有抗击倭寇和叛乱者的奋力自救。弋阳人在艰难的生存环境中，磨砺出刚烈、耿直、嫉恶如仇、敢作敢当的性格。这性格图景隐现在由他们孕育传唱的弋阳腔中，"一唱众和"，极具表现力与冲击力的帮腔，高亢、嘹亮、峻拔，激越处如澎湃的浪头，浩荡处如恣肆的汪洋，那是发自他们肺腑的生命的抗诉与呐喊。

由内在的激情驱动，喷薄而出的高腔响彻戏台，叩动人的心扉。这极富魅力的声腔，这朴实生命的高歌，一经孕育成熟，就迅速从弋阳这一中心扩散开来……数百年间，弋阳腔在全国衍生出庞大奇丽的高腔体系，对京剧、川剧、湘剧、秦腔等四十多个剧种都产生了巨大的影响，弋阳腔因此被称为中国高腔戏曲的鼻祖。

在历史上很少成为中心领地、辉煌国都的江西，却孕育了一群有气节、重情义的生民。他们安守一方，在朴实无饰、热烈奔放的吟唱高歌中，洋溢着活泼泼的生命质感，泼洒着热烫烫的生命热望……

四

"周公吐哺，天下归心"所赞誉的周公旦，在"分邦建国"的基础上"制礼作乐"，由此形成了一套影响中国后世两千多年的礼乐制度。明末清初著名思想家、哲学家王船山曾言："知声而不知音，禽兽是也，知音而不知乐，众庶是也。惟君子为能知乐。"礼乐制度，是中国传统社会为达到尊卑有序、远近和合的重要凭依。

祖籍南宋江南东路徽州府婺源县（今江西婺源）的理学家、教育家朱熹，视"敬"与"和"为礼乐之"质"，主张礼乐应文质兼备，并将之上升到"仁"与"天理"的层面。这位在江西土生土长的进士，是江西历史上走出的一万多名进士之一，被世人誉为继孔子、孟子之后的又一位儒学大师。他四处云游讲学，足迹遍布江南各大书院。位于庐山五老峰下的白鹿洞书院，正是因为他在此讲学并制定了办学条规与宗旨，而成为名播海内外的著名书院。

白鹿洞书院，始建于唐，初为唐代诗人李渤兄弟隐修读书之地。一只通晓人性的白鹿镇日陪伴李渤，在连接书院和星子县城的山道上，经常荡响它清脆的足音。李渤常在鹿角上挂一个袋子，放入铜钱和一张写有需要购买物品的纸条，白鹿便独自跋涉数十里山路，去到星子县城"采购"。集市上的人都知道这是李渤养的白鹿，会取出挂袋里的铜钱和纸条查看，然后在白鹿背上放好李渤需要的书、纸、笔、墨。李渤隐修的地方四面皆山，中有一条小溪穿过峡谷，注入鄱阳湖，从地形上看仿佛一洞，因鹿得名白鹿洞。后来李渤做了江州刺史，在读书台旧址兴建了台榭，遍植花木，引得四乡八野的文人慕名而来。南唐时期，李氏朝廷在白鹿洞建立学馆，正式称之为"庐山国学"。

北宋理学盛行，各地纷纷建立书院，"庐山国学"改名"白鹿洞书院"。朱熹为南康（今九江市星子县）郡守时，重建院宇，在此亲自讲学。书院最鼎盛时，在书院学习的生员数百人，宋太宗还下诏将国子监印本"九经"颁发给书院。朱熹严格按照孔孟的儒家教育规范办学，明文规定了五条《白鹿洞学规》：父子有亲，君臣有义，夫妇有别，长幼有序，朋友有信。拟定了《白鹿洞书院教条》，清晰诠释了他所主张的"格物、致知、诚意、正心、修身、齐家、治国、平天下"等一套规整的以儒家经典为基础的教育思想，成为南宋以后中国封建社会七百年书院办学的仰望标高。

萌芽于唐，蓬勃于宋、明、清三朝的书院文化，是中国教育史上的特有图景，涵盖哲学、教育、历史、地理、经济、管理、文学、美学、伦理学、建筑、文物、图书馆学、宗教等众多学科，之中积淀有中华文化与传统精髓。历代创建的大小书院有七千余座，仅江西一省就有一千余座。白鹿洞书院不仅与岳麓书院、嵩阳书院、应天书院并称为中国古代四大书院，而且被誉为中国第一书院。

最鼎盛时期，群山环抱、溪过门前的白鹿洞书院，有三百六十余间建筑，屡经后世兴废，至今尚存礼圣殿、御书阁、朱子祠等建筑。走进书院，大小院落环接有序，古朴楼阁、典雅亭台散落其中，古木参天、秀竹环绕，碑文诗联随处可遇。书院内，还保存着朱熹亲笔书写的《白鹿洞学规》。华盖松、回流山、独对亭、枕流桥……

漫步其间，在青山翠水间做一次深呼吸，清空洗涤疲惫的身心，去用心聆听千年书院的人文之音，那是传自历史深处至为珍贵的妙音回响。

五

蝉声掀动山林的幽谧。南宋淳熙二年（1175年）初夏，江西鹅湖山一改平日的幽寂，树影依稀的驿道上，走来衣袂飘飘的身影，他们是朱熹、吕祖谦、陆九龄、陆九渊。继他们而来的，还有一群前来观战的当地学者、士人、官员。

一场被写进中国哲学史的学术辩论，即将在这里展开。

明代郑以伟在《游鹅湖及诸洞记》一文中谈及这次聚会，"会者百人。云满雾聚，一何盛也"。这场辩论的召集人是吕祖谦，意在调和朱熹"理学"和陆九渊"心学"之间的理论分歧，使两人的哲学观点"会归于一"。

越过八百年时光，已经定格在历史册页上的这场"鹅湖之会"，双方为自认的真理而抗辩的慷慨陈辞已消散在风中，但辩论所散发的理性光芒却穿透了时光的层幕，至今照彻着后世学人。

在这场关于"论及教人"的争论中，朱熹秉持"格物致知"的观点，主张多读书，多观察事物，穷尽事物之理，趋近真知，并在实践的基础上求抵真知。而陆九龄、陆九渊两兄弟，坚持从"心即理"出发，认为首要的是体认本心，心明则万事万物的道理自然贯通，不必多读书，也不必忙于考察外界事物，内观自心，去除心之尘蔽，就可以通晓事理，养心神最为重要……双方各执己见，互不相让。辩论虽然没有实现"会归于一"，却开书院会讲之先河，在中国哲学史上留下了浓墨重彩的一页。

时序往后推移十三个春秋，大雪飘飞之时，鹅湖山又迎来了两个伟岸的身影——他们，一个是自诩"酒圣诗豪"的辛弃疾，一位是自称"人中之龙，文中之虎"的陈亮。

两人腰间的佩剑发出清脆的撞击声，热血在身体里奔涌，他们不为哲学而来，为抗金复国的壮志而来。但他们没有等来其他的同伴，两人在寂静的书院里促膝而谈，握杯而歌，悲怀而叹，"长歌相答，极论世事"，痛快淋漓地抒发一腔抗金复国的壮志和大业难以实施的悲愤。

苦等十天，朱熹没有应约而来，两人遗憾作别。次日，走在归途上的辛弃疾，内心翻涌起如滔的惜别之情，情不自禁调转方向去追赶陈亮，追至鹭鸶林中，雪淤污泥深，他颓然驻足。

内心积郁难消的辛弃疾，独自到方村饮酒，夜深人醉之际，忽然听得一脉清亮的笛音穿透沉沉夜色。这清音催动了他的满腹愁绪，提笔写下《贺新郎·把酒长亭说》：问谁使、君来愁绝？铸就而今相思错，料当初、费尽人间铁。长夜笛，莫吹裂。

一腔滚烫的英雄泪，随笛音抛洒。

此后八百年间，位于铅山县鹅湖山的鹅湖书院，几毁几建，其中尤以清代康熙五十六年（1717 年）整修和扩建的规模最大，康熙皇帝为御书楼题写门额"穷理居敬"，联语为"章岩月朗中天镜，石井波分太极泉"。至今，书院内还保留着牌坊、泮池、后殿、厢房等建筑。高大的青石牌坊容颜斑驳，正面刻着"斯文宗主"，背面是"继往开来"。泮池两侧的厢房内，明、清两代的十余块古碑，记录着关于书院的历历往事、点点片段。

缓步行走在书院深处，浏览墙壁上描画的《鹅湖论辩》一幕：中间站着的两个人，身材修长、手拿书卷的是朱熹，年轻、清瘦的当是陆氏兄弟中的一位，居上端坐的大概是吕祖谦，还有许多围观者……这些先哲树立起的"以天下为己任"的知识分子身影，感召着一代代后学良士。

看过意气风发的鹅湖书院，也看过慷慨悲歌，它仿佛一个沉静的老者伫立在原地，任时光飞渡，任岁月嵯峨……

六

悠悠浔阳古城，一曲传千年。这城，是长江岸畔、庐山脚下的九江，古名浔阳；这曲，是琵琶曲《春江花月夜》。

若追本溯源，《春江花月夜》与赣剧、青阳剧、采茶戏等曲腔有着本源关系。据史料记载，它源于琵琶古曲《夕阳箫鼓》，又名《浔阳琵琶》《浔阳夜月》《浔阳曲》。

被誉为中国十大名曲之一的《春江花月夜》，意境取自唐朝诗人张若虚的同题诗，"春江潮水连海平，海上明月共潮生。滟滟随波千万里，何处春江无月明。江流宛转绕芳甸，月照花林皆似霰。空里流霜不觉飞，汀上白沙看不见……江畔何人初见月，江月何年初照人？人生代代无穷已，江月年年望相似。不知江月待何人，但见长江送流水……"这首长篇歌行，将画意、诗情、关于人生与宇宙的哲思融为一体。而同题的琵琶曲《春江花月夜》，分"江楼钟鼓、月上东山、风回曲水、花影层台、水深云际、渔歌唱晚、洄澜拍岸、桡鸣远濑、欸乃归舟、尾声"十部分，以流动的旋律再现了诗文的曼妙意境。

古浔阳城，背靠山形秀美、云雾缭绕的庐山，面临浩浩荡荡、奔腾不息的长江，甘棠湖、南门湖、八里湖等点缀城中，形成了"山在城边、城在水边、水在城中"的独特景致；又因水陆交通便利，浔阳素有"九省通衢"的美称，是南来北往的商贾麇集之地。数不清的南来北往，数不清的离愁别绪，氤氲在《春江花月夜》的字行间，化在动听而略带忧伤怅惘之情的琵琶声里。

❖ 一脉清音越山川

溯源而上，这一阕琵琶弦歌真实的源头，其实在离此不远的一个地方——洪崖。两千多年前从洪崖飘出的那一脉清音，已衍生出无边无际的音乐的浩浩水系，《春江花月夜》只是其中微小而悠远的一脉。

灿金的夕阳暖色中，春江水涨波光潋滟，一轮明月仿佛与潮水一起跃出海面……全曲以箫声、鼓声开篇，脆亮的琵琶声涟漪般轻漾。闭目聆听，仿佛有烟波浩渺的如画美景，随乐声徐徐展开。

一脉清音，绵延天地间。从未老去的月光，照着海面、芳甸、花林、流霜、白沙汀。而那抬头望月的人，一代又一代，如流水般来，又流水般远去……

大雅扶轮 千年后万

辛丑秋分过后，风偶尔吹一阵，雨却不肯轻易落一场，阳光的热力迟迟不减，灿金一般，倾洒在柳梢、屋脊、石栏、青瓦、门楣、木雕、麻石斑驳起伏的纹路，以及池塘的翠水柔波间。

眼前的后万村，如一位敛眉秀目、素朴端方、气度儒雅的古代书生，安坐在一弯池塘边，想来他手中还握有一卷，时而静读，时而沉思，时而眺远。

池塘形如曲身泅游的一尾鲤鱼，也像月初的一弯浅月，村人名之鲤鱼塘，寄予了"鱼跃龙门"的美好寓意。绿树环翠，水泛涟漪，鱼影倏忽交错，对岸有一妇人正临池浣衣，满目翠红中一抹淡色身影。沿岸的草地上，树立有一块块木牌，上刻《村规民约》和警世之言："家庭和睦　敬长者，爱晚辈，讲民主，不独行，夫妻间，重感情，相濡沫，敬如宾""懂得自律能自控，善自理，尊理性，守法纪，言语美，行为正，入社会，有本领"……仿佛一位老者正捻须絮语。

干净的青石步道沿池塘向前，路面洁净。缓步而行，可见几座古香古色的高耸门楼和老宅，六条自古就有的巷道一字铺开：西边巷、和平巷、曹门巷、大巷、鹿鸣巷、木门巷。古老的巷名寄托寓意，细窄的巷道延伸久远的故事……恰逢村头的三江小学到了课间时分，孩子们的喧闹声瞬间铺满整个天地，那活泼的生息，将一条条空寂的村巷、老宅填实、充满。

后万村位于南昌县三江镇。县乃千年古县，镇乃千年古镇（清代才子陈守中路过三江感于此地的灵秀题写了"秀挹三江"，被后人刻石留存至今），这后万村也是远近闻名的千年古村。

接四县、临三江的后万村，地处南昌、进贤、丰城、临川四县市的邻接地界，坐落在古抚河的西岸，箭江、隐溪、彭湾三水的交汇之滨。没有一座南方村庄离得了水，水是血液，是经脉，是流动不息的生机。后万村前天然水域宽广，柔水铺成的道路畅达四方，古时这里驿站、茶亭、渡口密布。南宋时期，这里曾是吸引方圆百里的墟集；元、明两朝，设有驿站、三江铺；清朝、民国年间，在河街设立了三江巡检司。集贸活跃兴旺的后万村，一度拥有数百栋徽派民居，排列有序，鳞次栉比，蔚为壮观。民居之间"一横六纵"巷道井然交织，紧凑的布局，整饬的巷道，村民声息相闻，互敬互爱，相处和睦。每户有大门，亦有小门，户与户的小门相对，白天敞开，夜间也不闭户，若是雨天，孩子可以从村东穿巷过户一直走到村西头，雨不湿身，鞋不沾泥。

溯流而上，万氏宗族史似错综复杂的迷宫，需要在史籍、谱牒、民间遗存文字、古代遗址等构成的纷繁标识中仔细辨识，去伪存真。

据谱牒记载和方家考证，豫章万氏可远溯至春秋晋大夫毕万公，系西周文王第十五子毕公高的第十六世系。后万村尊奉的开基祖，则是其后裔、被苏东坡以诗赞曰"名勋中外赫赫声"的万迪公。

万迪公生于宋嘉佑年间，字一泓。二十五岁那年，迪公在汴京（今河南开封市）明经科会试中考得第一名，中会元，登进士。迪公任官多地、多职，南征三吴，平定两广，以军功累升至兵部尚书，授禄一品银青荣禄大夫。

北宋靖康二年（1127年），金兵大举入侵，攻克汴京，宋徽、钦二帝被掳，史称"靖康之难"。北宋山河破碎，皇室仓惶向南逃亡。南宋高宗建炎三年（1129年），时任高州（今广东省茂名市东北）兵曹的迪公，受命护佑隆佑太后南奔。至隆兴（今江西省南昌市），与万氏遥公的后裔相遇，便将家属留下，卜居在隆兴郊外的板湖（今广福镇板湖村）。

金兵追击而至，迪公留下长子守珍护卫隆兴，遣二子守彰、三子守彦北上阻敌，他亲自护送太后到达广南番禺，将她安置妥当后，又返回护卫隆兴，于国家危难艰险之际，力挽狂澜。建炎四年（1130年），迪公再次受命保护永宁王去福建避难。他命二子据守铅山，二子帅兵奋战百日阻挡敌兵入闽，金兵无奈之下沿途劫掠一番后北归。迪公回到鄱阳诸地据守，日夜操劳，修整被战火损毁的城池，复兴百业，百姓盛赞之。

南宋绍兴元年（1131年）十月，迪公卒，享年七十五岁。朝廷敕葬枥溪万村，追谥文惠公。迪公一生尽忠卫国，在国家垂亡之际奋臂而出，于离乱之世恤民振业，文天祥写诗盛赞迪公："勋业着于当时，道德鸣于斯世……"迪公与黄庭坚为故交，诗酬往来，亦有文字录于万氏宗谱。

因子孙繁衍盛大，不断向四方迁徙，南宋嘉定十六年（1223年），迪公七世孙仲举公由板湖迁至三江口牛宿洲。再历二百八十多年，至明武宗正德四年（1509年），六月抚河暴涨，泛滥成灾，牛宿洲圩堤坍塌，村基危殆，族人争相他徙，只有仲举公的十世孙日齐公不忍远离故土，携子迁居牛宿洲东北角的鲤鱼垅（今后万村址），重建家园。相传樟树可以镇住水患，他便种下九棵樟树，可惜四百年后已长得枝繁叶茂的香樟被人盗伐，树影消隐于历史深处，只余传说在世间流转。

万氏迁居鲤鱼垅后，与三江口集市仅一墙之隔，夜半三江街头的更声，村中人都能清晰听见，可谓休戚与共、唇齿相依。也因此，如今定居后万村的，一大半是城镇居民户口，小半为农村户口，比邻而居，乃后万村的特有现象。

后万村内敛、素朴，却于灰调中有一种气定神明、端方儒雅的气息流布。走进村民文化活动室，我在满墙的村史资料中找到了答案——原来后万村不只有近千年时光的包浆，还有书卷气息的包浆。

三江万氏是将相之后、名门望族，世代推崇读书明理。后万族谱的《宗政》篇规定：子孙教训宜严，必以读书为先，全族以"大道即隐，名教是遵，儒风不坠，大雅扶轮"为教育准则，谆谆教导历代子孙"处为贤士，出作良臣，退则辅教，进则育民""必以读书为先，如资质颖异，无论贫富，须择良师严导……"

读书重教之人，善于自律、自省、自警、自励，注重内修德行、外修能力；世代重教守礼之族，严格教养，遵礼崇德，明理济世，方有三江后万村的文风蔚然、人才辈出。

南宋时期，万氏子应公与文天祥中同科进士，曾任文天祥义兵团练使，是协力抗元的民族英雄；

清道光壬午年（1822 年）进士万启心，任兵科给事中时，力挺林则徐抗英焚烟，虽受累贬官返乡而不悔；

清雍正年间，万寅丙的儿子万厚庵自小无心读书，但颇有经商头脑，万寅丙决定让他弃学从商，但对他说："学堂是读书人的根本，教子孙读书不在根本上出力，便是不知时务尔。"万厚庵驰骋商海，成就不俗，家道日渐富裕，晚年时他想起父亲当年的教诲，在后万村西建起一座"厚庵祠堂"，祠堂有三进两天井，气势宏伟，他出重金请来名士在祠堂讲学，传承耕读家风；

进入二十世纪，族人在厚庵祠堂内办起"万氏私立两等小学堂"，不分男女都可在这里读书求学。学堂培养了一大批人才，成为当地颇负盛名的名校。而今坐落在村头的三江小学，教学楼上亦悬挂着"尊师、孝亲、立志、成才"……

一代代先贤，仿佛一盏盏明灯，悬于天地间，将天地之道、传统人伦昭示于万氏后学，亦将读书重教的风习在后万村代代传扬。

据《万氏族谱》记载，北宋至元、明、清代，后万村人共考取进士十五名，举人十七名，国学生七十多名，秀才一百四十二名。旧时，但凡村中有人考取功名，便在宗祠门前竖立一杆旗帜。品阶越显赫，旗杆石越宽大，旗杆也越粗、长。旗杆石犹如一帧帧立体的"荣誉证书"，彰显身份，昭告世人，也借此有形的载体激励村中后学努力用功，发奋苦读。遥想当年，万氏宗祠前旗杆林立，风吹旗飞，飒飒有声，相映生辉。

据不完全统计，共和国成立后，三江后万一族佳木繁枝，挂果累累，考取清华、北大、北航、北邮等重点大学的有两百多人，还有不少奔赴美国、英国、加拿大、瑞典等国留学，博士、硕士、教授、高级工程师及各类专家两百多人。

从这里，还走出了共和国第一位女省委书记万绍芬，她是江西省第六任省委书记，曾担任中央统战部副部长。一直情系故里的她，四处筹募资金，科学规划村庄建设，群策群力改善村貌，修路造桥，修复鲤鱼塘，兴建万芳园、学府苑，塑造迪公像……引动许多走出后万村的族人反哺家乡，共建故里。

三江后万一族有严格而完备的宗族法规，分为孝、教、礼、戒四类，共十三条。"孝"居于首位，有三层含义：一是尊重父母长辈之孝，二是对先世宗祖的祭奉之孝，三是生儿育女传承香火之孝。据后万村（居）民理事会会长万德仁介绍，旧时后万村的巷道中间铺麻石，两边铺红石，南方多雨，石生青苔，族中便定下一条规矩：逢雨天，老人和孩子走中间麻石，少壮者只能走两边红石，方便照护老人和孩子……族规还对戒酗酒、戒淫欲、知礼节，都有一整套严格的规定。

村中六条古巷，有一巷名"必大之门"，也称曹门，是古时宗族执法之堂。曹门属明代建筑，青石门柱呈八字状敞开，横楣刻有"必大之门"四字，下列八级台阶，踏之，庄严肃穆之感油然而生。"必大"二字取自远祖典故，有繁衍昌盛之义。古有占卜的官员说："魏，大邑也；万，盈数也。是而封毕，天启之矣，后必昌大。"每当执行族规时，族长、乡绅、老者走上台阶，踏入"必大之门"。而违反族规将受惩罚者，只能从曹门巷内的偏门进入。这一仪规之中，"贬"意鲜明，促使违反族规者反省，也借此警醒其他族人。

在后万村，即便是普普通通的村民，也自小熟知为人之本、处世之道，谨守礼节本分。朝浸暮润，年深月久，教养便在一个个后万人身上自然形成、显现，进而衍化成一座村庄的格调与气度。

至今，在后万村，没有聚众打牌的风习，遑论赌博。村中的文化活动室设有一间图书室，各类图书都有，方便村人闲暇时翻读、借阅。平时，村中老人除了忙碌家中杂务，或看电视，或闲聊天，安逸本分度日。

以约定俗成的一套规矩来治理村庄，以奖惩分明来规范村人的行为，以唤醒自律、自洁、自理、自尊意识促成每一生命的成长——植根于传统农耕社会的这一方式依然在后万村延续。今天的后万村，除了政府管理机构外，还有特殊的民间治理组织——由后万村人推选出的村（居）民理事会，在现代化进程和现代生活方式全面渗透的背景下，维护着后万村古味尚存、秩序井然、和睦安适、素洁体面、端方有为的形象与精神面貌。

穿行在后万的村巷中，不少面目古拙的屋宅，铁锁把门。听邻居介绍，屋主人去往外地工作、探亲或是定居了。也有的屋宅大门虚掩，走进去，一地碎砖残瓦，杂草蔓地丛生，悄悄向着无人驻守的厅堂挺进。一处客厅的木墙上，居中贴一幅"观音送子"图，边墙上贴着明星照片，国内演员张翰与韩国演员张娜拉比肩而立。偏屋木门上，贴着羊年的年画，想来屋主人是 2015 年迁出的……后万一村，登记上谱的有三千多人，但平时常住村中的二百多人。之中，有两老和儿子住对门的，有两老和儿子、媳妇、孙子挤住一处的，也有一些独居的老人。

阳光下飘荡的衣物，簸箕里晾晒的长豆角，泄露着日常生活的些微细节。偶有一只白鹭，从层叠屋脊上飞过，或是一只黑底红斑蝴蝶，在丝瓜、茄子的瓜叶间歇停，二三麻雀在树梢发出一点儿也不喧闹的叫声。整座村庄，显得安谧。逢到年节，尤其是后万村人格外看重的冬至和清明两个节气，这些屋宅、巷道才会被喧腾的语声、叫声、笑声给填实塞满……

这座千年古村，在漫长的时光中，承接了历史的风云激荡，孕育了一代代杰出忠义之士，也留下了一则则动人的故事，经由文字记载、口耳相传，而成为独属于后万村的"记忆"。

1853 年太平天国翼王石达开率军攻打南昌，曾与清军在后万的狭长街巷中展开激战。想来那可从村西穿到村东的一户户小门，充当了突袭和反击的暗道和机关……

1927 年"八一南昌起义"后，周恩来率起义军南下，曾路过后万村。那年 8 月 3 日傍晚，天气闷热，从三江北面走来了一支二百多人的队伍，战士身着灰布军装，衣领上系一条红布带。看到当兵的来了，三江街上和后万村的老百姓纷纷关上门窗，躲进屋中。后万村的乡绅们却主动迎上去，听说军队要在这里住宿一夜，乡绅们一商量，将他们安排在祠堂（当时是三江小学）里。一位青年军官说，还需要一个单独的房屋。乡绅们便打开祠堂旁边茶亭庵的门锁，一位面目和善、英俊帅气的军官和十多名随从走进了茶亭庵。

乡绅们得知这是刚刚在南昌城发动起义的部队，愈发不敢怠慢，赶紧杀了两头猪，从塘中捞出百十斤鱼，买来豆角、茄子、辣椒、空心菜、酒等送到祠堂。那位住在茶亭庵的军官很和气，一定要如数付钱，乡绅们坚决不收，他才作罢。第二天部队开拔，乡绅们走进祠堂和茶亭庵，发现这里干净整洁，战士特地将祠堂和庵堂打扫了一番。从三江赶来的"老同源"老板蔡郁棠，送来两百多斤当地名产——荷叶蒂月饼，赶在部队出发前送到了战士手中……二十多年后，中华人民共和国成立，三江后万的乡绅从报纸上看到了周恩来的照片，才恍然大悟，也深感自豪：原来当年住进茶亭庵的是周恩来总理！

有专家考证，周恩来的母亲也是豫章万氏的后代。清代向塘合汽万家的万清选是万庭兰曾孙，由科班而仕途，知江苏淮安府，生下女儿万冬儿（十二姑）——周恩来母亲。如果此说确实，在周恩来的骨血里，也隐埋有万氏风骨。

抗日战争时期，南昌未能逃过沦陷的命运，万氏族人不愿做亡国奴，纷纷背井离乡、流亡四处，有的旅居港台及海外。后万村也遭受战火荼毒，日寇多次轰炸、扫荡后，大量房屋古建被损毁。战后，四散各地的万氏族人纷纷回迁故里，重建家园……

据万德仁介绍，1933 年第十四次修谱时，后万村遗存古宅一百五十八栋。惜乎先历日军战火之劫，再遭"文化大革命"浩劫，白马庙、茶亭庵等多处珍贵文物被毁。建于 1808 年、体势恢弘的厚庵宗祠，也在 1972 年被夷为平地。至 1992 年第十五次修谱时，后万村仅存古宅六十一栋。这些年，村民保护古建筑的意识增强，花费不少物力财力，但因为砖木结构的老屋年久老化，或是村民改建新房、另栖他处，后万村现存古建筑民居五十多栋，其中有明代建筑，也有清代建筑和民国时期建筑。如鹿鸣巷 26、27 号，横梁上有"崇祯七年"纪年题款，是典型的明代建筑，正梁拱曲，柱基为木墩，穿拱挑沿，无雀替撑拱，窗雕古朴；如后万村 88 号，是典型的清代民居，砖木结构，穿斗式木构，一进天井式；如后万村 72 号，红砖房，建造年代不算久远，但门头上石质阳刻的"厚皞"二字，颇有古意。每年，国家会拨付一定款项用于这些古建筑的维修和保护。

村前的鲤鱼塘，开基时即有。清乾隆年间，后万的"康乾七宾"（七位乡绅）筹资三万多银两，购来一批红石，修筑村旁临江石堤（防御洪水）和十八坡台阶。余下的红石，被村人环池塘砌成一圈石栏。抗日战争爆发后，族人四散各地，无人看顾的村庄一度走向荒败，池塘石栏多数倒塌。新中国成立后，陆续回来的后万村人将池塘修复，惜乎"文化大革命"时期又遭到损毁。直到改革开放后，生活逐渐安定，步步向好，经后万女儿万绍芬多方联络、筹集资金，乡亲们群策群力清淤泥，引活水，建石栏，种草木，在池塘前的淤泥荒地上开辟出一座"万芳园"，园中草木葳蕤，香樟、桂花树、马尾松、山刺柏、芙蓉、杜鹃间，立一尊先贤万迪公铜像和纪念碑，使之成为村民休闲、学生读书、后人缅怀先贤的一处佳境。

各方贤达也纷纷捐资出力，修复了"双节牌坊"、乾隆古井等古迹、民宅。一座破旧的三进古民居被改建得面目一新，成为村民文化活动室和村（居）民自治理事会办公室，侧面上嵌有繁体的"养暇处"三字。一座民宅被辟为"秀掯三江腌菜博物馆"，用后万村乾隆古井里的清洌泉水腌制的萝卜，冬天种植，春天发酵，夏天窖藏，秋天出品，素有"一寸腌菜一寸金"之美誉，成为三江后万擦亮乡村的一帧"美食名片"……

2013年，三江后万村以其古老悠久的历史、丰富而有意味的遗存、素洁雅丽的环境，加之人文荟萃、人才辈出，被住建部、文化部、财政部联合列入"中国传统村落名录"。

光阴流转，时代变迁，当年耸立在祠堂前的木质旗杆早已朽烂不见，旗杆石一度因兵燹动乱、风云变幻，被湮埋在泥土中。1992年，万绍芬提议，将湮没多年的旗杆石重新启用，竖起不锈钢旗杆，每逢国庆、春节及其他喜庆的日子，这座千年古村便会升起国旗，让一抹灿红点亮后万村的天空……

梅关十里雪香来

农历九月的梅关，山野着绿，阳光散漫，寒霜未至。蔡挺、蔡抗兄弟重修岭北岭南道路时"课民植松夹道，以休行者"，30 年后（公元 1093 年），这些松树已长成阵势，大可给予青石道上的行路人一段阴凉。苏东坡与朝云、儿子苏过及两位年老的女仆穿过这连绵的阴凉而来，迈过关门便涉足南蛮之境。自古从这关口南去的贬臣，难有几人北归。纵目眺望日光山影与层绿的苏东坡，捻须吟出"一念失垢污，身心洞清净。浩然天地间，惟我独也正"。（《过大庾岭》）数月间东坡连降四级，前途难卜。在他眼里，这梅关是断离之坎，精神涤洗之地。

东坡不知，此后七年蹉跎，他还将再次被贬，待他二度经过梅关时，已是公元 1101 年大雪纷飞时节。那是梅关寒彻入骨之时，却也是梅关最清峻秀美之时，雪染山林白茫茫，沿路寒梅尽绽，朵朵裹冰披雪，晶莹剔透。七十有四的苏东坡内心一片清明，山川未曾改易，梅香如故，人事却已幻变，终获自由的他失去了挚爱的朝云，失去了总是来去如影、却一生未与他离弃的友人吴复古。七年间，东坡的身体增添种种病痛，"鹤骨霜髯心已灰"，内心所求已然无多，再度越过梅关后，他暂居在岭北赣县，等待北上的船只。不想，这一滞留就是两个多月，东坡不急不慌从容度日，有时为人题字，有时为人诊病配药，有时与友游山玩水，每每有人求请他的墨宝，他总是欣然提笔不加拒绝，让身边人满意而归。只是在酷暑之地积累的热，似乎仍驻留在他体内，即便梅关凛冽的寒意也不能使之褪去。热绞裹着江南浓重的湿气，跟随他去金陵，去常州，去靖江，直至他病倒床榻，留一句"我平生未尝为恶，自信不会进地狱"，闭目远去，似他当年夜半站在黄州江畔吟叹过的那只小舟，消隐于时间长河的深处。

壬寅年酷暑，窗外蝉鸣如沸，再度捧读林语堂先生的《苏东坡传》，至第293页，仿佛看见一孑然独行的身影正走在大庾岭古道上，长衫、芒鞋、斗笠、木杖，苏东坡在诗句中的形象浮现而出。近了，但知并非东坡，行者姓卓，不知其名，礼佛之人，他从太湖出发，穿山林踏古道，芒鞋自块块青石上摩挲而过。连日跋涉，已令卓君脸呈紫檀色，两脚结了厚厚的茧皮，怀揣的几封信被体温捂热，分别是东坡的儿子和朋友写给东坡的。卓君以敬佛般的虔诚相信：一直向南越过梅关，必能找到东坡，将信送达。也许他在梅关前稍事休憩，茶亭处喝一盏凉茶，用衣袖拭去嘴角的水渍，抬眼看看层峦的山林。这里与他出发的江南一带风景大异。传说中的岭南就在几步之外，巍峨的梅关城楼耸立，两侧石壁如堵，石砌拱门上刻有四个朱字"南粤雄关"。关门处熙来攘往，货担相接，阳光下来去如湍急的水流。不知卓君眼前的梅花是含苞还是绽放，抑或花期尚远，只有点点叶片挂枝。可知的是，信确实送达了。被贬数年间，东坡就是靠诸多友人步履传送，与家人互通讯息，而梅关是他们必经的通道，见证了一个人坠至人生谷底时，那些不离不弃的深重情意。

我初至梅关，是在2013年夏天。山道岑寂，远离了它最喧腾的年月，复归本真的天然面目，阳光略显炽烈，伴以微风，明晃晃但不觉酷热。草木漫山遍野，近旁梅树、樟树、松树枝叶相接，风足以将一群作家的笑语声吹送一小段距离，摇晃出一地斑驳的光影。光影之下，是苏东坡走过的青石路，吴复古走过的青石路，卓君走过的青石路，还有文天祥、王阳明、汤显祖……这南方山莽间凿出的细路，曾有许许多多在历史册页上具名、未具名的人走过，现在轮到了我们。每走一步，过往的光阴便叠加一寸。我们在梅关前留影，岭北数张，岭南数张，再沿原路返回。一趟无关痛痒的来去，浅尝辄止的行走，惊动不了大庾岭的一草一木。但，梅关自此留在了我的精神版图上。

　　大庾岭是南岭山系五岭之一。整个山系的隆起可追溯至数千万年前，漫长时光中的数次造山运动，使之由连绵山体渐渐散碎成五岭。大自然的塑形自在自为，人只能凭有限的力量，在崇山间凿出一条通道，安放自己的步履。梅关古道初拓，源于秦始皇一统天下的意志，50万大军如张开的五指，探入南岭山系，其中一支溯赣江而上，在荒岭野藤间破出一条通道，十万铁骑和累累辎重惊破山野的寂静，探向岭南沃土，将之钳于指间。为了巩固对远离都城的南蛮之地的控制，秦朝在大庾岭上设横浦关，重兵守卫，自此秦朝的版图才真正抵达南方的海岸线。货运的线路也得以从陆路向南伸展，沿长江水网进入鄱阳湖，再南下赣江到章江码头上岸，走野岭古道过梅关，行至南雄的浈江再上船，沿水路运达南方各域。这条自北而南的"黄金线路"，一度延伸至海外各国，成为华夏民族的瓷器、茶叶、丝绸等散播各地的重要通道。

唐朝，广州港入口的海运繁盛，大量海外物资由广州经江河水脉，辗转抵达中原地区，大庾岭是迢迢路途上重要的一截通道。军事的意味依然存在，膨胀的商贸后来居上，更居重要地位。而古道已不能适应现实的需要，大臣张九龄上奏朝廷"岭东路废，人苦峻极"，朝廷授命他重拓道路。经过勘察，张九龄选择了一条从大余至南雄最短的路线凿山开道，直将翻越大庾岭的路程缩短四公里，可谓造福一方子民。梅关也因之东移数公里，通关道路用大块青石与鹅卵石铺就，愈加宽坦、平整，沿途设置有驿站、凉亭、客栈。每天，数千挑夫疾步过关，货担沉沉，最喧腾时"商贾如云，货物如雨，万足践履，冬无寒土"。繁盛若此，越过时光的层幕，那熙攘的人流、喧语，也终将消隐于时间长河的深处，不留踪迹。

雄关漫道，古道千年，过眼多少烟云激荡，最终留下的却是义之壮歌、情之吟唱。

南宋王朝末梢，文天祥率万余残军自梅关出，退守到广东海丰五坡岭，遭元军突袭包围被俘。出梅关时，他已做好为国赴死的准备，一去一回，倏忽之间从一身铠甲到两手镣铐，满怀壮志已难舒展。与东坡一样两过梅关，文天祥吟哦："出岭同谁出？归乡如不归！"一问一叹间，道尽悲愤。北归前路，即是他的家乡庐陵，自古乃节义之邦，饱读诗书、聆听古训长大的乡贤名士，内立傲骨，无不视气节大过生命。步步向前如踩刀刃的文天祥，悲愤淤积心中，如山之重。

风从江面吹来，我们走在通往白鹭洲书院的朱红廊桥上，这是

❖ 梅关十里雪香来

2020 年的冬天。同行的作家安然指着不远处的赣江江面，告诉我，文天祥被押送至此，两岸站满庐陵乡贤，林立的人群中，早有人写下《生祭文丞相文》，字字如锤、如针，如索命的白练、含鸩的烈酒，催促文天祥以身殉国。此文被誊写百份，张贴在文天祥北上必经之路。乡人不知，囚禁船上的文天祥已拒食八天，"饿死真吾志，梦中行采薇"，他抱着求死之心，却没能如愿绝食殉国。为保全文天祥的性命，押解用鼻饲的方式为他强行灌食。岸边林立的人群中，还有一位义士，名张千载，与文天祥自小一起读书，情同兄弟。得知文天祥被俘，他变卖家产等在文天祥必经的路上，紧紧跟随。二人目光交汇的一刻，胜过万千言语。此后三年，文天祥被软禁在元大都一处馆舍内，后被囚于牢中，刀刃的寒光与炫美的利诱都不能令他低头……一路跟到大都的张千载，不离不弃，住在一间简陋的屋舍，暗中打点狱卒，为文天祥送衣送食。衣食对于文天祥已是微末之事，他依然用诗文抒发着内心块垒、坚贞情怀，一首《正气歌》正是张千载冒着生命危险从牢中取出并留存下来的。

壬寅年盛夏，在江西万安张千载的故乡行走，再次听到这段故事。文天祥终慷慨就义，一代忠臣热血渐凉。那个悲寒彻骨的月夜，张千载收敛文天祥尸骨，于衣带中摸出一纸，上书："孔曰成仁，孟曰取义，唯其义尽，所以仁至。读圣贤书，所学何事？而今而后，庶几无愧！"此乃文天祥绝笔，字字铿锵。张千载展开这页薄纸的手想必有些颤抖，心也颤抖着。数年间，他将自己的日夜与文天祥如此紧密地绑结在一起，明知是文天祥生命的末端，毫无向死而生的希望，还是冒死相伴，没有退缩。他将文天祥的骨灰和留藏的牙齿、头发送回故乡，完成了对一段情谊的深情告白，对天地良心的一份自我承诺。"生祭书"与张千载的生死与共、义薄云天，前者貌似无情，后者入骨深情，都是赣地庐陵这片重儒重教、重节义、重信诺的水土涵养出的精神面相。

仁与义贯穿中国人的精神史，构成其骨骼中最坚硬的钙质。"取义成仁今日事，人间遍种自由花。"诗句写在梅关黄坑镇的林莽间，时序已至20世纪30年代中叶，留守南岭高山林莽进行游击战的陈毅屡陷险境，承受着恶劣的生存环境和艰难的革命环境的双重重压，自以为难以走出这片大山，便写下三首诗歌，塞于棉衣缝中。那是众多热血者舍生忘死、为国家为民众谋求幸福道路的革命年代，梅关的深山丛林见证了他们的炽烈情怀。

走过梅关的，还有写下"临川四梦"的汤显祖，他悟出了情之真味。"情不知所起，一往而深。"生而有情，使人区别于万物。情与情的链接，方有人间万千世相。情之一字，不知引动人间多少悲喜交集、跌宕起伏的故事。一部《牡丹亭》，写至情至性的杜、柳爱情故事，据说其故事原型就在离梅关不远的"广东南雄府"。汤显祖被贬徐闻南下梅关，《牡丹亭》写于他从徐闻复归数年之后，"徐闻谪后无限愁，庾岭归来笔有神"（田汉）。汤显祖一生喜梅，梅关傲寒绽放的梅花想必会让他情不自禁驻足耽溺，大庾岭上"随车十里雪香来"（李昴英《雨行梅关二首》），那四溢的梅香自此萦绕在他的记忆中，数年后化为一缕幽香浸染于《牡丹亭》。梅，是《牡丹亭》的重要意象，嵌在柳梦梅的名字里，也镶于唱词中。《惊梦》一折，杜丽娘开腔便唱道："晓来望断梅关，宿妆残。"

梅花傲寒开放的坚贞品性，成为杜丽娘纯挚情感的美好象征。

千年古道，十里梅关，逶迤山道的步履，亦行进在时间漫道上。时代迁衍，岭南岭北景象大变，昔日南蛮荒域已是最繁华的经济建设前沿地带，但不论时空移转，人事流变，贯穿中华民族精神史中之仁义，似凝定涌动的岭莽，似应时漫溢的梅香，依然构成我们最重要的精神骨相，巍而流芳。

辑五

观傩记
有一种美由来已久

观傩记

这一刻，人与神呼吸可闻，咫尺相依

2018 年 3 月 4 日（农历正月十七）清晨

江西省南丰县石邮村傩神庙

现场篇

笑容加深也柔软了老人脸上交错的纹路，身着蓝布衣的她早早地就偎靠在了供台旁。一副因信赖而安然依偎的模样，烛火的光亮闪动在她的眼睛里。

离她咫尺的地方，仰面躺着三副面具——钟馗、大神、开山。面具有着不同的形貌细部，却有清一色圆睁的双目，似目光铮铮然，正瞪目于天地万物。

供台正中，端坐着"傩神太子"。他表情安详，嘴角微微上翘，着一身红袍，露出的皮肤，脸与双手都涂抹了金粉，手放置在身前的条案上（1985 年傩神庙大火重修后，条案被砌成了水泥的），红袍覆腿隐于案下。在他头顶的横梁上，端端然分两排悬挂有十副傩神面具：傩公、傩婆、关公、钟馗、纸钱、雷公、杨戬、哪吒、小鬼和另一枚开山。

"傩神太子"面前，十来束高耸的烛火跃动着，跳漾着，在面具的每一细节弯转处烙下点状或片状的光耀，也将每一张凡俗的面孔涂抹上暖色调的油彩，皱褶处更加深邃，圆润处满布光泽。

傩班八伯匍匐在供台前。红底碎花斜襟土布罩衫，衣背上墨写"傩神太子台前"，两片式半身布裙，裙摆两角掖在腰间。花白、星白或黪黑的发丛，首排居中的傩伯正抬头挺胸朗朗有声，向傩神们汇报前晚"搜傩"的情况。

这是戊戌年正月十七日清晨，六点刚过，晨曦微明。

刚刚完成了一整夜"搜傩"的八位傩伯，和经历了一夜喧腾震响的村庄、村庄中通宵狂欢的人们，都在竭力平复激越的呼吸，待兴奋缓缓冷却。各种声音在狭小的傩神庙里飞翔，碰撞，如缭乱的羽翼不时遮蔽了傩伯的诵念声。

我挤在人丛中，竭力舒张耳朵，还是无法听清傩伯的念辞。他的诵念富有节奏感，石邮本地方言，即使听得清，我恐也难明其意。我只知道在这一刻，人与神的信相同处一个喧嚣的时空，结为紧密的一体，彼此间呼吸可闻，咫尺相依，共同沐浴在一种如烛火般耀亮而灼烫的氛围中。

画外音

被刻在耳膜上的鼓音

每年正月初一至十七，在江西省抚州市南丰县石邮村，傩神面具不再庋藏于箱笼中，傩伯取出十三副傩面具，用散发清香的茶水洗净面具上的尘灰，以保证傩神们面目清洁，目光澄澈，可以穿透尘烟幕障……在石邮村人心里，傩面具是可以位移和变幻肉身的神灵，站立在人与瘴气疫鬼之间，充当先锋、勇士、守护者，为人类的平安、健康、幸福、丰茂劈杀斩砍，扫除障碍。

这些神灵有着狰狞的面目与柔软的内里，在每年的固定时段与自己护佑的子民并肩而立。它们不发出声音，只用充满象征意味的姿态动作展露心迹。而尘世间的人们也不说话，以香火的袅袅细烟表达心中祈愿，以轰烈的爆竹为之助阵，呐喊，赞美。言语显得如此多余，充满歧义的语言只会导致路径的迷乱。

傩舞，似有催眠的魔力。比如鼓音，只以几种简单节奏交替变换组合的鼓音，极其单调，却入耳震心，数百米之外就能清晰听见。它是傩班的先声，越过巷弄、屋脊、田野、橘园，宣示傩班的到来。

在石邮村跟随傩班四天，回家后我一连几日都恍惚听见那鼓音。神秘的鼓音，不知从何而至，缘何而起，平静而执拗，缥缈而深邃，清晰得仿佛从邻屋发出。在多方查究无果后，我不得不怀疑，是在跟随傩班的几日里，这声音被烙刻在了我的耳膜上。

一趟临时起意的行程

戊戌年正月十四至十七日，我和《长江日报》"江花"副刊主编周璐待在南丰石邮村跟随傩班。

这是一趟临时起意的行程。元宵节期间有一个中国舞协组织的采风团将到南丰考察傩舞，听到消息已是正月十二日。石邮村傩舞的声名早有耳闻，向往已久，此次想必可以看到石邮傩舞的真实面貌与精髓，我决定前往。

电话联系周璐，她纠结于自己负责的版面如何处置，之所以纠结，在于她非常想去。从武汉直达南丰的火车趟数很少，春运期间更是一票难求，周璐最终定下行程已是正月十二日深夜。好在，抢票软件成功地帮她抢到了车票。

早在 2006 年，南丰傩舞经国务院批准就被列入了第一批国家级非物质文化遗产名录。每年正月十六下午，游客、摄影者、由外地专家组成的采风团及周边的村民源源不断涌进石邮村，为了观看当晚进行的、傩事中最为重要的环节——"搜傩"。

我们就是冲着传说中的"搜傩"而去……

再庄重的仪式也会结束，再漫长的路也有尽头

2018 年 3 月 2 日（农历正月十五）清晨

石邮村傩神庙

现场篇

傩神庙位于石邮村西端。从原任村主任吴伯亮家走过去，须穿过一片密集的老宅区，老宅多已无人居住，村人陆续迁进了更加开阔敞亮的新居。青石板铺就的巷弄不足一米宽，七弯八绕，又四方通达。转过一处巷口，猝不及防地，我们与喧腾的早市迎面撞上。

这是一片相对开阔的空地，挤满提篮拎桶的摆摊者，有卖新鲜蔬菜的，有卖烟笋、豆腐、腌菜和活鱼的，还有几张架着木板的肉案。相对于四百多户、千余人口的村落而言，这早市的规模不算大。石邮村很多家庭自种蔬菜、养鱼和鸡鸭，相对自足，也就不必在市场上大量且日常地采买。倒是自家生产不了的农药成了必购品，吴伯亮就开有一家农药店，位于村口大路边。

早市离傩神庙只十来步远，不知是早市浓浓的烟火气息比衬，

还是尚未敞亮的天光渲染了一份神秘，此时的傩神庙显得格外庄重静穆，翘角飞檐在半空中勾勒出凝重的线条。不算宽大的正门倾洒出一方光亮。

走近，繁写的"傩神庙"三字从右至左，下有一副对联：

近戏乎非真戏也，国傩矣乃大傩焉

迈步进庙门，心内一震。迎面"浩气光天"牌匾下，端正悬挂着两排傩神面具，他们的目光似齐刷刷投注向大门，带着一股烛火的热力。

供台上的烛火，有的燃烧得只剩手指长，有的尚有一尺高，叠加圆融成一团暖红。"傩神太子"的金色面容，在这光亮中显得贵气又柔和。十三个傩面具，有白有红有黑有蓝，居中上列是慈眉笑目的傩公、傩婆，下列是"双伯郎"杨戬、哪吒，都是净白脸面，十分醒目。基于提前做的功课，我能辨认出红脸关公、黑脸钟馗，额上有面铜镜的开山……

庙内安静，只一个中年男人牵着个七八岁的女孩。女孩在供台前踯躅，不时仰面看看傩面具。庙极小，除了供台，一左一右还供有两尊塑像：右为"土地公"，左为"太尹公"。在进门的右侧偏门处，立有一碑，上刻《石油乡傩记》（清朝贡生吴其馨所写，石油系石邮的古称）。

天光渐渐敞亮。两个年轻人前后脚走进庙来，起先我们以为是普通村民，及至他们从一侧的偏房里取了红底碎花布衣套上身，才恍悟：二位是傩伯！上前询问，原来是资历最浅的七伯和八伯。

紧跟着，戴一顶黑帽的傩班大伯罗会武走进庙来。我在网上看过他的照片。他在一侧的条凳上坐下，庙里有一位看庙的阿婆，四人轻声说着本地话。

其他几位伯陆续来了，大家换衣，从偏房抬出一对竹篾编制的箱子。箱子打开来，分别放在供台两侧的傩神面具下方。除了大伯，其他几位伯尚显年轻。八位傩伯在供台前匍匐成一片。首排三人，大伯居右，第二排三人，最后一排是七伯和八伯。

首排居中的傩伯在众人匍匐之时，抬头挺身，冲着"傩神太子"和一众傩神面具朗朗诵念起来。后来，我才知道此仪式为"起马"（也称"请神"），傩伯诵念的是《傩神太子鸣词》，意思是请各位傩神、土地、城隍以及附近的诸神一起前来，保佑家家平安吉顺……

八位傩伯几次起身，冲前作揖三下，又再次跪下。大伯的腿脚似有不便，跪下时不得不伸出手扶住供台一角，缓慢地矮下身子。诵念一直未断。在庙里等待的那对父女，这时跟在八位伯的身后，随同他们一起作揖，匍匐，叩拜。

诵念结束，首排居中的傩伯"判茭"，他举起一根细木棍，其上系的绳子下端有两块木头，一面平一面鼓，呈半月形。他将木头轻轻扔在地上，若是一阴一阳，就为吉卦。若是两阴或两阳，就会重掷一次，直到掷出阴阳卦。

八位伯起身。其中两位从庙堂后侧爬上桌子，取下傩神面具交给下面的伯，装进两个箱子。八人轻声细语，整个过程安静平缓。最后横梁上只余一枚"开山"，据说它担负的是守庙之责。

取傩面具的伯转入红色帘幕后面，拿出一个小小的人偶，也放进了箱子。这是"傩仔"，"傩神太子"的化身。每年春节期间，他都会跟随傩班走村串户，在每一场傩舞表演中端坐于前，坐在一把为他特制的木椅上，安享娱神亦娱人的傩舞。他，代表的是庙里居中安坐的那位"傩神太子"。

鞭炮声响，锣鼓声起，八伯鱼贯出庙，向西祠堂方向而去。他们将乘车前往饶舍村。饶舍村离石邮有四公里，原本以为需要徒步的我们，不禁喜出望外。

大伯的黑色帽檐下露出的头发，皆白。年近八十岁的他，走在傩班的最后面，走得缓慢，身子轻微摇摆，与那些年轻人的距离越拉越远。我一直跟在他的身后，看着傩伯们渐远的花衣，飘远渐弱的锣鼓音，心里浮起一丝惆怅。

原本以为大伯会威风凛凛地走在傩班的最前头，他可是傩班的领头人！却不想，年事已高的大伯，走在队伍的最尾，但他坚持跟随着傩班，以自己的步态节奏尽力跟随。不知何时，这让整个傩班定神定心的领头人，就会消失身影，如同过往历史中那么多位消逝而去的大伯们。石邮村有句俗语："戴上'脸子'是神，摘下'脸子'是人。"穷尽一生在人与神两种身份之间转换的傩伯们，终走不出生而为人的局限，再漫长的路也会走到尽头……

画外音

石邮村里迄今只有一家民宿——原任村主任吴伯亮家。在吴伯亮家安顿下来后，我们的第一站自然是傩神庙。

从吴伯亮家出来，走上十来分钟，穿过村子的一片老宅间的巷道，就到达了傩神庙。

像一只鸟张开两翼的傩神庙，显得敦实平朴，不似想象中那么气派、神秘、热闹。几乎可以说得上清寂。红底金字的"傩神庙"门头两边，各有一方武将砖雕，一执斧一握锤，脚踩灵兽。左右转折处的檐头各有一小方砖雕，上刻文官，分别执"平安吉庆""天官赐福"竖联。

庙内供台上端坐着金面红袍的"傩神太子"，几支点燃的香烛无声陪伴。在"傩神太子"头顶上，有一红底金字牌匾，上书"浩气光天"，匾下孤零零悬挂着一个傩面具，面容深棕色，没有周边的木色鲜亮。那是负责守庙的开山。

庙里进出的人不多，问起傩班，有人告知正月十四傩班在茶山下、木港下、黄林三个村跳傩，恐怕会回来得晚。至于多晚，又无人说得清。也没有人能准确说出傩班次日早上"起马"的时间，笼统称之为"很早"。为保险，我们将闹钟定在五点半。

次日走出吴伯亮家时，天空的颜色净如蓝墨水，相对于更深沉的屋脊轮廓和橘树暗影依稀可辨。大地上的事物尚隐匿在混沌的黑暗中，大自然只馈赠给耳朵绚烂如锦的鸟鸣——十来种鸟儿以不同音色、不同曲调，自由自在地编织着这绚烂的声音的锦缎。此时，天地是它们的，也是我们的。

再次走进傩神庙，我的心激跳起来。迎面横梁上，十三副面具赫然而列。烛火还如前日的烛火，"傩神太子"还是昨日的"傩神太子"，可小小的庙堂由空荡而满盈，由清冷而火热，烛火的光亮似在四处游移，将庙内的每一物品都镀上了光泽……

跳傩不只是表面的风光，还有实实在在的辛苦

2018 年 3 月 2 日（农历正月十五）下午

南丰县饶舍村

现场篇

一场观众与表演者近在咫尺的演出

阳光从西面斜射而来，如针、如刺、如铜面具。站得久了，脸上像覆了一层温热的金箔，眼睑沉得撑不开。今年是暖冬，还在正月里，一连几天气温超过了二十摄氏度。阳光热力十足，现场气氛火热，数百人围成紧密多层的圈，圈心就是舞台，在不断地缩小。工作人员不得不一次次绕圈提醒，维持现场秩序。

村干部原本准备了几排条凳，让来自中国舞协的采风团团员坐下来观看，可现场人太多，秩序很快变得混乱，大家只得自寻最佳观看点。前排的人蹲着、半蹲着，后排的人站在凳子上，见缝插针，身子晃悠。相机、手机按动个不停。几台摄像机在定位拍摄，逢到观众蜂拥参与时，摄像师索性扛起摄像机跟拍。这是一场观众与表演者近在咫尺的演出，呈现的是民间乡村演出的寻常景象。

傩班表演的是全套傩舞，八个节目，约持续了五十分钟。中间出现了一个小插曲——

轮到《钟馗醉酒》的上折《醉酒》，"大神"（也称"大鬼"）上场亮相的动作是一套疾速拳。扮"大神"的傩伯刚打完拳，一位老人从人丛里冲了出来，冲着他猛打手势。身旁的村人说这老人是

哑巴，他觉得"大神"的出场动作没有跳好。果然，老人拉开架势将疾速拳重演了一遍，动作迅捷有力。末了，他冲观众鼓掌示意，围观人群爆发出一阵笑声和掌声，老人隐入人群，跳傩继续。

后来听傩伯说，这样的事他们经常遇到。这一带的乡民自小耳濡目染，很多人对傩舞动作谙熟于胸，逢到傩班有人跳得不到位，立马有人跳出来指点一番。

石邮傩舞是"闭口傩"（也叫"哑傩"），演员不发声，无唱词，佩戴表情恒定的面具，角色的情绪与情感变化全靠肢体动作表现，而锣与鼓的节奏，与不同的角色、不同的动作相匹配，时松时紧，时舒缓时激越，时凝重时俏皮。

手持斧、凿的雷公一出场，锣鼓音就变得激越跳荡，与雷公踩脚、跳跃、奔腾的动作相应和。

《傩公傩婆》的锣鼓点则松弛、俏皮，与傩婆的细碎步相宜，与公婆俩老来得子的愉悦心情相宜。这是唯一一出傩仔离开自己的座椅、被演员抱在怀里的节目。傩婆一手抱傩仔，一手拿折扇和手帕，傩公拄着拐杖，两人乐呵呵地对舞，不时给孩子喂奶，把尿，将老来得子的喜悦之态演绎得生动有趣。

《钟馗醉酒》是最热闹亲民的一出，分上下折《醉酒》《跳凳》，1961 年得过全国戏剧奖。大神和小鬼先上场，两人饮酒划拳嬉戏，时不时地小鬼会拿着酒杯，给围观的孩子分食，这时许多孩子在大人的怂恿下争相挤到前面，仰头张开嘴，等着小鬼将酒滴入口中。小鬼握的是空杯，但孩子们争抢的欢乐却真实。现场一派欢腾气氛。

古老的崇信和现代的崇信，无隙地组合在一起

表演结束，傩班又恢复了巡村挨户跳傩。应一户迁入新居人家的要求，在三个固定节目之外，加跳《纸钱》和《雷公》。每到一户人家，总是傩仔先至。由这户人家派人去上一家抱来傩仔，将他的座椅安置在神龛和祖先祭台下的供桌正中，傩仔端坐其上。供桌上摆满香烛和祭品，通常是橘子、瓜子、花生、糕点之类。还有一沓纸钱，三支未点燃的线香和装有钱的红包，后者是给傩班的，钱数多少不等，看主人家的经济情况和心意而定。

傩班正式到来前，主人阖家已在厅堂站成一排，人人手执线香冲门而立。执鼓和锣的傩伯停在屋门前，诵一句吉言，敲一下锣鼓，左腿微曲，右脚后撤点碰左腿的小腿肚。主人家的男子就会点燃一串鞭炮，一家人齐声应诺"谢了"。每家的吉言并不相同，多是根据这家的情况编制，主人也可事先告知傩伯诵什么内容的吉言。

四句吉言后，执锣鼓的傩伯走进厅堂，在右侧备好的凳子上坐下，扮开山的傩伯入场跳傩。这时主人点燃一串鞭炮，并在每一位傩伯进场时都点燃一串鞭炮。跳傩的过程贯穿了鞭炮声，似村人热切的回应。而村中人根据鞭炮声的方位，就能大致判断出傩班跳到哪一带了。

其他的伯在门外歇息，主人通常备好了桌椅，桌上摆满茶水和各式点心。跳傩结束，一位傩伯负责将供桌上的纸钱、三支香和红包收下，待客的部分果品点心也收入袋中。

那天，傩班在饶舍村新建的祠堂里还加跳了一场傩舞。背景是一幅硕大的毛主席画像，画像下方傩仔端坐，开山抱臂耸肩舞动在

毛主席和"傩仔"的双重视线中，锣鼓声声，穿透众声喧哗。古老的崇信和现代的崇信，真实无隙地组合在一起。

在石邮，遭遇一个有意思的元宵节

傍晚到达石邮村傩神庙时，庙内和门外的空场上已经聚集了很多人。一轮圆月挂在半空。

等待不多时，傩班回来了。傩伯们按照惯例举行"下马"仪式，将傩神面具一一归位，并向众位傩神汇报这一天跳傩的情况，当着傩神的面在供台上清点收到的红包，记账，均分。其中一部分钱款，用于支付傩事中的宴席费用。纸钱、线香归置在一边，"圆傩"时会用到。而收来的果品点心，八位傩伯均分。

一个孩子被父亲抱着，一直用他胖乎乎的小手抚摸供台上的单面鼓，手指在鼓面轻轻摩挲，不时抬起头来看着眼前喧嚣的一幕。

傩神庙右侧是厨房。今天轮到六伯张水根烧菜做饭，他就是一早诵念《傩神太子鸣词》的那位伯。大铁锅里一锅沸汤，翻滚着菌菇、鱼丸。大伯不时进厨房查看，指间燃一支烟，一脸忙完一天傩事后的松弛表情。

傩伯们褪去傩服，着家常衣服围桌而坐。菜式简单，有石邮村很出名的鱼丸、烟笋，还有青豆、萝卜排骨汤、青菜。这顿饭也在众人的围观下进行。据说每年正月初一，全村村民须得食素，唯有傩班八伯可以食荤，想来是让他们有足够的体力应付辛苦的傩事。

"教傩"相当于次日晚上"搜傩"的预先排演。主管头人也到场了，八伯分三组不同组合各表演一次，由大伯和头人评点，并最终选定次日晚上表演"搜傩"的三人组合。

一声尖峭高拔的口哨声冲破喧嚣，如激流将人群冲分为两岸，中间狭长的通道延伸出庙门外很远。表演的傩伯未着傩服、未戴面具，都是家常服装，家常模样，但神情庄重而投入。

应和着口哨的尾音，首先跳跃奔入的是钟馗的扮演者，他一手上展，一手拈香火诀，上下快速地抖动。有傩伯在他身旁拦护，以免伤到围观者。紧跟着跳跃奔入的是开山，三跳进入庙门，一手做执链状，与钟馗一交手，两人似牵住铁链两端，将之铺在通道上，手拈香火诀，快速抖动，抖动。

大神三跳奔入，越过铁链，打一个翻叉，手拈香火诀舞动，再面向众傩神举手行三下礼。开山与钟馗错身换位，大神再往回打一个翻叉。众傩伯聚拢来，围在供桌边举起右手伸出食指，齐声高诵"搜傩"吉言：拜高堂，文武进。

每一轮结束，头人和大伯、傩伯们都凑在一起，议论、指点、比画一番。如是者三。

夜深，我和周璐踏着手电筒的光晕穿过老宅和巷弄，天上的圆月时见时隐，时明时暗，天地静谧。激越的鼓点和口哨声，却还在耳边响彻不休，兴奋感如潮汐尚未退去。周璐在我身后说，没想到在石邮遭遇了如此有意思的一个元宵节。她的声音和手电筒的光晕一道，在狭长的巷道里悠晃。

画外音

我们得知在外村跳傩，就是挨家挨户，在每一家厅堂将傩舞《开山》《傩公傩婆》《关公祭刀》的片段跳上一遍，整个村子得跳一百多遍，决定先从饶舍村返回石邮村，下午再来看傩班最后一次全套傩舞。

傩伯告诉我们，正月初一至正月十一，傩班在本村跳，每家厅堂都跳全套傩舞。正月十二，他们开始到周边村落跳，有固定的线路和程式，一般正月十二在柏苍村，正月十三在河堤村，正月十四在茶山下、木港下、黄林，正月十五在饶舍村，正月十六在塘子窠和龙源。这些村庄都信傩，但没有自己的傩班。

有时傩班一天要跳一百多户人家，尽管只是在每家跳压缩版，一天下来也会消耗大量体力。在外村跳傩，逢收尾时，傩班会在村中心的广场或重要地点为村民跳上一场全套傩舞。

不是紧紧跟随傩班，我们无从了解：却原来跳傩不只是表面的风光，还有实实在在的辛苦。维系着超人体力的，不只是肉体的强健，几位傩伯并不高大强壮，恐怕更多在于精神上的信念支撑。

无论是在本村还是外村跳傩，傩班每天早上都要在石邮傩神庙举行"起马"仪式，晚上回庙举行"下马"仪式。以前石邮傩班有"傩神面具不在外过夜"的规定。但随着时代和观念的改变，石邮傩班曾远赴韩国、日本、法国表演。

在石邮村，傩班八伯都是村中杂姓，头人可以因为他们跳得不好而责骂，但他们在村中因跳傩而受到格外的尊重。在石邮村人看来，他们是与傩神最亲近的人，甚至在他们戴上面具时，就成了傩神的化身。他们是被神灵护佑、福分不浅的人。

可是，回归到日常，他们依然是普通人，需要为一日三餐、一家老少的大小事情操心、发愁。当他们奔赴外地务工时，没人知道他们的傩伯身份，他们如成千上万的务工者一样四处奔波，努力求生，经历困顿、挣扎、痛苦，也收获糖粉似的喜悦、欢欣。傩伯的身份赋予他们某种潜隐的骄傲，让他们觉得自己拥有神灵的护佑，但这骄傲是隐在的，只存在于他们心里。

整个石邮村陷入狂欢的涡旋……

2018 年 3 月 3 日（农历正月十六）晚

石邮村

现场篇

浩浩荡荡的队伍在行进，洞穿黑夜

　　熟悉的锣鼓音远远传来时，石邮村傩神庙一侧新修的圆形广场已坐满了人。传言果然不虚，石砌的六层台阶上坐着、站着的人，还在不断从四周涌向广场的人，渐渐布满了舞台周围空地的人，加起来恐怕不止三四千。为了正月十六的盛大场面，石邮村特地新修了傩神广场，以消化傩神庙容纳不了的众多观众和人们对石邮傩舞的盛大好奇。傩班将在这里举行"合傩"仪式。

　　几台无人摄像机在空中"嗡嗡嗡"飞翔，耳边是杂乱的人声。在一切喧声之上，我还是清晰地听见了锣鼓音。傩班来了！

　　"傩仔"最先出现，安坐就位。傩伯们陆续抵达。《开山》跳到一半，大伯微微摇晃的身影才出现在舞台一侧。

　　演至最后一个傩舞《关公祭刀》时，已积攒下不少经验的我们

迅速转移，凭"出入证"进入傩神庙，占据了一个不错的观看位置。

此时傩神庙还显空荡，六根比端坐的"傩神太子"还高的红烛立在供桌中央，烛身上饰有字符，还未被点燃。旁边环绕着一圈燃烧的一尺长红烛，将庙内光线熏得暖红一片。

大伯先至，他走进空荡的庙堂，挪了挪供桌前蒲团的位置，又将几朵烛火拨亮。

一切就绪。锣鼓音渐近，傩伯们鱼贯而入。

傩伯们将傩神面具悬挂到横梁上，余三枚面具仰躺在供桌上、红烛前，那是钟馗、开山、大神，担纲今晚"搜傩"重任——索室驱疫。

八位傩伯立于供桌前，由六伯高声诵念一段，作揖，跪拜。后排的两位伯分掌鼓和锣，鼓锣声一直不断。六伯诵念完长长的《傩神太子鸣词》后，是"判茭"仪式，掷得吉卦，傩伯们起身，锣鼓音停。

门外鞭炮声如啸如瀑。八位傩伯出庙，面朝傩神庙各捧一碗酒，肃穆了表情，敬天敬地敬傩神。在庙门口已摆好了饭菜，八位傩伯落座吃"起马饭"（又称"添粮"）。村里安排的晚上参加"搜傩"的帮手和炮手，也参加聚餐。

再入庙内，大伯为每位伯斟上酒，八位伯互敬，一口饮下。此为"起马酒"。在傩神面前，他们以烈酒为媒，宣誓抱团成为一个整体。

三位被选中的傩伯含一口清酒，喷吐在自己戴的傩神面具上，寓意清洁。他们裹上头巾，调试好面具上系绳的松紧度，以保证面具可以自如地被掀起和放下。

"搜傩"仪式正式开始。

众人让出中间的通道，鞭炮和锣鼓声起，口哨声起，钟馗奔跳而至，接着是开山、大神……演毕，众位伯高声诵念"搜傩"吉言，一位傩伯将单面鼓举在供台前，扮大神的傩伯举手向众傩神示意，傩伯们鱼贯疾奔出庙门，外面鞭炮、响铳齐鸣，震天震地。

众人撤离的傩神庙里，只剩下大伯。他不疾不徐，不慌不忙地整理着供台上的酒具。居中的六根高烛已被点燃，烛火跃动，与淡定从容的大伯形成对比。

此时，庙门外，整个石邮村陷入了狂欢的涡旋，旋转，旋转……

一支浩浩荡荡的队伍在行进，洞穿黑夜。有村民手持竹子扎成的火把，在前开路。掌锣鼓的傩伯，"搜傩"的傩伯，跟随的傩伯，负责引路的人，执铳的人，点炮仗的人，提桶的人，吹口哨的人，维持秩序的人，瞧热闹的人，还有呼前跑后的孩子……这支队伍高举着火焰和烈响，穿过石邮村的大街小巷，去为家家户户驱鬼逐疫，为他们扫除灾祸隐患，留住清明和祥瑞。

队伍所到之处，烟花冲天而起，在空中绽放，璀璨不断。

这一刻他暂与傩神面具分离，还原为自己

"搜傩"仪式会持续整晚。

每户的"搜傩"仪式大约三分钟。石邮村现有四百多户，两百多个厅堂，"搜傩"的路线是头人事先制定好的，基本延续古制。因而村民们根据经验，大多知道"搜傩"队伍大约几点到自家。

主人家每人执一支香，站在厅堂（也叫"月宫"）等候。供桌上有备好的一碗米饭，两条贴着红纸的油炸小鱼，一碗半熟的猪肉

块，还有一沓纸钱，两支点燃的香烛。

傩伯至，主人在门外点燃一串鞭炮。村中安排的放铳者，冲天放三声响铳，点燃炮仗。

掌锣鼓的傩伯在每户门前诵念四句吉言。"七个门楼品子塘，十字路口走忙忙，上置粮田到广昌，下置粮田到建昌""七座门楼七口塘，中间一块晒谷场，左边青龙出泉水，右边青龙出侍郎"……吉言贴合每家情况而各有不同。

伴随锣鼓和尖峭的口哨声，钟馗、开山、大鬼鱼贯奔入……队伍中，负责担桶的人收走桌上供品，留下半碗米饭和半碗猪肉，想来是留有余地之意。演完，伯们再诵一句吉言，在鞭炮声中离开，去往下家。

周而复始。

轮到吴伯亮家，得在后半夜了。他劝我们先睡一觉，养足精神，等"搜傩"队伍快到时再叫我们起来。可无法睡安稳，整个村庄响彻鞭炮声，有几次锣鼓音近得似乎就在屋后，却不见主人来叫，我担心错过，爬起来在阳台上四下张望。不知为何，鞭炮声和锣鼓音又渐渐远了。还有几次，忽然听不见任何声响，天地静谧得让人疑心错过了好时光。

后来，我才知道，"搜傩"队伍按照线路行进，有几次确实绕到了吴家附近的路上，但真正要到门前，还有漫长曲折的路。每每寂声之时，傩班在某户人家休憩，进食。这一夜的体力消耗可想而知，必须有饮食补充，头人安排了几户人家备好饭食。

时针缓慢地旋转。我一直处在清醒的边缘，不敢睡沉。终于，

5 点钟，房门被敲响，是吴伯亮的夫人，她说快了，已经到了几十米外的一条巷子。

披衣而起，门外只有一盏路灯孤寂的光影。

我穿过小巷，路边的几户人家都等在屋外。他们的方言听不太懂，我便在路边的石板上坐下静等。声响终于近了，熟悉的红底碎花傩服出现，傩伯们来了！

经历了一夜"搜傩"仪式的傩伯们，显出十足疲惫之态。实际上，整晚仪式由七位伯共同完成，轮流扮演三个角色，唯大伯因年事已高，没有跟随队伍。

戴着钟馗、开山、大神面具的三位傩伯，走到一户人家门前，立刻找地方坐下，寻隙休憩。待得鞭炮声响，他们才起身去完成自己的动作，跃动的身影已没有前晚那么松快高拔。

我抓拍下一个瞬间——昏黄的光线下，一直跟随傩班的孩子嬉笑着，"钟馗"蹲坐在门前低矮的石础上，双臂支在大腿上，双手耷拉下去，高耸的面具仰躺在他的头顶上，长长的胡须耷拉下来。散乱的胡须间，隐约可见一张疲惫的面容，他正定定地望着某处。在这一瞬间，他与傩神面具暂时地分离开来，还原成他自己——一个异常疲惫的普通汉子。就在一分钟前，头顶的"钟馗"面具覆盖住他的面容，他化身为威力巨大的傩神，奔忙在驱鬼逐疫的漫漫路途上……

我跟随傩班奔跑，只剩最后几户了。休憩时，"钟馗"忽然对我说，"你快去傩神庙等，我们搜完这家就会跑去傩神庙……"

几日相处，傩伯的话我已能听明白。我拔腿往傩神庙奔去，"钟媳"担心等会儿我跟不上他们奔跑的速度。

跑到傩神庙，喘息未定，傩伯们出现了。

此时，天光已大亮……

画外音

正月十六日上午，穿过石邮村一大片田野，走到南丰至三溪乡公路边的我们，不得不在路边拦车回村。过往车辆不少，很快我们搭乘上一辆小轿车，开车的小伙子是送亲戚来石邮村看傩的。他告诉我们，每年正月十六，周边的村民，甚至南丰县城的人，都会慕名前来石邮村看傩。

傍晚时分，傩神庙外的空地上早早地拉起了警戒线，必须有"出入证"才能进入傩神庙近前的核心区域。这是当地政府为了安全起见采取的举措。

于是，数千村民和外来的观傩者被拦在了庙前的空场上。到处是摄像机、相机、手机、航拍机在拍摄，人挤人人碰人。庙内尽管有人员限制，同样是人挤人，手里的镜头根本拿不稳。身处其中的我，不由得暗暗庆幸：幸好提前来到石邮，我们得以看到傩班在没有被众人拥堵围观时更加清晰、从容、真实、完整的状态，以及傩舞仪式本身所具有的庄重、神秘、威严。

说到底，傩舞不是一种表演，它是从远古延续下来的汉民族古老民俗、民间礼仪的一部分。而眼前这些冲着正月十六"搜傩"仪式来石邮村看热闹的人们，挤在层层叠叠的人丛中，看到的是喧腾的晃动模糊的场景，耳边是震天响的连绵不断的鞭炮声，他们根本看不清楚傩班八伯们在"戴上'脸子'是神，摘下'脸子'是人"的两种身份之间转换的那种微妙与神秘，还有很多傩仪规矩以及附着的细节的具体意味，他们也听不清锣鼓点子在不同傩神出场时的节奏变化，傩伯在傩神庙里诵念的请神词内容为何，弄不明白那些傩舞的步伐、手势和动作的含义……随着采访和阅读资料的不断深入，我才慢慢洞悉这些，找到答案。

在时间的长链上，他们延续着同一使命

2018 年 3 月 4 日（农历正月十七）上午

石邮村

现场篇

在最后一户人家完成"搜傩"仪式后，傩伯们以极快的速度奔向傩神庙。此时，大伯早已等候在庙内。经历过一夜"搜傩"的傩伯们呈现出疲惫之态，而供台上的红烛依然跃动着挺拔的烛火，将"傩神太子"和众位傩神的面容照得耀亮。

八位傩伯再次进行"判茭"仪式，然后向傩神"报饭单"。首排居中的六伯和大伯埋首在一张写满字的红纸上，六伯一一念出提供了饭菜的家庭姓名，以及他们提供的菜名，包括点心。

之后，将是一年傩事的最后一环——"圆傩"。

这一仪式，是将众傩神送归各自的住所。大伯拿着一束火把，其他伯挑着箱子，将所有面具、傩仔、道具和从每家每户收来的纸

钱、线香全部带上。众人到达河滩，由大伯划定中心位置，"傩仔"首先被安放好，身后插上线香。

两个"开山"被放置在"傩仔"身后的右上方，"关公"在左上方，"傩公""傩婆"摆在"傩仔"身前不远，再往前是"双伯郎"，"大神"和"小鬼"分置于"钟馗"两侧，"雷公"和"纸钱"并排放在一处，与各傩神有关的道具，则放置在面具的旁边。此仪式为"参圣相"（圣相即傩面具）。

安放妥当，大伯手执火把在前，傩伯们按序位跟在后面，绕着这些"圣相"开始转圈，据说他们行走的线路合于八卦。反复几圈后，大伯忽然举起火把扔在地上，其他傩伯快速收拾起傩面具和道具，跑向几十米开外放箱子的地方，将之收归进去。空场上，唯留孤零零的单面鼓。

待八位傩伯回来，他们聚拢在单面鼓前，围成一个圆圈，头凑紧在一起。纸钱被垫在鼓下，鼓面被翻转过来，他们开始在鼓身里"判茭"。他们要分别就粮食、牲畜、出生、疾病等占卜，结果秘不示人，存于他们心里。

占卜毕，他们将纸钱烧掉，点燃一串鞭炮，带上箱子、道具返回傩神庙。

手举火把的二伯，上前叩门，并大声叫门。忽然，他扔掉火把，用力将庙门推开，此时庙堂内烟雾弥漫，如入仙域。

傩神面具再次上梁归位。八位傩伯在简短的仪式后，提上装有米饭、猪肉块和鱼的木桶，桶里还有一支点燃的蜡烛和一小碗猪血，带上纸钱，去往他们的祭祖之地。

在一棵树下，傩伯们站成一排，焚烧洒上猪血的纸钱，向空中抛洒米饭、猪肉和鱼，齐齐稽首。在这个地方，并排站立过一代代傩班的八伯们，他们或年轻或苍老，在时间的长链上，他们延续着同一使命，同一信仰。

过往岁月中，那些曾为傩班奔跑过，舞动过，尽心竭力过的逝去的伯们，在虚空中安享来自后辈的敬仰和思念……

画外音

石邮，这座位于江西省东南部的小村庄，在大山的怀抱深处，有一条小河自西向东流过村庄。1135 年，吴氏希颜公来到石邮定居，成为石邮吴氏家族的先祖。

据《石邮吴氏族谱》记载，很早以前石邮只有彭、丁二姓。吴颜希来此定居后，生下七个儿子，不断繁衍，吴姓渐渐成了石邮的大姓。后来，慢慢添了其他杂姓。如今石邮除吴姓之外，有十一个杂姓。有的姓氏，在村中只有三四户。

吴希颜的后世孙中有一对兄弟分家，家族遂分为两支，两支系分别修建了"东围祠"和"西围祠"，前者建于 1732 年。两座祠堂至今尚存，每年正月初一，傩班都会到这两处跳傩。

石邮村的傩舞延续了六百多年。现在傩神庙中供奉的太尹公，就是传说中将傩舞带到石邮的人。这位吴氏先祖，曾任广东潮州海阳县令，海阳疫病横行，为官一方的他祭拜傩神，很快平息了疫情，他觉得此乃傩神相助，于是待告老还乡时带回了二十四个傩面具，还有八个会跳傩的海阳人，由他们教石邮村人跳傩。1427 年，他在石邮村建起了第一座傩神庙。

此庙在 1561 年被毁后，又在原址重建。1781 年，傩神庙被迁至村庄的西部，也就是现在傩神庙所在地。迁徙原因不甚明晰，然后 1985 年的一场大火，使得傩神庙再一次重建，庙内的木质供台被水泥替代。而一些自古而来的老规矩，也因时代的发展而被修改。

以前，"圆傩"仪式通常在夜色掩映之下，于村旁的河滩边举行。女性不得在现场观看，否则会招致巨大的不幸。随着傩神庙对女性随时敞开大门，这一禁忌也不复存在了。在跟随傩班走向河滩观看"圆傩"仪式的人流中，有不少如我和周璐一样的女性。

对于这些改变，我的心情是复杂的，一方面希望看到传承自古代、原汁原味的传统傩舞，一方面又为今天的女性也可以近距离观看如此神奇的傩舞感到庆幸。万事万物，都是在变与不变的辩证中传承演进的，曾植根于传统农业社会和乡村宗族制度这一特殊土壤的石邮傩舞，也概莫能外。

信，说不清道不明，在乎你的感觉

2018 年 7 月 2 日 暑热

电话采访叶根明（江西省南丰县石邮村村主任）

采访篇

"有意思"的事情与改动的规矩

叶根明在石邮村长大。父辈从浙江来到江西南丰定居，在叶根明小时候，因为"文革"动乱，傩舞被视为"四旧"而被禁止多年，直到叶根明十来岁时，才第一次看到跳傩。一见之下，他惊叹原来咱们村还有这么"有意思"的事情。

1982 年，为了响应国家"文艺百花齐放"的号召，石邮村恢复傩舞。那一年的傩事缺人缺面具，傩班八伯凑不齐，面具只有四枚，即在动乱中幸存下来的"雷公""钟馗""纸钱""开山"（据资料记载，"文革"期间南丰县有千余枚傩面具被毁。这四枚傩面具是明朝传承下来的，有很高的艺术价值，被石邮村村民全力保护下来，得以幸存），连傩事中最重要的一场——"搜傩"也难以完成，"大神"的面具被烧毁，只好用"纸钱"代替。傩班的四个伯戴上四个面具在村中囫囵走了一趟，并未正式跳傩。

村干部四处搜集傩面具资料，请村中老人回忆描述，请雕刻傩面具的师傅先捏出泥模，再用杨木雕刻，石邮村终于又有了全套十三枚傩面具。

恢复跳傩后，每年正月，有半个月时间，石邮村都被激越的鼓点和狂欢般的气息笼罩，原本清寂的村庄忽然变得满盈。傩班的八伯戴上面具，踩着锣鼓点子，完成一场又一场由远古传习而来的傩仪，于默声中舞动，舞动……铁链铮铮作响，鞭炮震天炸响，八伯们脚踏"禹步"，手掐"香火诀"，舞动，舞动……石邮村人相信，在这朴拙古老、刚劲而神秘的仪式中，他们对于新一年生活的愿景都会被"听见"，被护佑，被成全，而成为生活的现实。

1985 年，傩班里临时招募的两位吴姓的傩伯退出，得知消息的叶根明对同学说，"这傩舞有意思，我们去学吧！"经十二位头人（当时石邮村只有十二位头人，后来增加为二十四人，1987 年增加为三十二人，增补进了当时的村主任、村支书、民兵连长等村委会成员）同意，两人进行了正式的投师仪式。

也是这一年，石邮村发生了一件大事。举行完圆傩仪式的次日清晨，石邮村人还在睡梦中，空无一人的傩神庙发生大火。等村民发觉时，已经无力回天，十三枚傩面具只抢救下三枚——"雷公""钟馗""纸钱"，幸存于"文革"的"开山"毁于这场大火。

整座傩神庙烟熏火燎，木质构件焚烧殆尽，只剩下黑乎乎的外墙墙体尚存。石邮村头人和村民捐资，又募集到一些资金，重建了傩神庙。

退出傩班与重回傩班

那年，鉴于新进的七伯、八伯都没什么跳傩的经验和底子，农历十二月十六日起，大伯、二伯、三伯就开始手把手地教两位新人。八个节目，先教最简单的。石邮傩舞的动作特点是"笑晃头怒抖肩，脚勾手弯身段圆，指出快腕反弹，手脚同步顺一边"，主要动作有梗、拙、拧、倾、跺、甩、推、抖。具体到每一个傩舞节目，要记住全套动作并不是那么容易，初学者叶根明和同学没有舞蹈功底，加上紧张，时不时地就漏了动作或忘了要领，免不了被大伯、二伯、三伯教训。

一周传习，之后靠自己细细琢磨，正月里再跟着傩班边看边学，边跳边练。傩班的伯们都是这样学会傩舞的，靠的是口耳相传、眼观心摩，一代一代，灯灯相续。

未形成文字固定下来代代传承的东西，不是极容易在口耳相传、时间的绵延中走样变形？对于我的这一疑问，叶根明说，石邮傩舞之所以在很多专家看来保留了远古傩仪的原始形态，就在于石邮村头人严格管理傩班的制度，保证了传承、延续的严谨周正。

在石邮村，除传习过程中大伯、二伯、三伯态度严谨外，头人的监管也十分严格。每年傩事结束，头人都会聚在傩神庙，议一议今年的傩班跳得怎样，有谁不够认真，但凡跳得不够好、动作不到位者，就会受到严厉的批评和责罚。

叶根明性格活泼，爱说爱笑，显得不是那么沉稳、听话。传习时，他被大伯二伯打过，跳傩的过程中也被村中的老人打过，还被头人们狠狠地批评过……

1987 年，已经跳傩两年的叶根明，上场跳《钟馗醉酒》，那是三个角色的对手戏。叶根明跳"小鬼"，舞着舞着，冷不丁地，后脑勺上挨了重重的一下。原来是村中一个老人冲上来，拿旱烟斗直敲他的后脑勺。那个老人责怪他没跟上大伯的动作，动作跳得太松散了。

那年"圆傩"仪式结束，意味着一年的傩事告一段落，头人们开会时又将他狠狠地批了一顿。那时的叶根明只觉得跳傩好玩，还没意识到这是一桩神圣的事情，态度不由得有些散漫，在头人看来，他这个八伯实在是不受教，不听话。而在叶根明看来，自己已经跳得很好、很用心了，至少比七伯跳得好，可为什么挨打受骂的总是自己……年轻气盛的叶根明与头人顶撞起来，一赌气离开了傩班。

1992 年，大伯李长仙去世，二伯罗会友升任大伯。傩班尚缺一人，大伯和头人说，还是让叶根明进来吧，他会跳傩，如果重新选人又得重头教起。这时已经二十出头的叶根明正准备结婚，大伯罗会友是他未婚妻的姨父。未婚妻一家都对傩事看得庄重，岳母劝他，"这么好的事情你还不做……"就这样，叶根明再入傩班。

早年，叶根明和同学双双退出傩班，傩班不得不补进两位新人，唐贤仔和聂毛富，分别为七伯、八伯（如今二人已升为二伯、三伯）。时隔三年，叶根明因为比二人跳傩经验丰富，实际入傩班时间更早，直接越过二人做了六伯。

重回傩班后，那一年叶根明感觉做什么事都顺风顺水。经历了离开之后的回归，到底不同于以前，叶根明开始从心里郑重看待傩事了，收拾起散漫态度，转以敬畏之心来跳傩。

跳了十五年的傩舞，2007 年叶根明意外遭遇车祸，无法继续跳傩，他不得不退出傩班。但他并未远离傩事，有着亲身跳傩经验，又对石邮傩舞的历史有所研究的他，曾几次带领石邮傩班去日本、法国、韩国参加国际民俗文化交流活动，他也曾被文化部请去，历时五年参与对石邮傩舞资料的整理，辑录成一套非常珍贵的研究资料。这一系列经历，让他越来越深地领悟到石邮傩舞的艺术价值、文化价值。

2003 年，叶根明出于传承的长远考虑，提出"傩舞进校园"的建议，遭到了头人们的反对。在头人看来，石邮傩舞自古以来都是傩班八伯制，不可以随便教授传承给外人。可时代的潮汐是无法阻挡的，眼见得傩舞生存的土壤一天比一天薄瘠艰难，而傩舞的传承和发扬是一个绕不开的命题。经过三年的努力，傩舞兴趣班终于在石邮村村小学开办起来，每届会从学生中挑选出十来名喜欢傩舞的，由叶根明手把手传授傩舞。至今，他已让八十多个孩子亲近傩舞，爱上傩舞。

画外音

在实地见证、田野调查、走访人物的过程中，语言是一道障碍。石邮村的老人多不会说普通话，当地方言很难听懂，没有有效沟通，很多疑问就没法得到解答，对他们的了解只能是碎片式的，模糊的，充满歧义的；而年轻一辈，语言上可以勉强沟通，但他们又对傩舞和村子的历史一知半解。这一难度就决定了当你想了解洞悉一个不熟悉的地方的人事风物时，真的需要"扎"在那里，支付必要的时间和精力。

我们待在石邮村的时间只有四天，十分有限。而每年石邮的傩舞主要集中在正月的半个月时间，过完春节，傩班的八伯中就有六人分赴外地，跑运输或是做水果生意（石邮盛产蜜橘，不少石邮人冬天卖橘夏天卖西瓜），平时留守石邮村的只有大伯罗会武和五伯罗润印。

从石邮村回家后，我迟迟无法动笔，反复观看在现场拍摄的照片和视频资料，又买来《逢场作戏》《最后的汉族》两本关于石邮傩舞的书，在网上查找到一些关于石邮傩舞的图文资料，一再研读，可还是觉得自己对神秘古老、内部空间深邃的石邮傩舞，难以明晰地通过文字去表现，我还需要沉淀。

因之，我找到石邮村村主任叶根明的电话，与他取得了联系。他是一位非常合适的采访对象。两次连线，畅聊两个多小时，在叶根明老师的帮助下，我对石邮傩舞的了解渐渐由表面走向深入，由局部走向整体……

可怖可敬又可亲的傩神们

采访篇

面具，是存在于虚空的神灵的具象化

我未曾亲历的每年傩事的前半部分，比如"起傩""参神""请神"，以及村中"跳傩"，只能靠采访、阅读资料和想象去填充。

一年一度傩事的起点，其实在腊月十六、七日间。如果这一年傩班有新进的伯，就要用大约一个星期的时间进行传习。然后在旧一年的最末一天，即大年三十凌晨，傩班八伯和掌管傩事的头人齐聚在傩神庙。这一天，守庙的庙祝早早打开庙门，亮灯。

傩伯们点燃供台上的蜡烛，点燃"土地公"和"太尹公"面前地上放置的蜡烛。三支点燃的线香被插在门外的墙上，点燃鞭炮，焚烧纸钱。然后，关闭庙门，不再让任何人进入。

八位傩伯，在紧闭的庙门内，取下放在神像上方架子上的箱子，先取出"傩仔"，摆放在供桌后部正中放置的一把座椅上，再取出十三副面具。然后用茶水一一清洗面具，将它们按照自古以来的顺序，悬挂在神像上方的横梁上。为"傩神太子"换上新衣，新衣通常是某位信士送的。整个过程，头人只在一旁看，不得伸手。

仪式结束，庙门重新开启。

这是一道分界线。从这天开始直到傩事结束，每位傩伯再走进

庙门，都要鞠躬。这一姿态，意味着他们暂时告别了普通村民身份，其傩伯的身份被唤醒，并一再被强调。

面具，是存在于虚空中的神灵的具象化，也是他们借助凡身肉体与人间沟通的载体。石邮村人相信，在傩事延续的半个多月时间，神灵们已经从各自居住的地方赶来，寄生在了这些面具中。因而，面具在石邮还有另外的称谓，即"信相""圣相"。

次日一早，是新一年的开启，村民们赶早就敞开了厅堂的大门，迎候傩神的到来。这一天，他们必须吃素。而傩伯们会聚在某位伯家中，一起用早餐，按照严格的座次落座。

傩伯们穿上红底花布傩服，走进傩神庙，在供桌前排成三排，"主礼人"通常由首排居中的伯担任。叩拜之后，"主礼人"诵念请神词，大意是请众神降临石邮，保护村庄、村民、牲畜……之后"判茭"，如果未掷得吉卦，就重来一次，直到出现一阴一阳的吉卦。

庙内仪式结束，六伯和七伯提前去将村中所有庙里的香烛点燃，在石邮会祭拜土地公、位于村西边的"福主殿"，位于村东边的"桐树殿"，祭拜许真君的"万寿宫"。

傩神庙里，其他伯将傩神面具取下装箱，留下一枚"开山"守庙。傩班打着单面鼓，敲着锣，抱着"傩仔"，担着箱子，在鞭炮声中鱼贯走出傩神庙，先到"福主殿"和其他寺庙燃香，鸣放鞭炮，向土地公和其他神灵致敬。

按照沿袭的古制，石邮傩班正月初一在五个地方跳傩。两个名为"花寝"的小广场，是族人在葬礼前停放棺材、举行告别礼仪的地方。在将生、死之事看得非常重大的中国传统乡村社会，"花寝"

是重要之地。"西围祠"和"东围祠"，是两座家族祠堂，供奉先祖之地。再是"太尹公"故居，他是将傩舞带到石邮的吴氏祖先。

在五个地方跳完傩，回到傩神庙的傩班，再次举行"判茭"仪式，意在问神灵对今天仪式的意见……

资料篇

"傩"之一字，最早出现在甲骨文中。

殷商时期，傩舞是皇权的专利，所谓"天子乃傩""国傩"是也。在周朝，傩舞被纳入"礼"的范畴。据《周礼·夏官·方相氏》记载："方相氏，掌蒙熊皮，黄金四目，玄衣朱裳，执戈扬盾，帅百隶而时难，以索室驱疫。大丧，先柩，及墓，入圹，以戈击四隅，驱方良。"

方相氏，是周朝负责驱除疫鬼和山川精怪的官吏，一般由武夫担任。每年有四个日子与傩有关：立春、立夏、立秋之日，由宫廷举行傩舞仪式，是为"大傩"；立冬之日，由民间进行傩舞仪式，称为"乡傩"。傩舞不再只是一种巫术行为，而是被纳入国家典章制度、具有重要政治意义的祭祀活动，除驱除疫邪外，其目的还有祈求风调雨顺、五谷丰登、人畜平安、国富民丰等。

东汉王充《论衡·解除》："解逐之法，缘古逐疫之礼也……故岁终事毕，驱逐疫鬼，因以送陈、迎新、纳吉也。世相仿效，故有'解除'。"此段陈明了傩舞的目的。"有学者认为，唐朝是傩舞从国家宗教形态到世俗娱乐形态的嬗变期。""一些研究认为，宋代也是傩舞的巨变期，除了规模更大外，主要是内容上，它融合了佛教、道教及历史人物和民间传说等，方相氏及十二神兽被钟馗、五道将军等所代替。"（《近十年傩舞研究综述》，作者韦海燕）清朝以后，宫廷大傩消失，"乡傩"在民间盛行不衰……在历史的长河中，傩舞渐渐从宫廷走向民间，在民间这片阔大的土壤中，其宗教意味渐渐淡化，由娱神而走向娱人，民俗化、娱乐化、艺术化的趋向越来越明显。

据《石邮吴氏族谱》记载，先人认为冬春之交，天地间阴气强盛，易致疫病滋生和鬼怪作乱，如果不在此时驱鬼逐疫，就会影响到来年村庄的安宁。石邮傩舞是典型的"乡傩"，可为什么傩神庙门前的对联，下联是"国傩矣乃大傩焉"？法国人类学者庄雪婵在《逢场作戏》一书中分析："这个小村庄把这样一副对联刻在自己最重要建筑物的门上，清晰表明它认为自己和国家是密切联系在一起的，它从不认为自己是独立于或自主于国家之外的。"可否认为，这样一副对联，实际是石邮村人将自己的傩舞与远古傩舞的源头对接起来，明示"从何而来"？

石邮傩舞的动作、配乐和仪式仍保留着传统傩舞形态。2005年6月，中国（江西）国际傩文化艺术周活动在南丰举行，中国民间文艺家协会主席冯骥才在观看南丰傩舞后如此评价："古朴粗犷，气势磅礴""原生形态特征保存得这么完整，确实非常难得"。

以一种自我闭合的形态，代代稳定延续

十三个面具，八个节目，八位傩伯，六百年历史……石邮傩舞在六百年间，以一种自我闭合的形态，建构起一套自我完满、代代

稳定延续的系统。

"傩神太子"端坐在庙堂供桌的中央，在石邮人心目中，他是保佑大家远离疾病的神。附近很多村落的人也信奉他，石邮傩神庙的香火一直旺盛。在他身后两侧的神龛上，放置有十二尊小神像，春节期间，一道红色帘幕垂下，将它们藏于帘后，因为此时他们已化身进入面具中，被悬挂在了"傩神太子"头顶处的横梁上。

这十二尊神像与傩面具是对应关系，唯"开山"的面具是一对。除慈眉笑目的"傩公""傩婆"，和英气俊朗的"双伯郎"杨戬和哪吒，其余的傩神面具都有着夸张的面目和狰狞的表情，圆睁双目，额头鼓突，火焰眉形，配以大嘴獠牙，似乎这样的容貌才能震慑厉鬼，也才足以令人信服。

《开山》是出场舞，也是跳傩必演之舞。"开山"充当着驱鬼逐疫的开路先锋，额头悬贴的圆镜是他最重要的特征，头上两只兽角，嗔怒的嘴型，上翘的獠牙。他的舞姿舒展，大开大合，顿挫有力，体现了勇猛进取、无畏前行的先锋精神。

《纸钱》紧跟其后，一般由四伯彭春根来跳。有学者研究认为，傩神"纸钱"为女娲，他肩挑一根两端扎有红布小包的红绳出场，红布里包的黄表纸代表的是黄色泥土，有专家认为舞蹈表现的是女娲补天的传说。

"纸钱"面具棕色脸膛，扁嘴獠牙，厚实的下巴，火焰眉形，头上有两只兽角。红线被平放在地上，整个舞蹈就围绕着红线展开。相比《开山》，《纸钱》的锣鼓点舒缓许多。

"雷公"一出场，锣鼓节奏顿时变得激越迅猛，他挥舞斧、凿，腾挪，跳跃，旋转，腰身俯仰，双臂高举，上下舞动，动作炸裂刚猛，又带有些顽劣之气，似在云层间奔走翻滚，施雷布雨，润泽人间。

"雷公"的面具主色为绿，是否隐喻植物之色，自然之色？他有着比其他傩神更为尖俏的下巴，鼻子尖耸高拔，火焰眉形，除一对圆目外，额上还有一目，似有穿破云层雾障、远望千里的目力。有着呼天唤雨神力的他，是来年村庄五谷丰收的保证。据说"雷公"还能惩罚不孝，驱恶除妖，是人们心中主持正义之神。

"傩公"与"傩婆"，是最与民贴近的角色，他们诠释着人世喜得子嗣、香火延续的天伦之乐。两人都是白净面色，容长脸形，弯眉喜目，"傩婆"的嘴角斜翘向一侧，"傩公"有着长长胡须。《傩公傩婆》的锣鼓点子松弛舒缓，充满了愉悦气息，两人对舞温情而诙谐，表现日常夫妻情态。这个节目中寄寓了人们多子多福的祈愿。

《钟馗醉酒》分为《醉酒》《跳凳》，"钟馗"面对"大神"和"小鬼"，怒责、讨酒、划拳、贪杯、呕吐、瞌睡、酒醒、气愤……这个节目有着情节的跌宕转折，也有丰富的人物情绪变化，还有与观者频繁互动的环节，锣鼓点子因之变化最为丰富。

"大神"与"小鬼"的面具相似，蓝色面容，头有两只兽角，火焰眉形，额头正中嵌一小人像。细察之下，就会发现不同："大神"面容更瘦，嘴型平扁。在《钟馗醉酒》中，"大神"与"小鬼"似乎并不怎么忌惮钟馗，这位好酒的判官，与他嬉戏，趁他醉酒偷他的刀玩耍，动作间透出一股诙谐生动之息。

《双伯郎》里的杨戬和哪吒，相貌俊朗，都是朗眉星目，宽鼻红唇，白净面容。眉间多一目的，是二郎神杨戬。两人一持枪一持矛，对舞。

红脸"关公"是压轴节目的主角，他手持大刀迈着沉稳的步履出场。这位被历代君王和民间奉为"忠义"象征的神，享受着累世香火的供奉。"关公"面具红脸膛、金冠冕、绿头巾，朗目上扬，一对丹凤眼微微上翘，宽鼻、厚唇、黑须。他挥舞大刀舞得沉稳，半跪磨刀舞得庄重，手挥目送间，英豪之气沛然，如大河之静水深流。

石邮傩舞艺人的步法，称为"禹步"。晋道教学者葛洪在《抱朴子》中记载了这种步伐，传说大禹在治水时两腿受伤，只能碎步向前挪移行进。人们感激他的恩德，视之为与众不同的神圣之态。后世的巫师在仪式中沿袭这种步法。

石邮傩舞还有"单跳四方，意蕴五行"的说法，独舞者会将一组动作跳五遍，即东南西北中各跳一遍，以中间为主，暗合五行。

在口耳相传、手把手的教授中，石邮傩班的历任大伯、二伯，都谨守古训和师承，因为严谨才能一直保持原始傩舞的原生形态，避免变形走样。也因之，我们今天看到的石邮傩舞，依然保持着古拙之态、粗犷之气，将我们带回到历史的深处、时间的极远处……

画外音

十三个面具，八个节目，八位傩伯，六百年历史。

之中，最为脆弱的是傩伯，他们有生而为人的命定局限。而傩神化身于傩面具，所象征的力量、正义、公道却在一代代人的意念中，始终被敬畏，被崇信。在时间的长河中，在外在环境急剧变化的背景下，这信念依然在石邮村人那里结实而坚定。

我试图弄清这敬畏源于何，内心的恐惧，对未知的不可掌控，生存多艰，对神秘力量的屈服？几种因素恐怕都有。传统傩舞中混杂着宗教、礼制、农业社会结构、天地人伦、生死观、哲学观等复杂的因子，并非通过简单的观摩和采访可以轻易洞悉。

也是从这次采访经历中，我体会到"深扎"的真正含义——不只是说你在"现场"，还指你不是走马观花赶一场热闹，而是避开喧闹以一定的时间跨度，去扎扎实实地看、听、观察、询问，去"看见"那些甚至被当事者本人都忽略的表层下隐伏和涌动的东西，并在这个基础上形成自己的疑问，获得解答，激发思考，进行文学的提炼和表达……

我们今天看到的石邮傩舞，依然保持着呈拙之态、粗犷之气，将我们带回到历史的深处、时间的极远处⋯⋯

浩气光天

儺神廟

初如

有一种美由来已久

梦长人生短。方寸戏台，却盛载辽阔乾坤和人世冷暖。悬垂的戏服，等待一个个饱满的灵魂进入……

戏台上，她们在绵延一生的痴爱中，浓墨重彩，水袖曼舞，吟哦低唱或慷慨高歌，在一个个角色的疆域里，抵至梦境。

戏台下，她们在各自的命运里辗转，在时代的流变中沉浮，领略悲与喜之细切深阔，演绎了一出出人生如戏的生之剧目。

以凝望的方式

我与南昌县采茶剧团、与南昌采茶戏代表性传承人魏筱妹老师（艺名魏小妹）的缘分，早在中国作协定点深入生活项目获批前一年就开始了。

那是2015年秋天，我在为长篇小说《对花》搜集素材。之所以选择南昌县采茶剧团，是因为市采茶剧团办公地正在翻建，没有正式的排练场地已有一年，剧团的演出也受到影响，而南昌县采茶剧团却在行内一直有着不俗的口碑，据说年演出场数达到一百多场，且这里还有省级非物质文化遗产南昌采茶戏的代表性传承人、采茶戏名角魏小妹老师。

尤记得第一次去南昌县采茶剧团，中转了两趟公交车，约一个小时才到达县中心区的莲塘公交站台。站在早上9点喧闹的街景中，举目四望不见剧团的影子，我一时不知何去何从，问了两位路人竟然都不知剧团在哪，辗转电话联系才知采茶剧团确实不远了，只是得从一条偏路往里走。七绕八拐地，走过一段近似荒野的路段，终于，我看到了采茶剧团的门脸，简陋，甚至有些破落。

这与我听说的剧团红火景象有不小的落差，也与我此前对剧团的印象与想象不太符合。我对戏曲的记忆还停留在上个世纪80年代，十来岁的我随父母去市中心地段的剧场看汉剧演出，我的姑父和表哥都是汉剧团演员。那一晚的场景后来被我反复写入散文和小说。在我心目中，戏曲就是粉墨重彩、鼓点铿锵、如梦似幻的事物，是平凡生活难以企及的精彩。

记忆与现实、想象与真实的落差，扭转了我创作的走向。两年多时间里，我跟访了剧团从排演到演出传统剧目《南瓜记》的全过程，通过微信视频电话采访了已退休、远居上海的魏小妹老师，在她回到南昌、回到剧团后又跟访了一段时间；和剧团的老演员、刚毕业入团没两年的年轻演员采访、闲聊，我通过镜头记录他们在戏台上的身影，记录他们在戏台下不自觉的神态和瞬间，通过笔记录他们的经历和感受、他们的欢欣和遗憾。在采访中，我才了解到采茶戏演员的真实境况，他们于五十多年的时代流变、社会转型中，所经历的跌宕浮沉、荣耀酸苦、欢欣悲凉。对于他们，舞台上的光彩有多炫目，舞台下的磨砺就有多艰苦。而他们作为一个个普通人的命运，始终是镶嵌在国家、时代的整体命运之中的。特别是近三十年，随着现代化进程加快，网络的普及，生活方式的改变，城乡差异的缩小，戏曲曾赖以生存的土壤已不同从前，戏曲和很多老旧的事物一样呈现出式微之态，戏曲表演者的命运因而带有了"最后一个"

的悲凉况味。我这才发现，第一次寻找南昌县采茶剧团所走过的荒僻路径，正对应着他们的真实现状。

然而，必须承认，戏曲是我们传统文化中极富魅力的一部分，是应该被珍视和传承的一部分，之中隐藏着我们精神生活的线索和依据。近些年，国家不断加大对传统文化的扶持力度，就是旨在存续和发展优秀的传统文化因子。

基于真实的采访素材，我将长篇小说《对花》定位为"不只是写出那些戏曲表演者对艺术的痴迷与执着，还有他们在时代流变中面临一个个人生路口时做出的选择，于中展现出的复杂而微妙的人性"。我希望自己的作品"既有宏观的把握，也有微观的探测。宏观是指五十年的跨度，对两三代采茶戏演员所代表的一个群体，在时代变迁中的复杂命运的表现；微观是指对人性中明暗凸凹、跌宕起伏的准确细切的呈现"。

也正是基于采访的经历，我萌生了再写一部非虚构文本的想法，以南昌县采茶剧团为一个样本，去深入挖掘南昌采茶戏作为一个有数百年历史的地方戏曲种类的独特魅力、发展现状和未来前景，去了解、呈现、剖析当代基层戏曲表演者的生存境况，以及一个地方剧团、地方戏曲种类如何在时代变迁中承续、发展，乃至焕发出新的生命力？我盼望这样的文本，以一种对戏曲深情凝望的方式，让更多人，特别是一茬茬年轻人能够了解、珍视，甚至迷上她。

两年时间，我断断续续采访了数位采茶戏人。借江西省戏剧家协会召开大会的机会，集中采访了南昌县采茶戏传承人魏小妹、高安采茶戏名家彭金花等艺术家；在江西省第二届"汤显祖戏剧奖·地方戏曲经典传统小戏折子戏大赛"举办之际，跟踪采访了南昌县采茶剧团参赛戏曲选段《荒郊寻子》《柳氏教子》《望断关山盼郎归》的备赛过程，以及南昌市赛区初赛过程；借魏小妹老师参加公益演出和剧团下乡演出的机会，采访了南昌县剧团的老中青三代演员郑元昭、刘小燕、李丽芳、黄水玲、涂雅静和剧团团长周天兵等。他们在排练场洒下的汗水，他们在舞台上的一颦一笑、一转身一亮相，他们在乡村土台上被寒风吹动戏服的身影，他们在台下细细磨戏的投入神态，他们一说起戏曲那眉眼、眼神和面容就立马"入戏"的模样、他们谈到戏曲的前景真诚而充满忧患的眼神……都留存在我的相机镜头和记忆中，也化为我创作的脉流。

在 2016 年 9 月 17 日的采访笔记中，我写下这样一段感受："戏曲依然是慢质的事物之一。正因为慢，我选择了关注它。南昌县采茶戏名家魏小妹说，演员一出场一看脚底功夫，就知她（他）功底深不深。今天扎扎实实看了一天排练，演员一走步、一亮嗓，一展身姿，一舞手势，一甩水袖，连我这个外行都看得出，你究竟在台下下过多少苦功夫。流过的汗耗费的心力，都在舞台上真实无虚地呈现……也因之，戏曲舞台是来不得虚与假的地盘儿。其魅惑力，足以让痴者痴一生。"

正是因为戏曲独有的魅惑力，让我一再渴望走向她，走近戏曲表演者，并以文学的方式去表现……

她与戏，此生此世，两不弃

2015 年 11 月至 2017 年 11 月
多次电话采访、跟访魏小妹

2017 年盛夏，无意中在地铁上看到一段视频。先是那咿咿呀呀的唱腔引起了我的注意，这唱腔已是如此熟悉。越过拥挤的人群，我望向地铁上的车载电视机，是魏筱妹（艺名魏小妹）老师！

我目不转睛地盯着屏幕，视线不时被人遮挡，片子看得断断续续。一个关于她的短视频。当晚，我微信联系远在加拿大女儿家中的她，从她那儿得到了完整的视频，独自看了几遍。

《有一种非遗，叫人人都离不开这出戏》，在视频的开头，一阵铿锵的锣鼓点子由强渐弱，魏小妹老师的画外音响起：

"有人说，唱戏的人是疯子，看戏的人是癫子。唱戏的人要把戏演得炉火纯青，看戏的人明知是假戏，却要把它当成真。我觉得我的人生就是一场戏……"

她这个唱戏的人，早已模糊了生活与戏台的边界，明知道自己演的只是一出出戏，却当了真，当作真实的人生来对待，来投入，来倾情。

在视频中，她说——

"这样的苦能吃吗？能吃。所以说，你想做好一个演员，你的什么东西都要比人家吃苦在先。既然选择了戏曲作为自己的事业，那么就注定了在事业的道路上少不了辛酸和磨砺。既然自己对戏曲事业如此痴迷和忠诚，那么就没有什么辛酸磨砺是不可克服的。"

"我是第一代传承人，我们的采茶戏下面还应该有传承人，那我就应该为了这个目标，在这里为了这些年轻的演员，帮助他们，使他们来继承，来传承南昌采茶戏。"

"这是老祖宗留下来的艺术，应该传承下去。这种热爱艺术的精神，更应该传承下去。"

在了解了她的大半生经历，和她对戏曲的情感之烈度后，这番话在我听来有了更深切动人的意味。

从 1959 年 11 月，不到十三岁的她进入南昌县采茶剧团，至今已经唱了五十七个年头的戏，她早已将真实的人生与虚幻的戏曲打混，搅拌，融汇在了一处。因为在 2008 年被评为江西省省级非物质文化遗产——南昌采茶戏的代表性传承人，魏小妹老师在七十一岁高龄，依然参加剧团的演出。她也从不摆架子，只要能唱就会上台。她说她想一直唱下去，直到上天还允许她唱的最后一天、最后一刻。

她与戏，此生此世，两相成全，两不相弃。

2015 年年底，我第一次联系魏小妹老师，通过微信电话与远在北京大女儿家的她聊了一个多小时。次年 5 月，她陪重病的老伴回到南昌，悉心陪护了三个月，在夏天失去了相伴大半生的亲密老伴。生性开朗的她，在熟悉的生活环境和朋友身边，重新开始与戏曲朝夕相伴的生活，逐渐熬过了那段悲痛的日子。

两年时间，我们见过多次，在演出现场，在排演现场，在她家里。她时而是一个浓墨重彩的舞台上的演员，时而是一个穿着家常服在台下指导年轻演员的老师，时而是一个乐于厨事会做出一桌可口饭菜的长者。我见过她在舞台上挥洒自如地扮演一个个戏曲人物，令台下观众沉醉。也见过她在化妆间为了遮住眉眼间的皱纹和脸上的老年斑，不得不用束带提拉额头和眉眼，加厚粉底，来画出更美丽的舞台妆容。衰老是无法抗拒的事情，尽管魏小妹老师有着远比同龄人白皙、亮丽的容貌，可和年轻人比起来，和自己年轻时比起来，她不由得对着镜中的自己喃喃低语。岁月真是不留情面，于不经意间改写了人的容颜、臃肿了人的身形，舞台妆容不复有年轻时那般光彩照人、靓丽美艳。可上天又是仁慈的，依然让魏小妹老师保留了亮丽的嗓音，加上年深月久所积淀的韵致、成熟的味道，又构成一种独特的他人难以模仿的舞台魅力，依然令台下的老观众们情不自禁地鼓掌，喝彩，念念难忘。

2017年2月15日，我和时任市非物质文化遗产办公室主任的王永鸿，应魏小妹老师之约，去南昌县展演中心观看南昌采茶剧团的专场演出。

那时，我已跟访她一年多时间，彼此有了更深的了解与互信。

我在后台拍摄演员们上妆的一个个瞬间。在演出即将开始前，我转去观众席，在经过舞台一侧时，无意间瞥见的一幕让我忽然间眼眶潮热，内心充溢一种感动的情愫。第二天，我忍不住写下了一段文字——

曾在散文《旧红》中写道："……一次散步时，我与这一群老者偶遇。我从他们开始真正认识京剧。拖腔缓板间，抑扬顿挫间，竟有说不出的铿锵与苍凉，直逼心扉。

"我习惯于聆听，目光无声地流转，看时光如何缓慢而坚定地，爬上一双青春白皙修长的手。它在简简单单的弓弦上峥嵘多年，斑驳的破纹与青筋，渐渐覆盖了当年的稚涩与清新；看时光如何细致地，点染一帧美丽光洁的容颜。一次次洗净浓酽的油彩，妆水斑斓，直至细褶密入肌理，再精湛的妆术也无力抹平。

"……偶有清风，将他们的音韵散播得很远。声音和气韵尚在，铿锵处还是铿锵，低回处还是低回，丝丝缕缕，穿透岁月染尘的幕布，在无数个润洁的清晨，激情四溢地萦绕，缠绵。"

化妆间里。悬垂的戏服，等待一个个饱满的灵魂进入……

三代采茶戏演员对镜上妆，身影交错，互映，叠覆在一起……有时，她们互妆，年轻的面容与年老的面容近在咫尺，都为厚厚的油彩所覆盖，而她们的灵魂在这幻美的面具之后，那么亲近地交融在一起……她们彼此相认，她们，是同一频道的人。

演出即将开始前，我们准备去观众席，无意中瞥见空旷得只有灯光的舞台上，魏老师以演员特有的轻巧碎步走过去，挪了挪道具的位置。这一幕让人猝不及防，光影如斯，孤寂如斯，属于一个舞台的绚烂和锦绣尚被一道猩红的幕布遮蔽，可它属于一个老演员，她的一生隐现其中……

惜乎那帧背影未能被抢拍下来。

魏小妹老师似乎有种天赋——开开心心过一辈子。每次见到她，她都是兴兴头头，舒展的眉眼间充盈笑意，于不知不觉中将你感染。似乎再大的愁与苦，在她那里都不算多大的事儿，而一亮开嗓子，摆好身姿，她立马像换了一个人，已经融入骨髓的戏曲味道充盈在眉眼间、手指上、身段里。

她的多年闺蜜郑元昭老师，也是采茶戏演员，在退休后被南昌县采茶剧团聘为导演。两人的家很近，常常同进同出，有时郑老师干脆就住在魏老师家，一起切磋戏艺、畅聊戏曲，成了这对资深闺蜜的日常。

2016年9月19日，我约了采访郑元昭老师，魏小妹老师亲自下厨，留我在她家吃午饭，她又叫来自己的学生、南昌县采茶剧团的新一代当家花旦刘小燕，让我趁便采访她。魏老师的电脑里存了不少她唱戏的视频，这次得以一饱眼福、耳福。

在我们忙于采访、听戏的时候，她一个人乐呵呵地在厨房里忙碌。至午间，笋片炒肉、炒豆角、酒糟鱼、炒南瓜、丝瓜汤、西红柿炒蛋、清炒豆苗几样菜摆上了餐桌。席间还有她的弟妹，桌上的蔬菜都是她弟妹自己种的，纯绿色。她与弟妹的关系看起来十分融洽和谐。

后来又尝过一次魏老师的手艺，那是在我的长篇小说《对花》出版后，我想给她送书，电话那头的她热情地说，"快来，快来，今天刚好是团里的新戏《打金枝》连排。"在现场担任场外指导之一的魏小妹老师还忙于另外一件事，给几个主要演员、乐师做连排结束后的午饭。老人睡眠少，一大早她就将一锅猪蹄炖上了，一大盆蒸腊肉也上了锅，该理的菜她都趁空理好了，十来人的午饭全是她在操持，连排结束大家去给她帮忙，她利落地架锅点火，很快一桌菜就妥当了。

从郑元昭老师那儿，我得知她马上要去远在加拿大的女儿家，这一去就是三个月，临行前她想请大家吃个饭。席间，多是可以做她儿女辈的年轻演员，还有一对年轻乐师，魏小妹老师对他们的关爱，是她一辈子对戏曲痴爱的一部分，这个老戏曲人心心念念着有年轻人将采茶戏传承下去，使之兴旺起来。

魏小妹与戏曲的一辈子的缘分，得感激两个人——姑姑和小学班主任。

初懂人事、对一切还懵里懵懂的她，常被大她七岁的姑姑牵到南昌市李家巷的老越剧团去看戏，那时她还不知这对于她一生具有多么重要的意义。

当年买一张戏票只需要一毛钱，有时还可以赊账。她和姑姑看得最多的是越剧，姑姑是个戏迷，看得多了也会哼上一两句。对于魏小妹而言，这就是戏曲的启蒙。

六岁那年于她是个分水岭。母亲生养了九个孩子，魏小妹排行老四，家中孩子太多，实在是没有办法，父母将她送给了曾喂她奶、十分疼爱她的奶妈，由父姓洪改成了奶妈的姓魏。从城市来到农村，生活环境发生了巨大的改变，小小的她有过不适应，好在奶妈非常疼爱她。奶妈不舍得让亲生女儿上学，却将魏小妹送进了学堂，她

❖ 有一种美由来已久

说"这孩子聪明，不读书可惜了"。魏小妹渐渐和村里的孩子玩在了一处，曾经在剧场里看过的戏，成了她给小伙伴讲故事的资源库。

小学班主任是一位音乐老师，知道她嗓子好，爱唱歌。初冬时节，老师被调到南昌县采茶剧团（原县京剧团），将魏小妹和两个女孩一起带到剧团。剧团刚刚以打擂台的方式从业余剧团招收了一批小演员，已经集训一个月，魏小妹这个较晚入班的学员进步却快。每天他们吊嗓子、拉顶、下腰、串翻身、鹞子翻身，魏小妹最吃得苦，从排练厅这头"唰唰唰"一连串的跟头翻到那头，有学员翻到那头了就偷懒歇一阵子，她却不肯歇，又"唰唰唰"翻回去，再翻过来……有老演员问她，"小妹啊，你累不累？"她乐呵呵地答，"不累！"

十二岁的她在剧团拿到了第一笔工资，心里颇为自豪。十五元的月工资，向剧团交一天三毛钱的伙食费，每月她可以省下五元，都交给养妈。

渐渐地，团里有怀孕的演员来找她，有家里出了急事没法参加演出的演员来找她，"小妹，这个你能帮我顶一下吗？"魏小妹乐滋滋地答应，她迷戏，珍惜一切上台的机会。排练时，她早已将那些角色的唱词、身段都记在了心里，临时顶场，她一点儿也不怯场。后来，剧团领导也知道了她啥角色都能顶，有谁临时上不了场，就问她，"小妹，你能上吗？""行！"魏小妹爽爽快快就一个字。

从丫鬟、书童到小姐，再到夫人，属于魏小妹的舞台渐渐广阔起来……哪怕是戏里最不起眼的丫鬟，魏小妹也会认认真真地演，"角色没有大小之分，只看你演得好还是不好。"多年后，已经成为南昌采茶戏传承人的魏小妹将这句话说给年轻演员听。

十四岁那年，魏小妹被送到省采茶剧团学习一个月。回到县剧团，赶上排练全本《刘三姐》，这次魏小妹担任主角。剧组在新生纱厂（现南昌化纤厂）厂房封闭式排练，大家跟着唱片学戏。每天靠豆腐乳下稀饭，可魏小妹一点不觉得艰苦。只是她的嗓子不争气，扁桃体发炎，哑了声。恰好县委书记和剧团团长来看望大家，得知情况后忙叫司机将她送进了医院，医生说得手术，可书记和团长已赶回去了，没有人签字就没法手术，魏小妹百般恳求医生，将医生磨得没办法，让她自个儿在手术风险承诺书上签了字。手术后的头晚，喉咙里火烧火燎，吞口唾沫都疼痛异常，才十四岁的魏小妹将头蒙在被子里，偷偷地哭了半宿。她渴望登台！

魏小妹很快回到了舞台。还没发育完全、非常瘦弱的她，需得在服装里面垫上假胸。演出很成功，她这个刘三姐一下就被观众记住了。之后剧团又排演了《梅香》《啼笑因缘》，她是《梅香》里的A角，是《啼笑因缘》里的沈凤喜。看演出效果好，剧团沿安义、高安、上高、奉新、萍乡、分宜、宜丰、湖南长沙一线巡回演出，年纪小小的魏小妹以出色的舞台表现，让很多观众记住了她。她给自己定下目标：三年赶上陈明秀，五年赶上邓筱兰。陈明秀和邓筱兰都是当时的采茶戏名角，为了看她们的演出，魏小妹常常坐在别人的自行车后座上，去市区广润门的省采茶剧院看戏，一来一回四个小时。有一次，不小心从自行车上摔了下来，身上那件团长给她做的新棉袄都给摔破了。

1964年，十七岁的魏小妹在《绿洲红哨》中扮演党支部书记，被当时宜春专区宣传部部长李春盛一眼看中，点名将她调入安义采茶剧团《马不停蹄》剧组，让她扮演黄英一角。这部戏后来参加江西省现代戏会演，魏小妹开始在省内崭露头角。

在高安时，魏小妹遇到了后来与她亦师亦友的高安采茶戏名角彭金花。2016年8月26日，江西省剧协在南昌召开代表大会，我在南昌七星商务宾馆采访了魏小妹老师。彭金花老师恰与她同住一屋，两位老艺人还特地现场唱了几段，让我一饱耳福。她俩的友谊，也是历五十多年而不减。

十年动乱年代，戏曲受到冲击，被视为"四旧"而遭到了封杀。剧团的古装戏服都被装箱封存起来，剧团里整天唱革命歌跳革命舞。样板戏盛行，魏小妹还年轻，虽然迷恋演古装戏的好时光，可环境使然，她也就跟随形势唱起了样板戏。她唱《红灯记》里的李奶奶，唱《沙家浜》里的沙奶奶……魏小妹渐渐意识到自己只有大嗓没有小嗓，年纪轻轻不能总唱老旦，怎么办？练！

她跟着一位拉胡琴的老师练小嗓，渐渐地掌握了发声技巧，大嗓小嗓都能唱了，老旦李奶奶、沙奶奶她唱，铁梅、江水英、柯湘也唱。出演《海港》时，她轻松自如地完成了方海珍的几段高难度唱段。

有两三年，剧团呈无人管理的状态，大家都如散沙慢慢熬着时光，这时魏小妹谈起了恋爱，与剧团里唱老生的演员万长顺相恋了。后来，他们携手走过了大半生。

进入上个世纪70年代，剧团才渐渐恢复日常排演。1972年剧团排演《龙江颂》，1974 年排演《杜鹃山》《江姐》，1978 年排演《秦香莲》，1979 年排演《方卿戏姑》……现代戏也好，古装戏也罢，已历练成熟的魏小妹都拿得下来，撑得起来，成了剧团的台柱子。

《杜鹃山》公演时，她扮柯湘，在莲塘演出非常成功，剧组又趁热打铁到景德镇、鄱阳、弋阳等地去巡演，票都是一卖而空。在景德镇时，一连演满九场，观众场场爆满。平时，剧团也常到江西纺织厂演出，台下的女工们对魏小妹扮演的江姐格外关注，喝彩连连。对于戏曲演员来说，观众的掌声、喝彩声，无疑是最好的褒奖，之中盛满了属于一个戏曲演员的幸福。

很多年后，当年的年轻观众已经迈入老年，他们成了资深戏迷，可是聊以慰藉戏瘾的机会已经锐减，偶尔的一场演出，他们总是不辞辛苦地赶去。在他们的记忆中，都镶嵌有"魏小妹"这个名字。

2016 年冬，魏小妹老师在南昌城区有一场演出，《戏传城音韵兮归来——南昌采茶戏泰斗魏小妹戏曲专场》，她唱了《梁祝》中《楼台会》和《方卿戏姑》中的《绣房会》唱段。

舞台很小，观众也不多。我到得晚，刚好旁边坐着一位老妇，从头至尾，我都能听见她在小声跟唱，甚至有时她比魏小妹老师还更早吐出唱词，可见是位老戏迷。

演出间隙，她告诉我，从小就喜欢采茶戏，看过魏小妹老师的演出，自此不能忘。那些经典的传统剧目，她反反复复听，听着听着就熟悉了，能跟着唱了，有些唱词熟到脱口而出的地步。

无独有偶，在 2017 年 2 月看完南昌县采茶剧团专场演出后，返回市区的路上，我和王永鸿不约而同发了微信朋友圈。很快反馈就来了，出人意料地热烈。有人说这是魏小妹老师吧，我妈妈特别喜欢听她的戏。还有的说，小时候公社戏台唱大戏，有魏小妹老师，结果那晚看戏的人太多，阁楼的地板都被人踩塌了。还有一位我过去在杂志社的同事小徐，留言说"可不可以将我的娃送去学戏啊，我妈妈喜欢看戏，可惜我不会唱，我想娃学了可以唱给外婆听……"她的大娃四岁，小娃还没满一岁。这留言让我想笑又感动。

忽然间发现，那自历史深处延续而来的传统艺术，那咿咿呀呀缓慢节奏的唱腔，原来还有那么多人在想念，在惦记，在痴爱。我将这些反馈一一转给魏小妹老师，我想，那晚于她也是一个庆典，不亚于她被评为南昌采茶戏代表性传承人的那一份荣耀吧。

魏小妹老师有两个女儿，其中一个后来也与戏曲结缘。1975年夏天，魏小妹怀着二女儿，已经七个月了，她还在台上演出现代戏《神椅子》，扮演女民兵干部的她用皮带束腰，肚子自然遮不住，好在观众们都知道她怀有身孕。孩子刚刚满月，她又登台了。那时候真有股子不管不顾的劲儿，就是想登台，想唱戏。

老伴在剧团唱老生，老实和善，能吃苦。两人的家境都不好，两个女儿陆续出生，生活上并不宽裕。1975 年，二女儿刚满月，剧团集体下到农村进行社会主义路线教育，魏小妹和老伴没说二话，用桶挑上杂物，带着两个孩子去了农村。

村里人不让剧团演员干重活，不让他们插秧、挑土，只叫他们在大家歇工的时候给大家伙儿唱上两段戏。戏，是辛苦劳作之后最好的慰藉品。

恰逢县委书记下乡调研，魏小妹找到他，"书记，乡亲们不让我们劳动，让我们演戏……""演呗！""演戏需要钱……""给呗！"县委书记答应得爽快，整个剧团又拉回了莲塘县城，开始排戏。县委书记没有食言，一万元专款很快拨下来，"钱给你了，戏一定要排好！"魏小妹在县委书记面前打了包票。

经过再三考虑，选定的剧本是话剧《八一风暴》，魏小妹在剧中演女特务，剧团的职工全体上阵。大家兴头很足，可演话剧很多人没什么经验，这台戏排起来比想象的难多了。魏小妹既然向县委书记做了保证，不管多难都得咬着牙坚持下去。戏排到一半，钱不够了，魏小妹又去找县委书记，追加了五千元。书记和她开玩笑，"你这么能干，应该从政……"魏小妹一笑，"我啊，只会演戏！"

终于《八一风暴》公演了，在南昌县的莲塘影剧院。可以容纳一千六百多人的剧场全坐满了，县委书记也来了。演出轰动了整个县城。在那个年代，观众已经很久没看到这么精彩的剧目了。

动乱年代结束，空气回暖，百业待兴，属于戏曲的春天似乎来了。每年，魏小妹都会到南昌城里演戏，在中山礼堂，《梅香》《罗帕宝》《方卿戏姑》《牙痕记》《状元与乞丐》……场场爆满。戏迷们有的举家来看戏，还有的从吉安、抚州赶来看她的采茶戏。1982年，魏小妹在采茶戏《状元与乞丐》的《双教子》一段中饰柳氏，参加"江西省青年演员调演"，获得了"优秀青年演员"称号。

那一时期，剧团红红火火，有六十多人，一年下乡演出三四百场，有时忙不过来就分成两个队演出。

1984 年，魏小妹被推上了剧团团长的位子，她知道唱戏人的酸甜苦辣，尽力帮职工解决实际困难。剧团小生演员两地分居，她跑上跑下让两夫妻得以团聚。谁家有困难，她这个团长一定是想尽办法给解决。但戏台毕竟不同于社会这个大舞台，管理一个人员众多的剧团并非易事。干了一段时间，魏小妹深感适合自己的还是舞台，是唱戏，而非行政管理工作。就在她生出辞职的念头、还没付诸行动时，一个转折突然到来。

全国性的剧团改革从上个世纪 80 年代初就开始了，那时强调"减"字，减剧团，减编制，减经费，但从上至下施行，对县级剧团的影响还不是很大。1986 年，王蒙担任文化部部长后，提出"双轨制""分散决策"，剧团可以由政府办，也可以民办，剧团自负盈亏自生自灭……

魏小妹担任团长没多久，就赶上了这一波大震荡。剧团面临的生存压力蓦地增大，而这副重担压在并没有太多行政管理与经营经验的魏小妹身上。那是至为艰难的一年，演员们面对剧团体制改革有种种的不适应和不满，这些又成为无形的压力转加在魏小妹身上。饭碗变得不再牢靠，很多演员不想继续在剧团待了，有本事、有门路的人纷纷去了县城建局、审计局、商业局，剧团一下子走了二十多个人。魏小妹没办法，在团里出台一个新规定，不再随便放人。一个主要演员急于调走，新规刚出台，一旦松口这新规就成了摆设，魏小妹不肯松口，那个演员拿着一瓶农药来找她，"不放，我就喝药！"最后，人还是走了。后来，魏小妹才知道，那瓶子里装的并非农药。

剧团人员锐减，角色不全，只能排点小型戏勉强维持，人心也涣散了。对此深感无能为力的魏小妹做出了一个决定。她写了一份辞职报告，放在了县委组织部部长的办公桌上，请求辞去团长一职，专心当演员，唱她的戏，让更有能耐、更合适的人来当团长。

担任名誉团长的魏小妹，得以从管理职务中抽身出来，可以一心一意唱她痴爱的戏。1988年，在南昌地区采茶戏中青年演员会演中，年已不惑的魏小妹最后一个上场，演《对菱花》。大幕开启，病榻上的曹芳儿听到丫环来报弟弟得中头名状元，一句韵白"好哇——"，高亢婉转，韵味悠长，顿时赢得掌声雷动。她获得了全市一等奖。赛后，当时的南昌市委宣传部长徐月良在《南昌晚报》发表文章《多出几个魏小妹！》。

1989年，在江西省第二届玉茗花戏剧节上，魏小妹以一出《白玉兰》获得"主演二等奖"。魏小妹的名气越来越大，她在传统剧目《方卿戏姑》《排环记》《秦香莲》《蔡鸣凤辞店》中扮演的女性角色，成为观众心目中经典的采茶戏形象。说起这些剧目，人们就会想起魏小妹。

魏小妹的小女儿1986年就进了剧团，当时她才十一岁。母亲对着魏小妹哭，说她这么小就让她去赚钱，你们唱了一辈子戏还没唱够啊，还让女儿接着唱……魏小妹无言以对，她对戏的痴迷于无形中被女儿继承了，她深知一旦迷上，任人怎么劝阻也是枉然。虽

❖ 有一种美由来已久

然属于戏曲的好时光似乎已经一去不返，虽然女儿本应是在学校读书的年纪，但女儿执意如此，她亦是无法。女儿进团后，剧团却一直没有编制，只能边做些杂物边学戏。1998 年，小女儿考取中国戏剧学院，毕业后在上海戏剧学院任教，终是与戏曲结缘一生。而回过头去，在剧团的那几年，于她的生命成长也有所裨益。

剧团的情况让人越来越揪心。

上世纪 90 年代全国大小剧团改革，推行聘任制，院团长有权决定聘与不聘，演职人员也有权受聘或不受聘，都不违法，但这必然会有些演职人员不被聘或不受聘，由此出现了各种各样的矛盾。很多剧团再一次陷入困境。南昌县采茶剧团也未能幸免。

在魏小妹之后，剧团又经历了两任团长，有外调来的干部，也有剧团的老员工，他们想干一番事业，可大环境使然，戏曲处于不景气的光景，剧团内外交困，大量人员外流，角色不齐全，导致演出质量下降，职工们提不起精神，无心排戏，只是挨日子过。剧团一派萧条景象。

看到剧团的现状，魏小妹和老伴心里发疼。他们在剧团二十多年了，他们热爱戏曲，希望剧团能红红火火，兴兴旺旺。有朋友建议魏小妹调到市采茶剧团，她心动了，找到市文化局局长，局长干脆利落地回了两句话："你们剧团解散了，我要你；你们县里肯放人，我要你。"

魏小妹心里踏实了，揣着这颗"定心丸"去找县长，本来是为自己调动的事，可说着说着动了真情，她从剧团的历史说到剧团的现状，如今的剧团到处破破烂烂，练功房透风撒气，宿舍上漏下湿，演员哪能安心排戏演戏？她不是为自己一个人在哭诉，而是为了剧团的职工们在申诉，"那些唱了一辈子戏的老人，难不成真让他们去摆地摊。他们像鱼儿离不开水一样，离不开戏。再说了，如果我去摆地摊，这县里的人可都认得我……"

一番哭诉，让县长坐不住了，"走，去剧团看看！"县长到剧团一看，果真像魏小妹说的，冷冷清清。一行人走到练功房，巧得很，吊在屋顶的一个电风扇"咚"一声砸了下来，仿佛剧团人闷声的呐喊。县长决定召开现场办公会，立刻，现在！各个局的负责人被叫来，"以前我们是谈物质文明建设，今天我们来谈精神文明建设。县采茶剧团有过辉煌的历史，但现在破破烂烂，一年也演不了几场戏，人心都散了，我们今天就来谈谈怎么帮剧团'起死回生'……"

在现场办公会上，议定拨款 15 万帮剧团改善条件，拨 15 个新编制，让剧团招兵买马充实演员队伍，同时面向社会招聘团长。

1994 年 7 月 4 日，通过公开招聘的团长周天兵正式走马上任。他，本是剧团的演员，唱小生，各方面能力都比较强。上任前，周天兵立下了军令状，他每月的工资扣押一部分在文化局，视年度工作成效决定是否全额发放。

剧团的人之所以将这个日子记得这么牢，是因为 2004 年 7 月 4 日，周团长将剧团的所有员工带到香港"开了下眼界"，以此作为他任团长十年的感恩回报。

周团长上任后，首先是招人。新一批年轻演员进团，县长来剧团看望青年演员，对他们说："你们是魏小妹哭来的！"招生考试主要看嗓子、看个头、看扮相，这批年轻人中有不少人根本不会唱戏，压根儿不知道怎么唱戏。剧团请来省京剧团的老师，对他们强化训练了半年，他们就开始边上台演出边学习唱戏。越过二十年，他们中的很多人，成了南昌县采茶剧团的台柱子。

周团长上任后还拿出了一项新举措——集资，每股两百元，各人可买多买少，这笔资金用于剧团的发展建设，如果效益好，年终可以分红，而且剧团赚到了钱，就会将这笔资金还给职工。那时，人们的头脑里还没有集资的概念，开始大家都持观望的态度，可想到剧团就是自己的"家"，"家"遇到了困难需要大家出力，作为这"家"里的一分子，哪能袖手旁观？剧团的兴衰，可是与自己息息相关。大家都是上有老，下有小，家庭经济并不宽裕，但都拿出了钱，后来，随着剧团向好的方向发展，职工们都分了红，也收回了本金。

进入上世纪 90 年代中期，下海潮在中国大地汹涌澎湃，大量内地人奔赴南方去"淘金"。剧团急于摆脱半死不活的状态，周团长顺应当时的形势，将演员分成两队，一队留守县城，继续排演采茶戏；另一队南下广东，到南方演出，走市场。剧团和广东当地的一位老板合作，开始是在公园演出。

南方赚钱快，但也不像大家最初想象的那么容易。南下的演员们根据市场需要临时排演了不少节目，但不是采茶戏，而是挑花篮、猪八戒背媳妇等受市场欢迎的节目。魏小妹的女儿当时就是南下部队中的一员。

留守的一组由副团长刘小冬带队，魏小妹和老伴都是采茶戏队的演员。没有了生存压力，可以一心一意排演想演的节目了。春节期间，乡村来请去唱戏的非常多，他们一个点一个点地赶场，忙得停不下来。那时一场采茶戏演三个小时，报酬是五百元。

2001年，有人慕名找来南昌县采茶剧团，提出想拍光盘。来人是中凯音像公司的，他们去江西省文化厅打听"谁唱采茶戏唱得好"，得到的回答是"那当然是魏小妹！"。

剧团的人意见并不一致，但周团长拍板，"拍！如果人家看了光盘还想看真人，肯定会慕名而来，这是大好事。"

剧团上下一心，筹备、赶排、拍摄、制作了《方卿戏姑》《蔡鸣凤辞店》《金莲送茶》《贤德记》《渔网会母》《秦香莲》等传统经典剧目。这批光盘提升了演员的知名度。十多年后的今天，在网络飞速发展、覆盖全球的新时代，只要在网上点击搜索"南昌采茶戏"，就能找到由魏小妹老师等南昌县采茶戏演员出演的这几部经典剧目的视频，无论你身处地球的哪一方位，都能欣赏到。

2002年，魏小妹从剧团退休。一度，她想告别戏台，安心回家与家人颐养天年，可戏台却始终在召唤她，而她也心心念念这一方戏台。用她的话说，"我的魂在剧团，在戏台上"。

2008年，由南昌市、县文化局申报，魏小妹被评选为江西省省级非物质文化遗产——南昌采茶戏的代表性传承人。这荣誉不只是一道光环，也意味着一种责任——作为南昌采茶戏这一古老艺术种类的传承者，自然有责任有义务让更多的后来者学习到采茶戏的精髓，使之叶叶生发，花开璀璨；同时也是一种精神的传承者，这精神于任何时代都不过时，似一抹光亮，照亮烦琐平朴的生活、漫长曲折的人生。

而今，魏小妹依然不时在戏曲舞台上亮嗓，用她纯熟精湛的表演征服观众。

安居一个小而雅致的县城，安守一方小小的戏台，安于平朴简单的老年生活，魏小妹用一辈子的时光，来珍惜自己与戏曲的缘分——两相成全，两不相弃。

"演员一出场一看脚底工夫，就知她（他）功底深不深"

2016 年 9 月 11 日 阴、小雨

南昌县展演中心

今天在南昌县展演中心观摩南昌县采茶剧团排练备赛的三个节目。

此次备赛的是江西省第二届"汤显祖戏剧奖·地方戏曲经典传统小戏折子戏大赛"，三个节目都是由县剧团的演员自己选报，全是女将。剧团全力给予支持。

最先排练的是《疯癫寻子》选场，表演者是剧团年轻演员刘小燕。2016 年她在江西省优秀青年戏曲演员大赛中获得一等奖。一出场，她的一趟圆场和亮相的身姿，就让人惊艳。

乐曲一响，坐在我旁边的魏小妹老师，手就不由得打起了拍子，

嘴里也低声哼唱起来。她边看边向我介绍，刘小燕的功底练得很扎实，她个子高，身形瘦而圆润，圆场特别漂亮。

"演员一出场一看脚底工夫，就知她（他）功底深不深。"圆场要求演员有很强的身体控制力，"内紧外松"，一股气须得提起，绷紧，外在看来优美自如，如行云流水，内里却是紧绷着，"气往上提，千万不能泻，脚往下压，跟落地，身子不能晃，像头上顶了个气球，却不飘不移，始终稳稳地落在头上……"

最初是魏小妹手把手地教刘小燕基本功，后来她又跟着省文艺学校的老师学，再后来剧团办采茶戏班，她考进班里扎扎实实学了五年，功底非常厚实。

导演郑元昭对《疯癫寻子》（又叫《拷打红梅》）选场进行了改编，使之在二十分钟内可以尽显演员唱念做打的功底。也因之，表演的难度非常大，一开场没多久，刘小燕的家常练功服就汗湿了。

没出场之前，先是亮一嗓，"天荒荒……荒啊……"。之后圆场，亮相。云步、点步，表现跋山涉水，山路崎岖。在林中误认牧童为儿子时的娇嗔痴态和发现他并不是自己孩子时的震惊悲痛，形成情感的鲜明比对，刘小燕表现得十分到位。

"戏台上唱念做打是一方面，另一方面角色还不能'故作'、'死作'，要演'活'来……如果这角色你自己没演活，能指望观众服气吗？"魏小妹老师这番话让我对戏曲有了更深的理解，原来在程式化的表演中，也离不开演员对角色的理解和个性化诠释。自古那么多传统剧目，唱词差不多，动作差不多，情节差不多，可不同的人来演来唱，打动观众的程度却不一样，也因之形成了不同的流派。

❖ 有一种美由来已久

就以江西采茶戏为例，最早起源于赣南地区，由民间的“花灯”“十二月采茶歌”等演变而成，后来分成几路向外发展，在江西省内形成了赣东、赣西、赣南、赣北、赣中五大流派，出省后传至闽、粤、湘、桂等地，形成风味各异的分枝。南昌采茶戏属于赣北流派，兴起于清道光年间，至今有近两百年历史……戏曲表演靠一代代戏曲人口耳相传、灯灯相续，其表演的不确定性，又极易导致流失、变形，以及古典韵味的丧失。南昌县采茶剧团一直走在尽力保留传统味道的路上。

天热，剧场里也闷。导演、演员、乐师不时停下来讨论，调整，以求最佳舞台效果。一段高强度的排练结束，没上妆的刘小燕已是一脸红霞，双手扶腰，这场戏体力耗费极大。

我看得如痴如醉，魏小妹却告诉我，刘小燕的唱相比于做功还是弱了一点，特别是开嗓的那一声，中气似不够足，还有戏中几段唱，可能是体力不济的原因，也不够让人满意。好在还不是正式比赛。

刘小燕唱完一遍，剧团团长周天兵和魏小妹交流，他觉得有三个问题：导板头没处理好；圆场应该由慢渐快；听得崽死了，反应不够强烈。

第二个排练的是李丽芳，唱《梅香》选场。

李丽芳的优势是嗓子好，但身段和做功欠了点。她这场戏似乎还没完全编好，边演边琢磨，而她自己似乎颇有主见，与导演郑元昭的配合没有刘小燕那么默契。

戏中有画外音，孩子哭声，还没有落实到人。排完，魏小妹的评价是"断断续续，显得不够完整圆熟"。剧团的副团长胡美金也说"有些散了"。

此时已近中午，剧团的工作人员就地一份盒饭填饱肚子，然后继续排练。

第三个排练的是《柳氏教子》选场，扮演者是年轻演员黄水玲和涂雅静。涂雅静是新招学员中的一个，扮相显小，正好借这戏磨练磨练。

"戏中没有小角色。哪怕只是个牧童，只是个书童，都要好好演。""不要为了美塑造人物，要挑生僻的角色去塑造。"魏小妹老师说她十几岁时，参演《三世仇》，演的农民庆祝解放，她演群众，偏不演扎两小辫的姑娘，而演带髻的老太婆，就是这么个不起眼的角色，她偏要演得让观众、专家忘不掉。

2001年刘小燕演《秦香莲》中的宫娥，四个宫娥之一，魏小妹教她"站有站相，坐有坐相"，站在台上那个"精气神"很重要。结果刘小燕被省赣剧团的老师一眼发现，魏小妹将刘小燕带到老师面前，"翻几个前脚给老师看看。"刘小燕连翻几个，自此进入了赣剧团老师的视线。

这场戏先期磨了很久。《柳氏教子》魏小妹演过，黄水玲为了这场戏几次到魏小妹家去学戏，磨戏。她唱功好，但有个弱点，不会用腰，排戏时导演郑元昭就用手扶着她的腰，给她纠身姿。这段戏主要突出的又是唱功，以情感的起伏打动人，传统、朴实、生动。

黄水玲和涂雅静的配合很默契，整场戏已经比较完整成熟，只纠了几个细节，比如剪刀摆在哪里更合适，孩子跪的角度……后来这场戏在南昌赛区选拔赛中入围，是三个节目中唯一入选的，在全省决赛中也拿到了二等奖。

扎扎实实看了一整天的排练，我这个看戏的人都觉得累，更不用说唱戏的人。

刘小燕下了舞台，候场的时候，歪在椅子上睡着了。看起来只是一个容貌姣好的普通女子。刚刚在舞台上忽嗔忽怒忽笑忽哭、眉眼间神采奕奕的她，脸上的潮红渐渐退去，舞台的光亮也从她身上褪去了，但我还记得她在舞台上的样子，恐怕会一直记得……

"上妆后，汗不会发亮，眼泪会，灯光下闪闪发光"

2016 年 9 月 19 日 晴天

魏小妹老师家，采访刘小燕

看过刘小燕的《疯癫寻子》排练，我就惦记上了这个年轻演员。

后来几次跟访剧团演出时，我在后台拍摄过她上妆的全过程，看着她的脸如何在镜中一点一点蜕变，幻变成娥眉粉黛的古典女子。她的古装扮相极美，基本功扎实，早已在"80 后"演员中脱颖而出。2015 年，她在江西省优秀青年演员大赛中，凭《采桑》获得了一等奖。而生活中的她，朴实真诚，为人不张扬。

她与魏小妹是二十年的师徒。当年魏小妹老师教她作为一个采茶戏演员的习得与戏德，将自己大半生唱戏的精华所得都传授给了她。刘小燕至今记得她说过的一句话："上妆后，汗不会发亮，眼泪会，灯光下闪闪发光……"

2016年9月19日，在魏小妹老师家中，我采访了刘小燕——

刘小燕，生于1984年。上个世纪八九十年代的乡村，还经常可以听到咿咿呀呀的唱戏声，众多的业余剧团活跃在乡间。追逐戏声的孩子中，有一个高高瘦瘦的女孩，但凡村里或是附近村子有人演戏，她就抱着个小板凳乐颠颠地跑去了。父母常年在外地做生意，她随爷爷奶奶长大，爷爷奶奶是戏迷，可爷爷反对她唱戏，认为小小年纪须读书，读好书才是正业。

那年村里的业余剧团招生，上初中的刘小燕瞒着爷爷奶奶报了名，可村头村尾的，哪有事情瞒得住，爷爷知道后将她大骂了一顿。奶奶略开明，"玩一下可以，不要影响学习"。那时候，刘小燕也只是觉得好玩，并不知道自己日后会进正规剧团，唱一辈子戏。

村里的业余剧团有二十来人，一年三节就凑在一起，演几场戏。刘小燕是在暑假报的名，她试唱了《彩萍》一段，就被留了下来。在村里演过一两场后，爷爷奶奶的语气缓和了，"还像那么回事。"

村里有个在南昌县采茶剧团的演员，回乡时看了他们的演出，发现了刘小燕，"这个新人苗子挺不错！"那人建议她到县剧团学习，窝在村里的业余剧团，玩玩可以，发展前景总归是不乐观。

于是，刘小燕带上被子、米，莽莽撞撞地找来了县剧团。在剧团没有身份，但她肯吃苦，跟着演员们下乡演出，帮着打杂，平时演员们上班她也上班，一样是打杂。当时剧团非正式地招有几个学员，比她大三五岁，她就跟着他们玩，但感觉学不到什么东西，也看不到什么希望。一年时间过去，她生出了回去的念头，想重新回学校读书。就是在这时，魏小妹老师拉了她一把。

已经十四岁的她会唱点戏，可是唱得土气。魏小妹一次无意中听到刘小燕的奶奶和她的对话，奶奶说"小燕，周六、周日你不要回家"，每逢周末剧团就空了，可怜一个十四岁的女娃独自待在这里，无依无靠，无亲无友，可怜又不安全。魏小妹怜惜这孩子，就叫她到自己家里住，在自己家里吃，没事的时候就教她识简谱、跑圆场、走边、马趟子、舞水袖……

2000年，剧团的人都出去演歌舞节目了，团里就剩下魏小妹和刘小燕，她俩在空旷的排练厅里，一个教一个学。"你跑圆场。"只要魏小妹老师不叫停，小燕就一圈圈跑，头上顶一碗水，一天跑个几十、上百圈……直练到碗稳稳地坐在头顶，水不泼不洒。她的圆场功夫就这么练出来了。

练身段，压腿，下腰，鹞子翻身……魏小妹将自己的看家本领都一滴不漏地教给了她，可她也越来越感到能教给小燕的东西太有限。她自己非科班出身，靠勤学苦练和天赋走到今天，她希望刘小燕有更扎实的功底，未来发展得更好。于是，魏小妹找到省文艺学校的赣剧六班，请老师关照这个学生。因为她的关系，老师没收刘小燕的学费，让她以后没事了就去学校听课，成了班级的编外学生。每天，刘小燕5点起来赶公交车，学校6点半开始练功，练一上午，11点半回。腰、腿上的功夫，圆场，舞水袖，都练得更加精细。

2001年南昌县采茶剧团面向社会招生，与江西省文艺学校联合办采茶戏班，小燕被招了进去。她在班里属于年龄偏大的，基础算得最好的，可她一点也不骄傲，也不张扬，学习上特别能吃苦，五年学下来，基本功练得非常扎实。

　　入校第一年主要是练基本功，每天一早，学员们就进了练功房，先压腿，做拉伸训练，再散到小树林里去吊嗓子，练发声。第二年，开始学得更细更深入，把子功、毯子功、扇子功、水袖功……一次练功，老师让人将三张桌子摞起来，叫刘小燕给同学做示范从上面翻下来。刘小燕练过平地上的串翻，练过鹞子翻身，但从这么高的地方翻下来还是第一次，她站上去时两腿直打抖，脑子里一片空白。老师连连叫"翻下来"，她站在上面根本不知道怎么往下翻……后来，她还是翻了，一次又一次。

　　她记住了老师说的一句话，"练要达到极限，舞台上才稳。"

　　有时候刘小燕也觉得练功太累太苦了，觉得自己快坚持不下去了，特别是考试失误的时候，心情一坠谷底。班级第一次上台表演，主要是基本功汇报表演，刘小燕因为平时表现出色，被安排在前面，可她失误了，表现还没达到平时练习的水平，老师跑到后台来指着她的鼻子骂，她的眼泪刷刷刷地往下掉。

　　老师骂完走了，旁边的同学安慰她，"马上要上台了，要笑出来……"结果后半段，她演得非常好。她的性格柔软，被老师骂了也不敢出言反驳，但心里憋着的一股劲儿全泼洒在了舞台上，刚一亮相就赢得了掌声一片。把子功表演时，她把气力都使上了，刀来剑往，与她配戏的人跟不上她的节奏，都慌了。

到了第三年，老师让学员们排演折子戏，《拾玉镯》《断桥》《杨排风》……每个折子戏都有三四对学员，大家一起学，最终看谁演得最出色，最能胜任这角色，可能就此定下来角色行当，不适合的就转别的角色行当。

刘小燕最后定下的主攻方向是刀马旦。这个角色行当，要学的硬功夫最多，自然吃的苦也最多。刘小燕是听从了魏小妹老师的建议，趁这机会多学些硬功夫，年轻时流的汗受的苦都是未来的"财富"。

第二学年还没结束，有影像公司找剧团拍光碟，很多人争着出演，魏小妹老师力挺她这个新人，给团里打包票说"小燕能行！"最终刘小燕争得了机会，她将《送茶》中青春靓丽、古灵精怪的小花旦演得活灵活现，看到录像的人都说"很好"，拍光碟的人说，"咦，你们有这么好的演员！"魏小妹老师这才落了心。后来，她又演了《七仙女》中的七姐、《方卿戏姑》中的翠娥、《贤德记》中的刘秀英。2003年她参加江西省四特杯戏曲大赛，拿到了三等奖。

毕业时，全体学员一起排演了一出大戏《四姐下凡》，剧团请来省赣剧团的两位导演，这出戏角色多，刘小燕扮演刀马旦四姐，将个活泼善良、向往凡间的仙女演得神形兼备。

2005年剧团有了编制，刘小燕正式进入了剧团。同期学员中的二十多人，刚一毕业就被市采茶剧团要走了，现在他们成了那里的支柱。

跨过二十一世纪的门槛，剧团迎来了特别红火的一段时光。最红火的时候，一年演出两百多场，一天就要演两三场。每年的 7 至 9 月，天气太热，剧团多是休整状态，进入 10 月，演出就渐渐多起来。多是村里来请的，过节、庙会，或是哪家有喜事。那时娱乐节目还不丰富，一年三节各个乡村都会叫剧团去演出，热闹热闹。春节更是下乡演出的旺季，演员们常常是初二出门，到了十五之后才返家。有的村会连演两三天，特别阔绰的村子甚至会演上四天。也有时上午演《辞店》，下午演《贤德记》，演出地并不在一个地方，中间只有一个小时转场，演员们就在路上换头饰，换服装。

那时候下乡演出，对于剧团的年轻演员来说是又苦又累又快乐的一件事。道路远没有今天这般畅达，团里又没车，一般是由请的村子派车来接，或者租车去，路上得走一两个小时。演员们头晚就将被子、洗漱用品打包好。大巴车座位不够，刘小燕和一帮年轻演员经常是坐在拖拉机或货车车厢里，车厢顶上蒙一块塑料布，闷在里面的几个人挤坐在一起。道路颠簸，几个人晕车晕得实在难受，抱头哭得稀里哗啦。

刘小燕还记得当时宜春市文艺学校有两个学生在剧团实习，赶上去乡下演出，禁不住对她感叹，"你们好艰辛啊！"可到了村里，跳下车，一路上的苦和累就被丢在了身后。几个人抱着被子、提着桶和盆子去乡亲家借宿，经常是一间大屋子里六七个人打地铺。大家在地上铺好稻草，放上被子，就算是安眠的窝了。

其实，那时刘小燕连跑龙套的机会都没有，只是在正戏开始前跳半小时歌舞。剧团招的那个班，在学习传统戏曲之外，特别增加了歌舞、小品与主持方面的学习内容，是当时的剧团团长周天兵从剧团的长远发展考虑，结合当下市场需要添加的。现在那拨学员还有一些业余时间在外担任晚会或婚庆主持，在大大小小的舞台上表演歌舞，就是当年打下的基础。

2005 年，刘小燕的工资是一千五百元，那时跑龙套的一场演出拿五元至十元，如果没演好，比如笑场、不记得台词的话，就得扣掉五元。2015 年，刘小燕的工资，除去医保、社保、住房公积金，拿到手上的是一千九百元。出外演出一次，主演拿七十元，其他演员拿四五十元。剧团演员收入不高，所以剧团规定业余时间演员不能在外面私演采茶戏，但表演歌舞、小品，做婚庆主持可以，前提是不能影响剧团的演出。

2009 年情况发生了变化。

网络飞速普及，娱乐样式增多，人们的业余生活有了更多可供选择的内容，更主要的一个原因，是政府提倡"送戏下乡"，这一带有福利性质的举措打破了县级剧团原来一年三节天天有人请、特别跑火的局面。

刚开始下面的乡镇对这一政策还不了解，剧团的日子还好过，渐渐地各乡镇都知道了，有了政府买单、群众看戏的福利，村镇请正规剧团去演戏的场次锐减，来请的多半是冲着老演员的名气。剧团一年的演出场次大幅缩减，人心便有些散乱。而这一政策，催生了不少业余剧团，各种缘由在后面详述。

2009 年，南昌县采茶剧团又招收了三十多名新学员。这批新学员进来，却没赶上剧团的好日子。直到 2014 年，剧团才出现转机。新上任的县文化局局长想做出点成绩，做出口碑来，到县采茶剧团调研，大家纷纷说出了压抑很久的心声：想去市里唱出自己的"声音"！文化局长反复斟酌后，最终拍板：唱，而且要唱一场大戏！

天凉好唱戏。2014年秋天，南昌县采茶剧团一派火热景象，从市采茶剧团请来了沈腊根做导演，演员们抱紧团，密赶密地排练了一个月。与此同时，剧团和县文化局也着手加紧宣传攻势，在八一公园等戏迷集中的地方，以小晚会的形式开了几场预热的新闻发布会，团里的资深演员都登台亮了嗓子，勾出戏迷的瘾虫来，吊足他们的胃口。

在江西省话剧团的舞台上，南昌县采茶剧团来了一次漂亮的"亮相"——他们不是唱一场，而是足足唱了七天！

《方卿戏姑》《秦香莲》《哑女告状》《红丝错》《排环记》……个个都是传统经典剧目。演出公开售票，票价十五至三十元，场场爆满。每场演出完，都有戏迷给演员送花。

团里的年轻演员登过乡村的土戏台，登过县城的小舞台，如此标准正规大气的舞台还是第一次见识，如此专业的演出于他们也是平生第一次，这对他们的精神是莫大的一次提振。

七天的演出，让南昌县采茶剧团再一次进入了公众的视线，唱响了自己的"声音"。省里市里的专家也来观看了演出，给予很高的评价。自此市里、县里都对南昌县采茶剧团予以重视，专门拨款让剧团排演有"南昌四大记"之名的《南瓜记》，而且以后县里但凡有大型演出，县长都会强调"必须有采茶戏"。

名气响了，剧团每年的演出稳定在一百多场，集中于10月至

❖ 有一种美由来已久

次年的 4 月间。

2017 年 5 月 25 日，我到南昌县采茶剧团观看新戏《打金枝》连排。

《打金枝》是一部老戏，这次以青年演员为主，剧团想排成一出常演不衰的剧目。刘小燕扮演公主，她将公主平日的娇俏，被驸马责骂后的骄横，还有被母后教育后的羞愧、娇惹，都表现了出来。在唱腔上，她也于近来狠下了些工夫，气息和声腔比《疯癫寻子》排练时显得饱满、流畅许多。

这出戏的主要看点，在她和驸马的冲突上。两位年轻演员都表演得很到位。

2017 年年底，县里扶持剧团"周周演"，第一场演的就是《打金枝》，赢得一片赞誉。

戏台也如营盘，演员如流水，有人老去，就有人新生，因之戏曲舞台才能繁花似锦，始终生机盎然，美艳如故。

"底子打好了，以后遇上什么戏都不怕"

2016 年 9 月 19 日 晴天

采访郑元昭

郑元昭是南昌县采茶剧团外聘的导演。这几年一直缺少既有专业功底又有舞台经验、能导能演的人才，无疑是南昌县采茶剧团发展的一个瓶颈。每次需要排演大型剧目，或是准备重大赛事，他们都需要外请导演，有时从省赣剧团请，若是那边也有剧目在赶排，就很难请到。没有好的导演，和没有好的编剧写出好的剧本一样，于一个专业剧团来说，都是一份缺憾。

初见郑元昭老师，是在南昌县采茶剧团备赛江西省第二届"汤显祖戏剧奖·地方戏曲经典传统小戏折子戏大赛"，进行最后一次排练的时候。她担任三个节目的导演，从整体编排到演员的唱念做打，都靠她来把关。最后排练那天，三个节目的大致格局已定，就是抠一些细节，连贯整个表演的气韵，协调演员和乐师的细节配合，以尽量完善演出。

郑元昭与魏小妹年龄相仿，是多年的闺蜜。她依然保持着苗条的身材，给演员做示范时，一举手一投足都显得十分规范。她曾在上饶地区文艺学校学了 6 年赣剧，是科班出身的戏曲演员。学校较为规范的一套训练课程，让她打下了扎实的基础。

从上世纪 70 年代始，郑元昭在丰城地方剧团工作了十四年，主要唱采茶戏。和很多经历过动乱年代的戏曲演员一样，有过一段唱革命歌舞、话剧和样板戏的经历。《红灯记》《龙江颂》《智取威虎山》……那个年代几乎全国各地的大小剧团都在排演这些剧目，甚至连一些普通人都能一字不错地唱出剧中的一些唱段。但对于戏曲演员，这却是备受限制的一个时期，想唱的戏不能唱。

古装戏，郑元昭演过《狸猫换太子》《女太子》《迫上梁山》《哑女告状》……2011 年，她和魏小妹老师心生一念，在朋友的帮助下自己印刷了一个纪念册《岁月·爱》，书中收入了她出演过的部分剧目的照片，年代久远的是黑白照，新近的是彩照。2009 年，

有一种美由来己久

她在丰城地方剧团建团庆典上，表演了《双玉蝉》。

上世纪 80 年代中期，她转而做工会工作，负责抓群众艺术，每年她都会排一出戏，积累了一定的编导经验。丰城的戏曲界也面临断层的局面，一度招了二十多个人，与江西省职业艺术学校联合办学。那些新招的学生对戏曲似懂非懂，有的只会唱几首通俗歌曲，也没法让他们一下子就喜欢上采茶戏，郑元昭在教学时就想了很多法子，琢磨编排了身段组合训练乐曲，将各种身段工夫组合起来，让学员调动眼神、表情，调动身姿、手势来表现，再逐步加入扇子、水袖、长穗剑、双剑等，由浅入深，由简单到复杂，循序渐进。有了音乐的调动，有了情感的融合，日常的基本功训练就不那么单调、枯燥了。

"底子打好了，以后他们就可以自己创新，遇上什么戏都不怕……"郑元昭特别注重基本功的打底，这是一个演员能在舞台上征服观众、挥洒自如的基础。

身段功、毯子功、把子功……郑元昭结合上海戏剧学院使用的教材《旦角身段教材》，再融入自己的舞台经验、教学心得，形成了自己的一套教学课程。2009 年，南昌县采茶剧团和省文艺学校联合办班，她又担任老师，带出了新的一批年轻戏曲演员。现在，这批演员有的进入了省赣剧团，有的进了市、县采茶剧团。

这次南昌县采茶剧团准备参赛的三个节目，都是她做导演。《疯癫寻子》，她花费的心思最多，她故意避开了原来的录像，在创新性和表现性上下力气，吸纳不同剧种的好东西，让角色更加丰满、立体，也让演员有更大的表现空间。比如水袖功，在戏中就运用较多，人物一出场，水袖就是一个亮点，用以表现角色焦急的心情，在东张西望地寻找。后面，在表现角色疯癫状态时，也多处运用了水袖功，时松时紧，富于变化，与角色的情绪变化形成互映。

郑元昭说，无论这辈子还有没有再登台的机会，她都会和戏曲缠绵一辈子。在她为年轻演员演示的一招一式、一举一动中，都蕴含了她对戏曲的理解和深情。

"过去乡村的耳朵是被戏曲声腔浇灌的"

2016年10月8日 晴天

南昌县采茶剧团，采访李丽芳

初见李丽芳，是在一次市散文学会组织的采风活动中，平时也爱写点文章的她作为当地作者代表参加。在开往景点的大巴上，不知是谁提议，让她——南昌县采茶剧团的演员给大家唱一段。我因曾去采茶剧团采访过，顿时生出亲切之感，巴掌拍得格外热烈。她不推辞，走到前面拿起话筒，一亮嗓，那个脆亮。采风间歇，几位女作者跟着她在空地上学起了水袖和身段。戏曲的魅惑，于女人似乎比男人更深切。

再见时，李丽芳在舞台上忙碌，我坐在台下观摩。那是南昌县采茶剧团为备战"江西省第二届汤显祖戏剧奖·地方戏曲经典传统小戏折子戏大赛"，进行南昌赛区选拔赛前的最后一次排演。李丽芳表演的《梅香》唱段，是剧团的三个备选节目之一。

嗓子确实好！但因有了刘小燕的唱段排演在前，李丽芳的身段、动作就显出了不足。魏小妹老师边看排演边给我介绍，个子不高的演员须得穿有内增高的鞋，圆场就会显得不够流畅轻盈，而一趟圆场走下来演员会觉得吃力。

这次参赛采取自由报名方式，团里的三个节目都是女演员担纲。似乎在先期的排练中，刘小燕、黄水玲与导演郑元昭配合得更为合拍、默契，而李丽芳总是在细节编排上有"自己的想法"，到后来这一段唱就成了她自己琢磨的独角戏，靠她一个人磨。但缺了导演的"另一双眼睛"和头脑，十多分钟的戏到临赛前的最后一次排演还是疙疙瘩瘩、时断时续，有些地方她的动作、身段还没编排到位，而不得不停下来重新调整、琢磨。对于导演的意见，李丽芳似乎不肯全然听从，最终的效果，她自己也觉得还不满意。可时间紧迫，之后还有黄水玲的《柳氏教子》需要排演，只能由李丽芳自己回去再琢磨了。

在几天后的南昌赛区选拔赛上，李丽芳落选了。对于她来说，这是很多年来自己主动努力争取的一次机会，但是没能把握住。

选拔赛后的一天上午，我在她的办公室采访了她——

李丽芳记得很清楚，她到南昌县采茶剧团那天是中秋节前夕，第二天团里发中秋月饼，她这个新进团员也有一份。那时二十刚出头的她，早在县里的各种文艺活动、比赛中拿过一些奖了。她爱唱戏，做教师的父亲算得她的启蒙老师，小时候常常没进家门，就听到了唱戏的声音，不是父亲在唱就是收音机里播放的，熟悉的咿咿呀呀腔调仿佛一根勾引的手指，让她不由得加快脚步，雀跃着跑进家门。

村里住进了一批知青，其中一位叫安生的住在她家。知青们在公社搭的泥巴台子上唱戏，5岁的李丽芳和一群孩子簇拥在台下，听得出神。过去乡村的耳朵是被戏曲声腔浇灌的，戏曲到哪儿都受欢迎，被村民们追捧。

第一次登台，李丽芳才5岁，她和哥哥扮演《秦香莲》中的春妹、冬哥，没几句台词，可脸蛋被描上油彩、小身子着上戏服的那种兴奋感、眩晕感，却是终生难忘。那台戏是李丽芳的父亲编导的，知青们是主角，以前他们只在黑白电视机上看过、在收音机上听过这出戏，自己表演还是第一次，且是在公社的舞台上。

从那以后，自学过几场戏的父亲兼任了业余剧团团长。他们唱采茶戏，也唱京剧样板戏，后者是走过十年动乱年代的余韵。李丽芳爱跟在业余剧团后面跑，跑着跑着就会唱上那么几段了。每逢农历二月十五日，李丽芳所在的南山村就热闹成了一处涡旋，村里准备了极其丰富的集体庆祝活动，常规节目有唱戏、舞龙灯、舞采莲船。才6岁大的李丽芳在传统剧目《方卿戏姑》中扮演过表姐身边的小丫环彩萍。那方舞台已经不同于村里的泥巴舞台，小礼堂可以容纳上千人，分有上下两层，还有个小阁楼。唱大戏时，连阁楼上都挤满了人。终于有一年，因听戏的人太多，小阁楼的木板被踩垮了。

李丽芳天生有一副好嗓，在学校里她爱唱歌，唱《天女散花》，唱《枉凝眉》，唱"洪湖水浪打浪……"，唱李谷一的民歌，唱苏小明的歌，唱电视剧里的插曲，听着《每周一歌》自己记下曲谱。回到家她就唱戏。那时父亲着力培养两个年轻女孩，一个唱青衣，一个唱花旦，李丽芳就在旁边看，似乎没有她不喜欢的戏，喜欢的自然而然就入了耳，进了心。采茶戏《方卿戏姑》里的翠娥，她也能唱了……1990 年，在全县百台文艺会演中，李丽芳担任主持，还自己编、创、演了《七仙女下幽兰》，引来好评如潮。

李丽芳是考进剧团的。南昌县采茶剧团竞聘上岗的新团长——周天兵，上任后烧的第一把火就是招人。考试内容是音乐理论、试唱（将一段简谱唱出来）、即兴表演（一个人扮演两个角色），最后录用了十四人。考进班后，剧团请了省京剧团的两位老师来教他们基本功，腰腿功夫首当其冲，每天压腿、下腰，之前没有这方面功底的李丽芳，直练得腿抽筋、腰生疼；学形体表演，文戏练水袖，武戏把子功。经过半年的强化训练，1995 年 11 月李丽芳终于正式进入南昌县采茶剧团，成为一名有编制的演员。

第一出戏她演《金莲送茶》中的金莲。1996 年，在南昌市山茶花杯民间艺术调演中，她代表南昌县参赛，凭《送茶》拿了一等奖。

采茶戏是"草根剧种"，她适宜生存的土壤是广大的乡村，广大的民间。那时剧团气象一新，大家伙儿都肯出力，一年演出两百多场，主要是在乡下和周边地区。演出的节目以传统戏曲为主，但通常会在前面加演半小时综艺歌舞节目。李丽芳扮花旦，《方卿戏姑》《金莲送茶》《磨难记》《排环记》《合明镜》……她都演过。现代歌舞节目，她也演。有时候一天演出三场，还不在一个村，她和演员们常常是带妆奔波在赶场的路上，或是在车上补妆、换装。那时她刚转正，每月拿三百多元工资，而一次演出可以拿到十几元补助（主要演员拿十五六元，普通演员拿十二三元）。

剧团组队到广东演出时，她也去了，想看看外面的世界到底有多精彩。

在南方更加现代化的都市，歌舞节目似乎更受欢迎。剧团是与当地的民间艺术团合作，现代歌舞占了节目单的大半江山。同样是赶场奔波，加上身处异地睡眠质量差，有时候李丽芳在车上盹着了，从一个演出点睡到下一个点。

　　好景并不长久。到了上个世纪 90 年代末期，众多的艺术形式兴起，歌舞厅不再时兴，观众也不再满足于传统戏曲的慢节奏、温吞吞的表演方式，热辣劲爆的歌舞更能迅速点燃他们，但靠剧团的演员很难撑起整台的歌舞节目，演出场次不断地下滑……李丽芳又回到了家乡，看过了外面的世界，却不是想象的那般精彩，她将心收缩起来，忙起了人生大事——生娃。

　　2001 年，剧团又招收了一批新人，已是剧团老演员的李丽芳担任班主任。三十多个学员，有些在戏曲方面是"零基础"，一切都得从头学起。同样是高强度的培训，然后新人们跟着剧团的老演员边看边学边演边磨。到 2008 年，剧团下乡演出时，放眼看去，靠的就是这一批年轻演员了。

　　2009 年，剧团又招了一批。这次新人们学习的时间是三年，剧团想培养一批功底扎实、日后可堪重任的接班人、传承人。而这时，李丽芳却不在剧团了，她办理了停薪留职。

　　经历过剧团红火时期的人，似乎比新人们更难接受剧团的衰颓现状，演出场次锐减，仅靠菲薄的工资，生活上难以宽裕，而孩子慢慢大了，家里处处都要用钱，李丽芳想另找一条出路。

　　可最终，她还是回归了剧团，说是出于对戏曲的热爱也好，说是回归初心也好，说是不舍也好……在外部环境越来越不利于戏曲生存发展的境况下，唱了多年的老戏曲人还是戒不掉这份"瘾"，这"瘾"已经成为她生命的一部分，与她融为一体，再难剥离。

2010年3月，李丽芳回到剧团，正赶上江西省中青年戏曲会演，她投入到紧张的备赛中，可惜未能获奖。

在剧团唱了二十多年戏的李丽芳，说戏曲是有深厚底蕴的艺术种类，而不仅仅是有些人所认为的用以消遣的小曲小调，只可惜时代的流变、社会的变迁让属于戏曲的"好时光"不再，于她的戏曲生涯，这是一份挥之不去的遗憾。

采访中，她向我回忆起上个世纪80年代看戏的景象，眉眼瞬间闪亮了。那时是在剧场里演出，不大的南昌县城，却有规模和形制都挺不错的剧场，因为这里的人素来爱看戏，有看戏的传统。那时的舞台、道具都雅致有味，一点儿也不马虎、不潦草。戏曲在年幼的她眼里，也是雅致的，炫亮的，有种强烈而独特的美。这美，吸引她走向了戏曲。

等到她如愿考进了剧团，在大剧场演出的机会却没那么多了，剧场让位给了更加缤纷多彩的娱乐活动，而剧团多在各乡镇的剧院包场，或在乡村的土戏台上演出，小时看戏那种庄重乃至神圣的感觉，却是再也找不回了。

但瘾，已植根在她的身体里，再难拔除。

"传统戏曲能不能生存下去？能，但得动'大手术'"

2017 年 10 月 18 日

南昌县某茶馆，采访南昌县采茶剧团团长周天兵

在采访了数位南昌县采茶剧团的老中青演员后，我发现要全面了解剧团的运营情况及未来发展，有一个人是绕不过去的——剧团现任团长周天兵。

周团长平时事务繁忙，县里但凡有大型文艺演出活动，总是由他担任导演、总策划，因而约了几次，才得以在秋将尽时见面细聊。

这位曾经在剧团当过小生演员、有过下海经历、经竞聘上岗的团长，大半生都交付给了这家剧团，而今他的爱人也是剧团的骨干演员。

戏曲演员半途离开戏台、离开剧团，多半是被动选择。有不少人将一辈子交付给戏台、剧团，看起来他们是别无选择，其实是他们内在的选择——一旦迷上戏，恋上戏，就难以断却这份迷恋，哪怕戏曲在时代的演进中日渐式微，哪怕剧团几经跌宕波折，他们还是选择留下来，选择坚守。

周天兵当上剧团团长，有魏小妹、万长顺夫妇的大力推举，也是他自己的主动选择。

1980 年，全省范围招生，十七岁的周天兵考进了南昌县采茶剧团。有着从事文艺工作的父亲，他从小便对文艺感兴趣。他模仿能力强，加上天生一副好嗓子，考试时以一曲《再见吧，妈妈》赢得了录取机会。

这是一个速成班，周天兵学了一年就开始登台，先是跑龙套，再是有几句唱词的中等角色。周天兵还记得第一次出演大戏，是《方卿戏姑》中的角色，心里又高兴又害怕，上台前紧张得连连跑厕所。他不记得自己是怎么走上台的，怎么开腔，怎么动作，在舞台上身体仿佛不是他的，一切都是梦境……事后周天兵回味了很多次，在梦境的美妙渐渐淡薄之后，他清醒地意识到，第一次登台自己只是将角色的唱词、动作"背"了出来，表演的是这个角色的"壳"，而非"神"。

和医生一样，戏曲演员也需要时间慢慢熬磨、雕琢，才能磨、琢成器，当然成器也需要天赋。不少同期的学员并没有留在剧团，而是由县里统一分配到了司法局、工商局等单位，自此与戏曲无缘。周天兵留了下来。他的先天条件适合小生角色，但他还只是一个无编制的学员，在七八十人的剧团里不算突出。那时剧团刚走过动乱年代，处在复兴阶段，剧团的老演员也只三十多岁，但实力不俗，剧团一年可演出三百多场戏，属于相当蓬勃的时期。

好日子过了几年，突然全国自上而下进行改革，剧团实行"双轨制""分散决策"，迈入了自负盈亏自生自灭时代。那时，人们的头脑里还没有"改革才有出路"的观念，很多老演员觉得手里捧的"铁饭碗"不再牢靠，纷纷自谋出路，一下子剧团调离了很多人，角色行当都不齐全，无法排戏演戏，连县领导也在考虑是否将剧团保留……

在这样的背景下，一个没有编制的学员越发感觉前路渺茫，有风雨飘摇朝不保夕之感，好在自己还年轻，周天兵一咬牙成了南下大军中的一员。

"下海潮"渐成汹涌之态，是上个世纪80年代末、90年代初中国大地的一大景观。之中泅游的一朵浪花，叫周天兵。他自己招募了一群演艺人员，开始在福建、广东沿海一带进行歌舞表演。

生存是重要的，但更重要的，是那一段经历让周天兵打开了眼界，看到了很多老演员，包括小县城人看不到的景致。这也为他后来担任剧团团长奠定了经验的基础。

1993年，一片萧条景象的剧团终于迎来了转机。魏小妹老师不忍剧团就此一蹶不振，找到县长哭诉，县长到剧团召开现场办公会，当即拍板给予剧团资金扶持，公开招收学员，面向社会招聘团长。沉寂数年的剧团震动了。

这时已回到县城的周天兵看到了希望。他对剧团有感情，南下几年也让他有了更多的底气和想法，他和剧团的一个老演员报了名，还有几位非剧团的社会人员也报了名。

剧团团长不仅要懂业务，还要有眼界、有经验、有心胸，有组织、协调、管理、经营能力……经过几番筛选考核，最后人选在周天兵和那位老演员中敲定。

对于周天兵，赞成的人有，反对的人也有。有人说他年轻，见识广，讲义气，重脸面，剧团交给他他肯定会下力气办好。也有人说他太年轻，不如那位老演员沉稳，在剧团根基不深，号召力恐怕不够。七个月过去，县里还没拿出决断，而剧团的现状不等人。

在做出最后决定前，县里派组织部长再一次到剧团调研。部长分别和两位候选人谈话，提出了同样两个问题："你怎么评价另一个候选人？""你若当团长，谁来当副团长？"

两人的回答大相径庭。老演员评价周天兵年轻不稳重，打"罗汉点"；他若当上团长，会选团里的其他老演员当副团长。而周天兵看到的是老演员的优点，他若当选，会选老演员当副团长，相互取长补短共谋剧团未来。

周天兵胜在心胸。改革势在必行，县里不希望剧团走老路子，墨守成规，蹚出一条新路才是希望所在，天平倾向了周天兵。

最终决定周天兵当选的，还有一个原因——"利益"。"剧团团长可不可以拿演出提成？"两位候选人的回答也是截然相反。周天兵认为既然是一团之主，演员可以拿提成，团长却不可以。不但不拿演出提成，他还将一部分工资作为"承诺抵押"，先由县里代存，等一年后剧团见了起色，他再全额领取。

置之死地而后生，这气魄让年轻的周天兵最终站上了采茶剧团团长的位子，一干二十年。2004年，干满十年团长的周天兵，在7月4日带着全团演员去了一趟香港，作为十周年纪念的"礼物"。

正是这群和他一起坚守下来的人，让剧团不至于烟消云散，拥有了未来。

初上任周天兵就病了，不停地吐，住进了医院。他是吓病的。他没当过这么多人的领导，且都是前辈。可既然上任了就得干事，还得干好。

他和剧团的演员们一起先整理出十部传统戏，《方卿戏姑》《金莲送茶》《秦香莲》《蔡鸣凤辞店》……很久以来，当地的老百姓都以为采茶剧团解散了，没人唱戏了，现在他们要让老百姓知道采茶剧团还存在，还在唱戏；也要让县里的领导知道，采茶剧团不是养老院，这帮人能唱戏，唱好戏。这样，才有希望争取到后续的政策和资金扶持。

剧团在县里摆开了戏台，一开始是免费送票，后来五百元一场，角色不全，能上的职工都上了，甚至有的角色是女扮男。人手不够，就人人动手，抬箱子，搬道具，做服装。周天兵不仅要上台唱小生，统筹一应事务，没人抬箱子时他也上，灯光没弄好时他也上……

县里只要有大型演出活动，剧团赶紧报节目。节目拿不下来就外请，保证高质量完成演出任务。

"失声"多年的剧团亮开了嗓，接下来的一个举措是招学员。剧团人员流失严重，角色不齐全，排戏靠凑合，这绝非长久之计。可剧团多年不景气，对年轻人哪有吸引力？招学员的公告贴出来后，来报名的人并不多，且素质也不高。好不容易招到二十二个学员，最终只录取了十四个符合条件的。这次招人，周天兵顺带解决了剧团四个无编制的老演员的工作关系问题，让他们在剧团安下心来。

学员招进来，马上请省京剧团的老师来教基本功。学员基本是"零基础"，从最简单的压腿、练声学起，打下扎实的根基后，再请市采茶剧团的老师来教戏，手把手地教，一个动作一个动作磨……

周天兵的思路开阔，他在这批学员的课程设置上出了一个"新招"——学歌舞。几年南下演出的经验，让他敏锐地意识到传统采茶戏很难吸引年轻观众，歌舞节目无疑是一个加分的筹码。这一课程创新，让采茶剧团添了新的活力。后来剧团下乡演出，在戏曲表演前通常加演半个小时的歌舞，演出费用也在原来基础上增加五百元。在不少地方，尤其是经济条件不错的地方，这样的编排很受欢迎，甚至有人专门请剧团去表演歌舞。

这也成为南昌县采茶剧团的一个特色，周边的很多剧团纷纷效仿。

"人"的问题解决了，周天兵开始着手硬件条件的改善。他将老剧团拆掉，在剧团现在的位置建设新剧团，练功房、排练厅、办公楼，还有职工宿舍，统一进行规划。县里的建设专款四十五万元，分三年划拨，下来一笔钱就建一部分，再下来一笔就接着建。

资金还是不够，怎么办？集资，由职工拿出钱来，投资给剧团的未来。这办法，是周天兵南下时从别处学来的。

焕然一新的剧团终于从口头许诺变成了现实。可新瓶装旧酒，剧团的灯光、音响、道具都十分陈旧、简陋，根本无法完成大型演出。县里的拨款已经用罄，只能自己想办法。1996 年，周天兵将剧团人马分为两队，一队留守莲塘县城，继续排演采茶戏；一队由他带队南下广东，寻找演出机会。

周天兵带去了十五个演员，以年轻人居多。他又外聘了二十多人，凑齐一个四十人的表演班子。他找到当地一个私人老板合作，每天在公园演出两至三场，合同写明：两个月后不管是否赚到钱，老板手里那套崭新的音响设备都要归剧团所有。演员的食宿由那个老板包干，演员一个月可以拿到八百至一千元工资。两个月后，周天兵带队回到县城时，抬回了一套崭新的音响。

这在以前是采茶剧团人想都不敢想的事情，现在不仅想了，还做了，且效果不错。剧团人对周天兵更加信服。

之所以带队回县城，因为他们的根在南昌县，剧团的根在南昌县，采茶戏的根在南昌县。

周天兵没忘记自己走马上任时的承诺——带活剧团，唱响采茶戏。借人之力，还是发展太慢。周天兵决定自己创办歌舞团，他要加快速度完成剧团的基础建设。

他又一次在剧团内募集资金，这次以职工参股的方式，每两百元为一股，年终视收益情况和参股多少分红。周天兵带头买了一千元五股，魏小妹也带头买了一千元五股。南下演出的成功经验，让剧团人看到了希望，尽管还是有人反对，但最终人人都买了多少不等的股份。

新招的学员上过的歌舞课，这时显出了价值；去南方磨练两个月的经历，也有了意义。每赚到一笔钱，就用于添置剧团的音响、设备和服装，演出的舞台效果也随之逐步提升。

渐渐地，剧团在周边乡村树立起了口碑，来请剧团去演出的多了。

这一时期，就是刘小燕说过的"很辛苦，但很有意思"的阶段，每年剧团下乡演出一两百场。当时还是学员的刘小燕和同伴们坐在拖车的车斗里，到了演出的村子抱着行李四处找住的地方，条件虽然艰苦，一场演出才拿到几块钱、十几块钱，可大伙儿都觉得苦得有意义、有意思。因为，他们看到了希望，感到了有奔头。

迈入二十一世纪门槛的南昌县采茶剧团，又有了红火景象。

2002 年，一个意想不到的机会从天而降。

广州的中凯音像公司想拍一套采茶戏光碟，开始是找到南昌市采茶剧团，他们听说了魏小妹的名气，要求调她来加盟参演，市剧团不肯答应，他们的要价也高，最终没能谈妥。中凯公司转而找到南昌县采茶剧团。

虽然有人反对，但周天兵一听就觉得这是个大好的机会。他打消一些人的顾虑，"越拍越有市场。你看宋祖英，录了磁带吧，录了光碟吧，电视里经常播她唱歌吧，但是她若来我们县演出，大家不还是抢着去看吗？……拍光碟是宣传南昌采茶戏，是宣传我们的演员，不仅要拍，我们还要以最高质量来拍！"

剧团全体总动员，安排了最好的演员班底，老中青搭配，还用上了最好的灯光、布景、道具。光碟拍出来后，反响很好，专家评价很高，市场销售也很火爆，还销往了国外，让远在异乡的华人聊解戏瘾，而剧团也有了一份难得的影像资料。

这在采茶戏史上属于首例。

尽管前景向好，但发展之路注定不可能一帆风顺。

随着互联网的普及，人们有了越来越多的娱乐渠道、方式，生活发生了颠覆性的改变，传统文化的生存空间日益狭窄。

植根传统农业文明的中国戏曲，生存的土壤不复存在：不可遏制的城镇化进程，乡村里的大量年轻人外出打工，很多村留守人口不到原来的五分之一，只在年节时村子才会重新充盈，但也只是短暂的时段。这样的乡村请戏的可能性大幅降低；戏曲对整天沉迷于电脑、手机网络的年轻人，甚至中年人，再难以构成吸引，而老年观众群体在不可抗拒的时间逼迫下，一点一点萎缩。没有观众，何谈戏曲？

戏曲走向式微，甚至消亡——这对于痴迷了一辈子戏曲的演员，是无法逃避的令人伤感的现实。

对于传统文化的承继复兴，国家也走在探索之路上。上个世纪八九十年代的文化改革，旨在探索寻找一条生存发展之道。改革必有代价，很多剧团在这一改革过程中不复存在了，也有一些剧团挣扎着存活下来，但前景堪忧。

进入二十一世纪，又一轮风浪向基层剧团涌来。这次潮涌似乎不那么明显、汹涌，源于国家的"送戏下乡"政策。

这一政策意在活跃乡村文化，丰富乡村人的业余文化生活，是精神文明建设层面的举措，却让县、市剧团又一次面临生存压力。

南昌县采茶剧团最红火的年份，一年演出三百场，绝大多数是乡村演出，当然这些演出是收取费用的。上世纪 80 年代，南昌县采茶剧团下乡演出一部大戏，三个小时，收取两千元至三千元，剧团演员的演出费分六个档次，领衔主演、主演、次主演……演员最高也不过拿几十元，跑龙套的可能才几块钱。

拍了光碟后，周天兵再和邀请方谈价，就有了谈的资本，一部大戏的演出价码逐渐提高，到 2016 年左右，八千元至一万元一场。

价码最高的一场演出，是一家企业过年举办酬宾活动，点唱《方卿戏姑》全本，一场戏给了一万六千元。

但这样的演出机会在减少。2009 年前后，剧团的年演出场次突然大幅下滑，原因就在于"送戏下乡"。

国家政策规定，一次"送戏下乡"的包干费用是四千元，演出方完成演出后，在乡村文化站开具证明材料，然后到上一级文化局报销，政府买单。对于正规剧团来说，下乡演出需要搬运整套道具、音响设备、服装，光箱子就有一二十个，到现场要布设灯光、道具、布景，加上吃饭和演员的演出费等，四千元根本不够用。

业余剧团体量小、灵活性强，演出一场还有盈余，他们热衷于"送戏下乡"。看到有机会，业余剧团纷纷复活。"送戏下乡"政策出来前，南昌县周边活跃的只有一两个业余剧团，现在发展成了十一个。业余剧团人少，灵活机动，整体开销也小，一场演出下来，除去成本，四千元还有一定节余。于是，他们抢着"送戏下乡"，而正规剧团又不愿意赔钱"送戏下乡"，于是业余剧团逐渐占领了这一块阵地。

就演出质量而言，业余剧团无法和正规剧团相比。但各地急于完成"送戏下乡"任务，也就不管演出质量如何，每年村里有了几场"送戏下乡"，各村花钱请戏的可能性就小了。

县级剧团的生存空间再一次被侵占。到 2017 年，南昌县还在继续运营的县级采茶剧团只剩下周团长带领的这一家，而他们每年的演出减少到一百多场。

担任团长二十年，周天兵招了三批学员，与省文艺学校合作办班，三年或五年学制，学习更加规范、全面、深入。他是从长远着眼，为剧团和采茶戏的未来储备人才。

明年，周天兵准备再招一批学员，因为一份经县长批复的文件《关于"扶持南昌县采茶剧团发展的实施方案"的通知》已经下发。从2018年开始，县里将每年给南昌县采茶剧团拨款五百万，用于剧团的发展和日常排演。这对剧团人来说，无疑是个让人振奋的消息。

争取到这么大的扶持力度，有内因和外因两方面因素——

内因是南昌县剧团一直在努力生存，并于艰难的生存中寻求发展。2014年，南昌县采茶剧团在省话剧团的舞台上连演六场，对外卖票，观众场场爆满，赢得了很好的口碑。

这是一次以保护传承为目的的展演，意在让更多的南昌市民了解南昌县采茶剧团，虽然只是个县级剧团，却有着很高的艺术表演水准。

参演的有相当比例的年轻演员，他们还是第一次在正规舞台上演出。有人感慨道"我们能天天在这演出就好了"。他们练功，练嗓，流过那么多汗，受过那么多疼，吃过那么多苦，就是为了站上舞台享受这一刻。也许就是这一次演出，让他们中的一些人原本摇摆的心安定下来，想在戏曲表演这条路上继续走下去了。

"演戏的人是发不了财的。"作为一个资深戏曲人，周天兵这样说。团里的演员，按工作年限评定工资，那些年轻人，参加工作时间短，一个月拿到手上的才一两千元，在生活水平不断提高、物

❖ 有一种美由来已久

价大跨步上涨的今天，实在是有些菲薄。有些年轻人利用休息时间，在外面主持婚庆、演出歌舞，在不影响剧团演出和工作的情况下，剧团是允许的。戏曲舞台需要这些年轻人，他们是戏曲的未来和希望。

真正能让人坚守在戏曲舞台的，并不是钱之多少，而是舞台上如梦似幻的体验，是观众的喝彩，是观众的掌声，是属于一个戏曲人应得的尊重和荣耀。

外因是县领导层的重视和国家的重视。

南昌县的采茶戏有近两百年历史，根基深厚，深受大众喜爱。新上任的县长和县委书记都是采茶戏迷，县委书记还是个不折不扣的票友，他不仅自己学唱采茶戏，让剧团演员将录制的经典唱段发送到他的手机上，还倡导政协委员们都来学采茶戏。

县长也视采茶戏为南昌县的"形象工程"，要下大力气抓好这一工程。除了大气魄的资金扶持，还计划实现南昌县采茶戏"周周演"——每周演出一到两场，满足老戏迷的戏瘾，也培植新戏迷。有了肥沃的土壤，庄稼才能生长得茂盛、茁壮。

而一个更重要的外因，在于国家对传统文化给予了越来越多的关注。

2017年1月，中共中央办公厅、国务院办公厅印发《关于实施中华优秀传统文化传承发展工程的意见》，工程总体目标是"到2025年，中华优秀传统文化传承发展体系基本形成，研究阐发、教育普及、保护传承、创新发展、传播交流等方面协同推进并取得重要成果，具有中国特色、中国风格、中国气派的文化产品更加丰富，文化自觉和文化自信显著增强，国家文化软实力的根基更为坚实，中华文化的国际影响力明显增强"。之中特别提到"推进戏曲、书法、高雅艺术、传统体育等进校园……"，戏曲榜上有名，这对于戏曲人来说，无疑是一道光亮。

剧团的前景似乎一片大好，可作为一名资深的县级剧团团长，谈起戏曲和剧团的未来，周天兵依然喜中含忧。

中国传统戏曲能不能生存下去？对于这个问题，争论很多。周天兵的回答是肯定的，但他接着补充道"得动大手术"。

他说，一个剧团要步入良性发展的轨道，各方面的人才必须齐备，但是目前南昌县剧团的导演、编剧、舞美、音乐创编方面没有人。业余剧团通常是"四句打转"，他们没有原创力，只能是四句唱词的音调反复循环，这也就决定了他们演出的艺术质量不高。正规剧团艺术质量高一些，但也缺乏原创力，这也就意味着缺乏生机。

还有演员这一块，现在真正热爱戏曲、热爱剧团的人少了。戏是要人来唱的，没有"人"又何来的戏？周边不少剧团因为不景气，演员四十五岁就可以退休，但作为一个戏曲演员，四十五岁很可能正是他的"盛年""黄金时段"，他的功底经过多年打磨日益深厚，舞台经验也丰富了，许多戏谙熟于他脑子里，他还可以在舞台上唱下去。但老一辈戏曲人迟早会离开，如果在他们身后没有真正热爱戏曲、剧团的继承者，剧团也难以向好发展。所以，这几年他特别重视对年轻演员的培养。等有了资金，他会开展对外交流，让演员到外地进修，开阔视野，学精学深。

❖ 有一种美由来已久

生活水平水涨船高，戏曲演员的工资福利待遇若不能相应提高，剧团也就难以长久生存、发展。如果将演员、剧团推向市场，真的只能是"死路一条"，这是周天兵从剧团这些年的发展历程中总结出来的。他说，培养戏曲演员，尤其是优秀的戏曲演员非常难，须得从小培养打底，如果作为一个戏曲人，看不到美好的前景，连生存都成问题，谁还愿意吃那么多苦来学戏曲、从事戏曲表演？只有让他们后顾无忧，才能一心向艺。

招收新学员，排演几出经典大戏，送人才到外地进修，引进各方面专业人员……周天兵面带笑容，说起这些计划。在这计划中，寄望有一个戏曲人的理想和一个剧团更加美好的未来。

"保护和传承，应该基于真正的'懂得'"

曾听过清华大学白明教授的一场讲座，他说："我们说话是站在时间河流的一个点上说话，需要时间观。不能切片式地看传统，看今天。传统是活的，是我们身边的老人，天天在看着我们……""艺术不只是美的，而是让人欣赏，让你思考，带来对未来的希望的……"

为什么要保护传统文化？

有人说，存在的是合理的，那些被历史淘汰的，是不符合社会、经济、文化、生活发展规律的，不适应新的时代需求的，何必保护？

有人说，传统文化对内是民族认同，对外是民族形象，是经过数百上千年时间的冲刷积淀下来的，之中隐现着我们民族的气质与精神，有我们对天地自然、万物与人的理解，有属于我们民族特有的表达方式。而且，她也以丰富多彩的样式，成为一种通道，让其他民族的人来了解，进而理解我们。

具体到戏曲，她是活态的文化，是靠人来表现、传承、创造的。而人，是会老去，离开的。如果不给予戏曲足够的关注，不进行专业化保护，她就会发生变形、衰颓，甚至于消亡。这是历史已经证明的。

就在写下这段文字的那天，我在《江南都市报》上读到一则新闻《23位耄耋老艺人进录音棚重唱弋阳腔古曲》，"作为国家级非物质文化遗产的弋阳腔，除了上个世纪50年代有幸得以保全的曲谱外，所有曲牌唱段、音法绝大部分都变成了口口相传的'独本''孤本'。这一次，江西弋阳腔唱段经过全省各地汇集而来的23位老艺人的'抢救性'录唱，一度濒临失传的弋阳腔传统曲牌，将在这个录音棚里重焕新声……"（《江南都市报》2017年10月18日A15版）

这次"抢救性"录唱，正是因为弋阳腔所面临的存续危境。而采茶戏的境况也与之相似。

在近两年的采访过程中，我对采茶戏和戏曲人有了更多真切的了解，浸染、流连于戏曲之独特魅力，便生出心愿——唯愿她能一直陪伴我们，让我们的脚步偶有停滞，让我们的心在拖腔缓板间获得慰藉，让我们知道有一种美由来已久，不可复制，我们可以保护之心，让她的生命力更加长久。

戏台也如营盘，演员如流水，有人老去，就有人新生，因之戏曲始终才能繁花似锦，生机盎然，美艳如故。

现

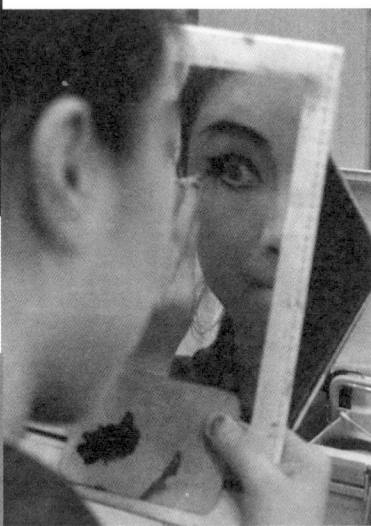

纸